SILVIA BUZORI

SILVIA BUZORI

ȘASE PĂPUȘI MATRIOȘKA

STYLISHED
Timişoara, 2019

Descrierea CIP a Bibliotecii Naţionale a României
BUZORI, SILVIA
Şase păpuşi Matrioşka / Silvia Buzori
Timişoara : Stylished, 2019
ISBN 978-606-9017-05-0

821.135.1

Editura STYLISHED
Timişoara, Judeţul Timiş
Calea Martirilor 1989, nr. 51/27
Tel.: (+40)727.07.49.48
www.stylishedbooks.ro
www.noicecitim.ro

ȘASE PĂPUȘI MATRIOȘKA

Tatălui meu, cu dragoste și dor

1
Prima păpușă Matrioșka

Luni, 19 octombrie

Lumina galbenă a veiozei de pe birou scoate în evidență amprentele colorate de pe lentilele ochelarilor. Rama demodată stă strâmb pe nasul coroiat, roșu de la batistele de unică folosință pe care le-a folosit toată ziua. Ia o gură de cafea sălcie, scoate o bucată de piele moale și începe să șteargă urmele de pe lentile. Se uită cu ochi mijiți la ceas, fără să vadă cifrele și blesteamă în gând. Verifică în lumină ca ochelarii să fie curați, frunzărește aiurea câteva foi de pe birou și se întinde zgomotos. Scârțâitul scaunului îl scoate din apatie. Simte nevoia să se plimbe câțiva pași, dar nu se urnește din loc.

Aerul este rece, uscat, la fel și gura lui. Își suflă nasul cu putere și înjură din nou. Urăște totul! Centrala care a luat foc la sfârșitul săptămânii trecute, răceala care îl chinuie de vreo cinci zile, lipsa activității, frigul din clădire. Plictiseala îi amplifică starea proastă; nu crede că finalul de an va fi altfel. Mai sunt două luni până la Crăciun, dar el deja vrea ca anul acesta să se termine mai repede, să scape de aglomerația de pe străzi, de târgul cadourilor din Piața Centrală și de urările placide ale vânzătorilor din magazine.

Biroul vibrează odată cu telefonul mobil și umerii bărbatului tresar. Ochii căprui lucesc pentru o secundă în lumina verzuie a ecranului până când aparatul dispare sub palma butucănoasă.

— Bună dimineața, domnule doctor! aude un glas limpede. Sub-inspectorul Gheorghe Arnăutu, de la secția cinci. V-am sunat să vă raportez că un puști de paișpe' ani a găsit cadavrul înghețat al unei tinere.

— Ce-mi puteți spune despre femeie? întreabă bărbatul

fără să salute. Se ridică anevoie de pe scaun și se îndreaptă către cuier.

— Are răni vizibile pe corp, îl informează Arnăutu, posibil fracturi multiple ale membrelor. Nu este înjunghiată frontal, nici urme de glonț nu se văd.

— Unde vă aflați acum?

— În Parcul Muzeului, în niște tufișuri din apropierea foișorului. Dar o să vă aștept în dreptul trecerii de pietoni de la statuie.

— Bine, ne vedem acolo! Ajung în zece minute, încheie doctorul convorbirea.

Cu telefonul în continuare în mâna dreaptă, bărbatul îmbracă o haină groasă, de iarnă, îndeasă o căciulă îmblănită peste urechi și iese pe ușă. După un minut, intră din nou în încăpere și strigă cu capul într-o parte, pentru a nu sufla fum de țigară în interior:

— Mihaai, vezi că plec la muzeu!

— S-a întâmplat ceva? iese un tânăr negricios din spatele unei uși de termopan.

— A fost descoperit un cadavru ce prezintă lovituri și fracturi. Pregătește sala până mă-ntorc.

— Bine, domnule doctor. Așa voi face, spune tânărul și dispare din cadrul ușii.

— Mihai, nu pleca! Aruncă-mi, te rog, cheile de la mașină.

Tânărul iese din birou, bombănind în barbă.

— Vezi că sunt pe birou. Intram eu, dar sunt cu țigara, se scuză doctorul.

— Iar le-ați uitat? mustăcește Mihai.

— Mda. Trusa e în mașină?

— Da, în portbagaj, ca de obicei, răspunde tânărul. A înțeles de mult timp de ce doctorul i-a impus încă din prima zi de lucru ca trusa de teren să stea întotdeauna în mașină. *Pentru a fi sigur că nu o uită niciodată,* zâmbește el în colțul buzelor. Este convins că doctorul ar fi în stare să scrie această regulă în fișa postului, dacă ar avea un cuvânt de spus în legătură cu normele standard din instituțiile de stat.

Mihai pune mănunchiul de chei în palma doctorului, dă din cap și se întoarce în birou. Doctorul coboară scările în pas alert, o salută gâfâind pe Ioana, recepționera instituției, și iese în gerul aspru de afară. Mașina lui de serviciu, o Dacia Logan MCV, este parcată în fața clădirii, pe locul rezervat șefului departamentului de medicină legală. Înainte să deschidă portiera, ridică ochii către cer. Nori groși sunt adunați deasupra capului său, iar în aer simte mirosul specific primei zăpezi. Doctorul se gândește că sunt șanse mari să ningă în după-amiaza aceasta, deci va trebui să se miște rapid la fața locului, ca zăpada să nu acopere indiciile. Se uită la ceas. *Unsprezece douăzeci.*

Învârte cheia în contact, pornește dezaburirea și dă volumul radioului la minim. Nu poate asculta știri acum. Gândurile i-ar fugi nebune prin cap și concentrarea i s-ar risipi. Constată surescitat că el chiar aștepta cu nerăbdare *acest* caz. De fapt, *orice* caz care l-ar fi putut scoate din rutina de a scrie rapoarte plictisitoare sau de a semna certificate de deces pentru bătrânii care mor în Spitalul Județean.

Locuind într-un oraș în care nu au loc multe decese suspecte de-a lungul anului, ritmul în care lucrează este rareori susținut. Zilele cu adevărat aglomerate sunt doar cele din preajma sărbătorilor, când morga se umple cu oameni decedați în accidente de mașină, vagabonzi drogați cu aurolac sau sinucigași.

Cum Revelionul este aproape, acest caz deschide *lista neagră* a sfârșitului de an, când doctorul adună peste două sute cincizeci de ore de lucru în fiecare lună. Va fi al treizeci și cincilea sfârșit de an petrecut mai mult la institut, decât în singurătatea apartamentului său friguros. Bărbatul știe că nu va avea parte de colinde, brad împodobit, copii care să îi cumpere cadouri ridicole și nepoți care să alerge gălăgios prin casă.

Oprește la semafor și se uită la ceasul din bord. *Unsprezece douăzeci și nouă. Parcul este după colț, asta înseamnă că la 12 fix mă apuc de treabă.* Trage aer în piept și expiră aburi cu miros de tutun. Virează la dreapta și printre crengile copacilor desfrunziți distinge statuia naturalistului care a pus bazele muzeului. Ajunge în dreptul porților din fier forjat care marchează intrarea în parc. Plăcuța bleumarin pe care scria Parcul Muzeului și dedesubt Museumspark, este ștearsă.

Doctorul oprește lângă un Logan alb de la *Poliția locală,* parcat neregulamentar pe trecerea de pietoni, pune în geam legitimația de acces nelimitat în oraș și scoate geanta din portbagaj. Calcă apăsat către aleea principală a parcului, aruncând ocheade în stânga și în dreapta.

— Dumneavoastră trebuie să fiți domnul doctor Augustin Panait, aude aceeași voce de la telefon, de data aceasta în stânga lui, la câțiva metri distanță. Întoarce capul și vede un bărbat cam pe la 35-38 ani, îmbrăcat în uniforma bleumarin de iarnă. Polițistul se apropie cu mers sigur și când ajunge în fața sa, doctorul îi poate admira culoarea verde-albăstruie a ochilor.

— Bună dimineața! Domnul sub-inspector Arnăutu, nu-i așa? întreabă fără intonație doctorul.

— Da, eu sunt! Vă așteptam.

Polițistul face o pauză pentru a închide soneria telefonului mobil.

— Cadavrul e acolo, arată Arnăutu cu mâna spre un loc aflat la câțiva zeci de metri de ei, între copaci.

— Ascuns vederii, murmură doctorul.

— Mergem? îl invită polițistul.

Panait aprobă scurt din cap și Arnăutu îl pune la curent cu detaliile cazului.

— Nu știm încă cine e femeia. N-am găsit nicio poșetă, portofel cu acte sau telefon mobil.

— Oh, o necunoscută? întreabă doctorul.

— Da, din păcate. O tânără necunoscută, mai precis, spune Arnăutu. Pare să aibă până în 30 de ani. Este îmbrăcată îngrijit și machiată frumos.

— Iar puștiul care a găsit-o? Cum se simte? întreabă Panait.

— Puștiul este ok, slavă Domnului! răsuflă polițistul și despică aerul cu mâna. Nu e în stare de șoc.

— Aha.

— Victor, puștiul nostru, juca fotbal pe aleea betonată de acolo, arată Arnăutu cu degetul o zonă aflată la mijlocul distanței dintre ei și locul unde a fost găsit cadavrul. Prietenul cu care se juca a dat un șut puternic în minge și Victor a alergat după ea până în spatele tufișurilor. Acolo a văzut o femeie culcată pe pământ. La început a crezut că i s-a făcut rău, dar când a observat rana de la cap și sângele de pe brațe, a realizat că femeia murise.

— Serios? Puștiul are paișpe' ani și știe cum arată o persoană moartă? întreabă Panait, arcuind sprânceana stângă.

— Asta l-am întrebat și eu! zâmbește Arnăutu. Mi-a spus că este pasionat de serialele cu criminali și polițiști. Nu am reținut numele lor, pleacă ochii, fiindcă nu mă mai uit la televizor de vreo câțiva ani.

— Ah, da, serialele cu criminali... spune visător doctorul.

— Apoi a sunat de pe mobil la 112, continuă de parcă n-ar fi auzit remarca anterioară. A stat lângă cadavru până am ajuns eu. După apelul la numărul de urgență, și-a chemat prietenul, însă acesta n-a vrut să vină când a auzit despre ce este vorba și a fugit speriat acasă.

— Victor a deranjat scena crimei în vreun fel? tușește sec Panait.

— Mi-a zis că tot din filme știe că n-are voie să atingă nimic. S-a așezat pe mingea de fotbal, la vreo câțiva metri de femeie. Nu s-a mișcat nicio secundă de lângă ea, în schimb a postat pe facebook că a găsit un cadavru. În zece minute a primit două sute de like-uri.

Arnăutu râde cu ochii închiși.

— Exact așa s-a întâmplat! Iar acum am peste trei sute de like-uri și cincizeci de share-uri.

Panait se întoarce surprins, neștiind că sunt ascultați. Vocea care spusese ultimele cuvinte e a unui adolescent plinuț, tuns periuță, îmbrăcat în uniformă școlară.

— Tu ești Victor, să înțeleg, spune doctorul și face câțiva pași către băiat.

Puștiul aprobă mut. Ochii mici, căprui, îl urmăresc cu interes pe bărbatul masiv.

— Știți, semănați foarte mult cu domnul din CSI Las Vegas... spune el.

— Și acest lucru e de bine sau de rău? se scarpină doctorul în cap.

— E de bine, pentru că el e șeful.

Panait zâmbește în sinea lui.

— De ce nu ești la școală?

Puștiul își dă seama că a rămas cu telefonul în mână. Îl pune cu o mișcare precipitată în buzunarul din spate al pantalonilor bleumarin.

— Astăzi am terminat la unsprezece, pentru că diriga' avea ședință la inspectorat. Așa că am venit cu George încoace, să jucăm fotbal. Trebuia să fim mai mulți, dar au zis că este prea frig. Acum le este ciudă, fiindcă eu am găsit cadavrul femeii. Sunt deja un erou! întinde băiatul mâinile în lateral, dezvelind dinții într-un rânjet.

— Am înțeles că n-ai mișcat nimic pe-aici, doar ai păzit-o, spune Panait.

— Puteți sta liniștit, nu m-am apropiat. Am stat la câțiva metri distanță de ea și am privit-o. Doar atât.

Victor scoate mănușile din ghiozdan și continuă:

— Are un ten alb, ca de porțelan și e chiar frumoasă. Îmi pare rău că a murit.

Vocea i se frânge și se rușinează. Pleacă ochii către bocancii murdari de noroi.

— Ți-a fost frică? întreabă Panait.

— Nu mi-a fost frică… am mai văzut morți. Anul trecut am fost la înmormântarea bunicului meu. Era vară și foarte cald, iar el se umflase. Nici atunci nu mi-a fost frică. Dar am plâns. Ea zici că doarme. Și arată cu degetul către femeie. Dacă n-ar fi fost atâta sânge…

— O cunoști? intră și Arnăutu în discuție, impresionat de atitudinea băiatului. Ai mai văzut-o pe aici?

— Nu, mi-aș fi amintit-o dacă ar mai fi trecut pe aici. Am o memorie vizuală bună.

— Ești sigur?

— Știți, când sunt cu băieții, coboară Victor vocea, de parcă i-ar fi fost jenă să nu-l audă femeia, ne mai uităm și noi după…

Se înroșește până în vârful nasului și se oprește din povestit.

— După femei frumoase? râde Arnăutu.

— Da, se fâstâcește puștiul.

— Bine, băiete, asta a fost tot! încheie Panait discuția. Mulțumim pentru tot ce ai făcut!

— Hai cu mine până la mașină! îi spune polițistul. Am nevoie de datele tale de contact. Adresă, număr de telefon… O să trec diseară la voi acasă, să vorbesc cu părinții tăi. Până atunci pregătesc raportul oficial. Ești minor, așa că părinții tăi trebuie să semneze hârtiile în locul tău.

— Ai mei știu deja, i-am sunat mai devreme. *După* ce am scris pe facebook. Au fost puțin îngrijorați, dar le-a trecut când au auzit că m-ați lăudat, spune Victor.

Augustin Panait își dezvelește dinții într-un zâmbet chinuit, fără adresă.

Habar n-am ce dracu' înseamnă facebook, like sau share! Sau de ce un puști de 14 ani are telefon mobil!

— Domnu' doctor, vă descurcați de-acum încolo? întreabă Arnăutu cu bărbia ridicată în direcția lui Panait.

Acesta face un semn discret de *la revedere* către polițist, fără să spună nimic. Discuția din ultimele minute l-a adus cu picioarele în anul 2015, un an pe care nu-l înțelege, la fel cum n-a înțeles nici restul anilor scurși după revoluție. Știe că generația aceasta se ghidează după principii morale diferite față de generațiile anterioare, dar nu poate spune că acest lucru i se pare o evoluție. Tinerii sunt mai deschiși și mai receptivi în fața unor schimbări profunde, spre deosebire de cei de vârsta lui. Știe că tinerii au acces nelimitat la informație, însă noile metode de comunicare sunt o enigmă pentru el.

Pe vremea mea era foarte simplu! Nu existau calculatoare sau mobile, totul se întâmpla verbal sau prin scrisori. Poștașul era cel mai iubit vecin, fiindcă aducea scrisorile și totodată era singurul om din cartier care avea telefon. Cu disc!

Rămas singur în mijlocul aleii, Panait se uită cum Arnăutu și Victor se îndreaptă către mașina de poliție. Întoarce capul către locul unde a fost găsit cadavrul femeii și apoi din nou la cei doi, de parcă ar asista din tribune la un meci de tenis. Acum mai mult ca niciodată realizează că viața sa este centrată în jurul unei meserii care îi cere totul, dar care oferă foarte puține în schimb.

Atunci când analizele sale conduc către aflarea adevărului sau când un criminal este adus în fața justiției și apoi condamnat pe baza probelor strânse de el, satisfacțiile sunt mari. În restul timpului, rutina îl înlănțuie cu tentacule nevăzute și îl sufocă încetul cu încetul. Zi sau noapte, vară sau iarnă, Panait răspunde la telefon, pleacă acolo unde este chemat, analizează indicii la fața locului și ia decizii. Apoi se întoarce la obiectele neînsuflețite din camera de examinare și la comisarii care așteaptă răspunsuri.

Se uită la ceas. *Douăsprezece fix.* Privește încă o dată norii și ridică banda care împrejmuiește locul unde a fost găsit cadavrul.

##

Mihai rupe sigiliul sacului, trage fermoarul, ia camera

foto de pe masa din dreapta și realizează câteva cadre de ansamblu cu cadavrul. Descheie nasturii paltonului și trece la piesele de îmbrăcăminte: helanca verde închis, pantalonii negri, pantofii cu cataramă mare, argintie. Pune aparatul de fotografiat lângă el și începe să colecteze indiciile de pe haine. Știe cât de importanți sunt toți acești pași într-o investigație, așa că nu se grăbește.

Taie sacii din plastic puși peste mâinile femeii, îi prelevează amprentele și particulele de sub unghii. Îi îndepărtează hainele pentru a putea documenta și fotografia fiecare rană de pe corp. Mai trebuie să facă o serie de radiografii pentru a evidenția fracturile multiple ale membrelor, să spele trupul și, la final, să predea ștafeta doctorului Panait.

Se mișcă normal, fără să facă gesturi pripite, iar din când în când scoate reportofonul din buzunarul halatului și spune cu voce molcomă ce constată. Deocamdată probele îl conduc într-o singură direcție: un accident de mașină cu cel puțin o victimă, cea din fața sa. Însă nu-și exprimă niciodată părerile cu voce tare, cel puțin nu înainte ca autopsia să fie finalizată. În cei aproape cinci ani petrecuți alături de șeful său, a învățat multe lucruri despre meseria pe care și-a ales-o. Unul dintre acestea fiind că presupunerile fac mai mult rău decât bine.

Își aduce aminte acea zi fierbinte de iulie 2010, când a intrat prima oară pe ușa instituției. Era un tânăr de 23 ani deloc încrezător în forțele proprii, venit dintr-un mic orășel montan din centrul țării. În fața ochilor i se perindă acum doar frânturi de imagini, de parcă filmul ar fi fost tăiat după fiecare cadru: căldura insuportabilă din autocar și cămașa lipită de pieptul său, vocea frântă cu care s-a recomandat *Mihai Fieraru*, Ioana fixându-l cu o privire intensă, ușa pe care scria cu auriu *Dr. Augustin Panait, Șef Departament Medicină Legală.*

Zâmbește cu ochii, încrețind pielea în câteva riduri fine și pufăie pe nas. Doamne, ce copil eram!

— Cum stai, măi Mihai? se aude vocea clară, aproape baritonală, a lui Panait.

— Mă pregătesc să realizez radiografiile în câteva minute, răspunde acesta fără să se întoarcă.

— Știai că șansele de a muri într-un accident de mașină sunt de 1 la 247[1]? întreabă doctorul, aparent fără nicio legătură.

— Nu știam. Asta credeți că s-a întâmplat cu domnișoara de față?

— Nu vreau să mă pronunț, cum fac ăia în filme, înainte de a avea toate informațiile. Rănile și fracturile pe care le-am văzut m-au dus cu gândul către un accident de mașină, însă e prea devreme pentru un rezultat. Fie el și preliminar.

Augustin Panait se îndreaptă către ușa de la balcon, cu pachetul de țigări într-o mână și haina aruncată pe umeri.

— Vezi că ies la o țigară!

— Vă chem când sunt gata! strigă Mihai la el.

Doctorul apasă pe clapeta brichetei, ține palmele căuș și trage primul fum din țigară. Peste un sfert de oră va începe autopsia, dar până atunci vrea să reia în minte filmul din Parcul Muzeului. Rememorarea anumitor evenimente la care a luat parte, imediat după producerea lor, l-a ajutat de fiecare dată să construiască un caz solid și să revină asupra anumitor detalii, care s-au dovedit importante pe parcursul autopsiilor.

Își aduce aminte că, după ce a discutat cu puștiul care a găsit cadavrul, iar acesta a plecat cu Arnăutu, a înaintat către locul unde fusese găsită femeia. Aceasta avea capul și spatele lipite de un copac gros, fiind așezată direct pe pământ, ca și cum s-ar fi odihnit după o plimbare lungă. Un covor de frunze îngălbenite era adunat neglijent în jurul picioarelor. Ochii sticloși, goliți de suflet, fixau un punct aflat în mijlocul tufișului din fața ei. Gura rujată discret era întredeschisă,

1 Conform informațiilor furnizate de Consiliul Național pentru Siguranță din Statele Unite ale Americii, obținute în urma unor studii realizate în anul 2001, privind cetățenii SUA.

buza de sus spartă și din ea un firicel de sânge se prelinsese pe bărbie. O rană plină de sânge coagulat se vedea în dreptul arcadei stângi, iar fardul verde de pe pleoape era întins.

Paltonul fusese aranjat pe corpul tinerei, cu primii doi nasturi închiși și ultimul lipsă. Sub palton se vedea o bluză închisă la culoare, pătată din loc în loc. Una dintre mânecile hainei era aproape sfâșiată, lăsând la iveală un braț plin de leziuni. Atât mâna stângă, cât și piciorul stâng, erau așezate în poziții nefirești, conforme cu fracturi multiple. S-a gândit atunci că Arnăutu nu greșise.

Vrea să scuture scrumul în cutia de Coca-Cola uitată de Mihai pe pervaz, dar țigara îi alunecă printre degete și cade înăuntru. *Ar merge o cafea și înc-o țigară!* gândește doctorul. Intră să umple o cană cu cafea, pune două lingurițe de zahăr cu vârf și învăluie camera goală într-o privire.

Mihai a plecat să facă radiografiile, înseamnă că termină în curând.

Doctorul iese pentru a doua oară pe balcon și în timp ce își aprinde o altă țigară, impresiile pe care le-a avut în parc, cu doar câteva ore în urmă, ies din nou la suprafață. Tenul femeii avea o strălucire nefirească. Îi captase atenția încă din primele minute. În lumina alburie a după-amiezii, pielea ei părea transparentă și subțire. Chipul, mai mult interesant decât frumos, era încadrat de un păr șaten bogat, ondulat în bucle mari. Nasul mic, pomeții delicați și buzele fine compuneau un chip care n-ar fi fost trecut cu vederea de bărbații din jurul ei.

Pantalonii eleganți erau rupți, pantofii zgâriați în mai multe locuri, iar ciorapii inexistenți. Îmbrăcămintea tinerei l-a dus cu gândul la o întâlnire, dar nici acum nu poate fi sigur. Hainele alese erau prea elegante pentru o întâlnire de afaceri și totuși prea serioase pentru una cu iubitul.

Stinge țigara în aceeași cutie de aluminiu și iese de pe balcon. Îl aude pe Mihai spunând rar, în reportofon:

— Femeie albă necunoscută, păr șaten de lungime

medie, ochi căprui, vârsta între 25 și 30 ani. Nu are cicatrici, doar un tatuaj în formă de dragon pe încheietura mâinii drepte, dimensiuni 3 pe 2 centimetri. Nu are semne din naștere. Înălțime 1,72, greutate 60 de kilograme. Rigor mortis aflat în stadiul maximal, fiind generalizat până la extremități. Ora aproximativă a decesului este cuprinsă între orele 11 noaptea, în ziua de 18 octombrie, duminică și 2 dimineața, în ziua de 19 octombrie, luni.

După aceste cuvinte ce marchează finalul primei părți a examinării, Panait știe că vine rândul său pentru examinarea internă. Se uită către masa cu instrumente: cinci tipuri de foarfeci, un bisturiu, un forceps, câteva lame și cuțite, un vas de măsurare din inox, un fierăstrău electric. Pe toate le va folosi în următoarele două-trei ore.

— Mihai, știai că, statistic vorbind, cel mai mare risc pe care-l are un medic la autopsie este să se taie în cuțitele cu care lucrează? De aceea ți-am zis de atâtea ori că cel mai bine este să folosim foarfecele!

— Domnu' doctor, vă cred pe cuvânt, zâmbește tânărul. Adevărul este că în cinci ani nu m-am tăiat nici măcar o dată. Doar în bucătărie.

Panait îl privește pe Mihai și vrea să-l întrebe când a intrat el în bucătărie ultima oară, dar acesta i-o ia înainte:

— Niciodată n-am gătit mai mult de-o omletă și de cartofi prăjiți, dacă asta voiați să mă întrebați!

Râsul tânărului se sparge de pereți, dar remarca nu-l surprinde pe Panait. Doctorul știe că are o conexiune excelentă cu Mihai, de parcă și-ar citi gândurile reciproc și așa a fost încă de acum cinci ani, când acesta a pășit timid în biroul său. A bănuit de atunci că tânărul îi va schimba viața și nu s-a înșelat. I-a spus de multe ori că decizia de a se angaja la morgă a fost cea mai bună alegere pe care o putea lua. De fapt, se gândea la amândoi. Panait l-a tratat de la început ca pe un fiu, cu toate că nu știa ce înseamnă să ai un copil ajuns deja la maturitate. Mihai avea nevoie de o figură masculină în viața sa, după moartea prematură a tatălui său, iar el avea nevoie de un tânăr care să-i ofere o perspectivă diferită asupra lucrurilor.

— Ai găsit ceva ciudat? continuă Panait, ca și cum n-ar fi auzit gluma subalternului său.

— Până acum, totul e în parametrii unui accident de mașină. Dar, cum ați spus și dumneavoastră, examinarea internă va confirma sau nu acest rezultat.

— Mda, probabil îl va confirma, se așază doctorul pe scaunul de lângă masa de lucru.

— Am găsit urme de vopsea roșie pe partea stângă a paltonului, câteva cioburi de sticlă transparentă în buzunarul stâng, precum și urme de impact lateral cu un...

— Un nasture rupt ai găsit? îl întrerupe Panait.

— Nu. M-am întrebat și eu dacă-l are asupra ei sau s-a pierdut în momentul impactului, îi răspunde Mihai calm, ignorând lipsa de politețe a șefului său.

— Of... Se pare că ne îndreptăm din ce în ce mai mult către un accident de mașină, spune doctorul în timp ce se ridică de pe scaun.

Se duce către masa de examinare, își pune halatul, mănușile chirurgicale și casca de protecție a feței. Mihai se dă la o parte din calea șefului său și se retrage cu spatele spre coșul de gunoi, pentru a arunca măștile și mănușile. Îl vede pe Panait cum întinde mâna după bisturiu, rămânând câteva secunde nemișcat lângă masa cu instrumente. Se apropie de corpul gol al femeii necunoscute, mușcându-și ritmic buza inferioară. Tânărul îl aude cum respiră adânc, murmurând apoi *hic locus est ubi mors gaudet succurrere vitae*[1], cuvintele cu care începe de fiecare dată o autopsie.

Mihai se întoarce cu spatele și se duce către birou, pentru a se ocupa de rapoarte. Nu trebuie să vadă ce face Panait, fiindcă știe ce urmează: incizia adâncă, în formă de Y, de la umărul stâng către pieptul femeii, apoi similar de la umă-

1 Acesta este locul unde moartea se bucură să îi ajute pe cei vii. (Trad. din limba latină).

rul drept. Toate autopsiile încep cu această procedură și el a văzut peste o mie până acum.

Timp de o oră, doctorul va lua la rând organele importante, le va cântări, cataloga, va tăia bucăți de țesut pentru a le analiza la microscop, va studia conținutul stomacului și își va face o idee clară legată de motivul morții acestei tinere. Iar el se va apuca de hârțogăraia de rigoare, care îi va lua cam tot pe-atât. Va transcrie toate înregistrările din timpul examinării și va completa formularele standard.

##

Augustin Panait se uită pe geam. Afară ninge cu fulgi mari, ca în poveste. Casele din jur sunt deja albe, iar felinarele luminează trotuarele în portocaliu. Câțiva trecători merg grăbiți, cu capetele în piept. Ar putea să-și focalizeze privirea pe chipul său, dar preferă să n-o facă. Nu are nevoie ca o reflexie în geam să-i arate ce epavă este. I-ar aduce aminte că în viață există un echilibru în toate.

Pe plan profesional se auto-notează cu zece. Pe plan personal, însă abia dacă și-ar oferi un punct peste cel din oficiu. De ani buni a ajuns la o greutate respectabilă, nu știe cu siguranță care este cea reală, probabil peste 120 kilograme. Nopțile nedormite și-au pus amprenta pe chipul său, riduri adânci îi brăzdează fruntea, iar pungile de sub ochi știrbesc farmecul acestora. Calviția pronunțată, mustața îngălbenită de la tutun și urechile mult prea mari completează un tablou pe care nu dorește să-l vadă nici de la zece metri.

Înfrigurat, cu mâinile în buzunare, cuprinde cu o privire camera pentru autopsii. Vopseaua originală a fost albă, dar acum praful, igrasia și trecerea timpului i-au împrumutat accente maronii. În dreptul ferestrei mari se văd urme de la inundația de acum câțiva ani, iar vopseaua scorojită arată dezolant. Deasupra chiuvetei, faianța albă este spartă în mai multe locuri. Mobila e veche și pătată, doar scaunul de birou este cumpărat recent din magazinul unui producător local. Cu toate că instituția pe care o conduce are o importanță mare, n-au existat niciodată fonduri pentru o renovare completă. Mesele din inox sunt singurele care nu par demodate, nu sunt stricate sau ciobite.

Doctorul inventariază instrumentele de lucru de pe masa principală, apoi își plimbă privirea peste dulapurile aflate de-a lungul pereților. Un microscop puternic, un ecograf cu ultrasunete, două cântare, unul mic pentru organe și celălalt pentru corpuri întregi. Aparatele nu sunt de ultimă generație, dar trebuie să se descurce cu ce au.

— Ați terminat? intră Mihai în cameră.

Panait nu-l aude, fixând cu privirea un punct invizibil de pe cântarul mare.

— Ce, s-a stricat vreun aparat?

— Nu, nu, stai liniștit, iese Panait din starea de reverie. Mă gândeam, doar.

Aruncă o privire scurtă la ceas și tușește.

— La ce?

— La cum este viața mea.

Își strânge mâinile, intercalând degetele și le pune pe burtă. Ochii îi sunt cenușii și pleoapele îi acoperă pe jumătate.

— La analiza internă am găsit lichid seminal și mă gândeam că trebuie să așteptăm săptămâni bune să aflăm ce-i cu el, spune Panait.

— Mda, trebuie să trimitem mostrele la București.

— Și când te gândești că aș fi putut lucra acolo, spune doctorul. N-aș mai fi așteptat luni de zile rezultatul unei simple analize.

— Serios? N-am știut acest lucru. Vi s-a propus un post de șef în capitală?

— Da, și eu ca prostul am ales Sibiul…

Umerii i se zguduie în timp ce râde. Mihai ridică o sprânceană, aplecându-se puțin în față.

— Nu, băiete, altfel au stat lucrurile. Tocmai mă întorsesem dintr-un stadiu de pregătire din Germania, unde publicasem cea de-a cincisprezecea lucrare științifică, alături de doi patologi renumiți din Berlin. Eram deja expert medical de gradul I, iar Terbancea[1], șeful de atunci al Institutului, mi-a propus să mă angajez la Mina Minovici[2]. Întâmplarea a făcut ca sediul din strada Căuzași[3] să fie demolat chiar în timpul plecării mele în Germania și activitatea să fie restrânsă în clădirea Spitalului Pantelimon. N-am mai avut loc în capitală, așa că Terbancea a tras sforile să ajung aici.

— Păi, și când s-a terminat sediul cel nou? întreabă curios Mihai.

— Profesorul Terbancea a murit înainte de finalizarea clădirii. Iar eu eram deja de trei ani aici și nu cred c-aș mai fi acceptat oferta inițială. Plus că vorbim despre sfârșitul lui ’89. Aveam 33 de ani, o poziție privilegiată aici, iar revoluția a schimbat totul în țară. Nimic nu mai era sigur.

— Eu aveam doar 5 ani pe-atunci, spune Mihai. Ridică ochii spre stânga, scormonind în memorie. Eram în vacanța de iarnă la bunici când a izbucnit revoluția.

— Viața este o sumă de coincidențe fericite sau nefericite. Acum tu câți ani ai, 28?

Tânărul aprobă cu o mișcare scurtă a capului.

— Ești acolo unde eram eu la vârsta ta.

Ochii lui Mihai se îngustează și un zâmbet îi flutură pe chip.

— Doar că eu n-am scris 23 de lucrări științifice și 100 de articole.

1 Între anii 1973-1989, conducerea Institutului de Medicină Legală „Mina Minovici” a fost asigurată de Prof. Dr. Moise Terbancea. Profesorul Terbancea a reușit să păstreze integritatea rețelei de medicină legală din România și să consolideze poziția de independență a sistemului medico-legal în cadrul unui regim politic totalitar. Informații preluate de pe website-ul Societății de Medicină Legală din România (www.legmed.ro).

2 În 1898, Mina Minovici schimba numele „Morga orașului” în „Institutul medico-legal”, devenind astfel primul institut de medicină legală din lume. Tot la acea dată, institutul deținea cea mai performantă tehnologie de laborator din Europa, cu precădere în domeniul toxicologic. Modul de organizare a specialității și a rețelei de medicină legală a fost exportat în toate țările europene. Informații preluate de pe website-ul Societății de Medicină Legală din România (www.legmed.ro).

3 Clădirea istorică a Institutului de Medicină Legală de pe strada Căuzași a fost dărâmată în 1986, întregul sistem de medicină legală din România fiind atunci în pericol de desființare, din cauza ignoranței soților Ceaușescu în privința necesității unui astfel de sistem. Informații preluate de pe website-ul Societății de Medicină Legală din România (www.legmed.ro).

— După cum spuneam, viața s-a schimbat. Acum nu poți deveni expert medico-legal mai devreme de 40 ani și șef al vreunui institut mai devreme de 50. Erau alte vremuri, spune doctorul oftând, în timp ce se îndreaptă spre cafetieră. Vrei și tu?

— Nu, mulțumesc! Sunt obosit și vreau să mă odihnesc bine.

Panait își umple cana preferată, adaugă zahăr și se întoarce spre birou. Se trântește pe scaun, uitând că are cana în mână. O parte din lichidul maroniu îi ajunge pe halat și pe pantaloni.

— La naiba!

Răsucește mâna către pachetul de șervețele de lângă telefon și cotul îi împunge ficatul. Tamponează petele umede de pe haine, ridicându-și burta pentru a le vedea. Mihai îi urmărește mișcările și zâmbește, ridurile fine de sub ochi fiind acum vizibile. Panait își pune ochelarii pentru citit și apucă un dosar din fața sa.

— Să revenim la autopsia necunoscutei, spune el.

— Da. Ați spus că ați găsit lichid seminal?

— Acesta ne indică, bineînțeles, că necunoscuta a avut contact sexual înainte să moară. N-am găsit semne de violență, deci a fost consimțit.

Răsfoiește câteva pagini, se oprește, citește în gând și apoi spune cu voce tare:

— În stomac n-avea prea multe. Mâncase doar o salată la cină, cu nuci braziliene și germeni de lucernă. Ce mâncare o mai fi și asta?!

— Raw vegan, spune prompt Mihai.

— Aha! duce Panait cana la gură și mai dă o pagină din dosar. Necunoscuta era sănătoasă, nefumătoare, organele interne erau în parametri. A făcut un avort în ultimul an; chiuretajul a fost realizat ca la carte. A avut o fractură de peroneu dreapta cu cel puțin zece ani în urmă.

— Vegetariană tânără, fără vicii aparente, act sexual

chiar înainte să moară, deci posibil o nouă iubire, enumeră Mihai cele mai importante date ale autopsiei. Și moare lovită de o mașină.

Simte ace sub pleoape și se scarpină cu un deget la fiecare ochi.

— Cât de absurdă e viața asta! continuă el monologul.

Aude că Panait a închis dosarul tinerei, așa că încearcă să-și limpezească privirea. Vede mâna șefului său îndreptată către el și-l aude spunând:

— Mâine dimineață chemi curierul medical și îi spui că mostrele trebuie să ajungă, *tot mâine,* la Mina Minovici. Le găsești în frigider, în partea dreaptă. Apoi îl suni pe Popescu și-l întrebi cât de repede se poate ocupa de ele.

— Sigur va face din asta o prioritate!

— Cerșești, ridici tonul, te oferi să te duci până acolo să-l bați la cap… Nu știu cum, dar rezolvi.

— Bine, șefu'! Primul lucru pe care-l voi face mâine, ăsta va fi.

— Mă duc să mă schimb și mergem, da?

— Da. Am terminat de scris rapoartele mele. Mâine dimineață voi completa cu datele examinării interne.

Doctorul iese din cameră, îndreptându-se către vestiar. Trage picioarele după el, extenuat. Asistentul său pune dosarul tinerei lângă reportofon, ia ambele telefoane mobile, al lui și-al doctorului, mai aruncă o privire în jur, apoi stinge lumina.

##

Barul „24" este mai mult o bodegă de cartier, ce nu apare pe niciun ghid al orașului. Aflat vizavi de Institutul de Medicină Legală, locația nu atrage decât oameni din zonă, aproape toți fiind clienți fideli. Atmosfera este inexistentă la orice oră din zi sau din noapte și oferta de băuturi restrânsă, dar acest lucru nu poate decât să le convină doctorului Panait și asistentului său. Cei doi ocupă o masă la geam, aceeași de fiecare dată.

— Uite care-i treaba, Mihai! Viața e nemiloasă și dură. Când crezi că i-ai descoperit misterele, te lovește în moalele capului și te lasă lat. Dacă ai noroc, te trezești cu o durere idioată de cap. Dacă nu, oricum nu mai contează, ridică Panait brațul în aer și flutură palma.

Mihai cască fără să ducă mâna la gură, de parcă chiar și acest gest atât de simplu ar însemna un efort prea mare pentru el.

— Așa este, aprobă cu voce scăzută, uitându-se pe deasupra umărului lui Panait.

Din cele zece mese rotunde, cu câte patru scaune fiecare, doar o altă masă mai este ocupată, lângă tejgheaua barului. O pereche de tineri discută în șoaptă, cu două pahare cu gin tonic în față. Barmanul așază pahare de bere în mașina de spălat vase și din când în când aruncă priviri plictisite către un televizor fără sonor, atârnat deasupra tejghelei.

— Mă gândesc la această copilă, de-o vârstă cu tine... Duminică, zi liberă, uscat afară, ea tânără și frumoasă. S-a dus la o întâlnire, a dat o mașină peste ea și a doua zi a ajuns la morgă.

Ochii doctorului sunt pe jumătate închiși. De fiecare dată când clipește, pleoapele îi rămân lipite mai mult timp decât ar trebui. Degetele butucănoase șterg condensul de pe halba de bere.

— Te trezești nervos, îți bei cafeaua, pleci la muncă și habar n-ai, nici măcar o secundă, că aceasta e ultima zi din viața ta. Ia zi, băiete, dacă ai afla într-o dimineață că mai ai doar 12 ore de trăit, ai face altceva în ultima ta zi pe pământ?

Tânărul ridică din umeri, neștiind ce să răspundă.

— Sunt serios acum! apasă Panait cuvintele. Te-ai îmbrăca altfel? Ai avea grijă să-ți pui chiloți curați pe tine? Nu râde! îl amenință doctorul cu degetul.

— Nu mi-am pus niciodată această problemă, zâmbește Mihai.

— Gândește-te! Ce-ai face dacă ai afla că mori?

— Probabil mi-aş încheia frumos povestea.

— Te-ai duce să-ţi îmbrăţişezi mama şi să faci dragoste cu iubita?

— Nu ştiu, dar cred că mi-ar plăcea un final ca-n filme, cu *happy end*, chiar dacă mor, chicotește Mihai. Cred c-aș vrea să mă asigur că am lăsat urme adânci în sufletele celorlalți și că-mi vor continua, cumva, povestea.

— Deci nu ești genul care și-ar suna dușmanul pentru a-i spune să se ducă în pizda mă-sii! râde Panait gâjâit. Mai degrabă genul care-ar bea o bere cu cel mai bun prieten, nu-i așa?

— Da, mai degrabă, rostește Mihai.

Panait scoate un pachet de țigări din buzunar, rupe plasticul și scapără o brichetă ieftină. Ochii căprui ard pentru câteva secunde și umbra îi mărește grotesc nasul.

— Ce-ai face tu sau ce-aș face eu? filosofează doctorul în continuare. Eu nu sunt un exemplu pozitiv, din punctul multora de vedere, dar să știi că mi-am trăit viața la maxim.

Strânge din buze disprețuitor.

— Poate din afară nu pare c-am trăit așa cum am vrut eu, dar să știi că nu regret nicio secundă alegerile pe care le-am făcut, spune el cu gândul departe. Pur și simplu, unii oameni nu sunt făcuți pentru o viață de familie, copii, nepoți, casă la curte și câini care dau veseli din coadă. Alții nu sunt făcuți pentru munca noastră, preferând să se ducă seara la nevastă, să-și pupe copiii de *noapte bună* și să se așeze în fața televizorului.

— Trebuie să ne asumăm deciziile, asta îmi spuneți mereu.

— Eu îți spun un singur lucru, împunge doctorul aerul cu arătătorul. Fă ca mine, dar fă și ca ei! Poți trăi cum vrei, cu cine vrei și pentru cât timp vrei acest lucru, chiar dacă lucrezi la morgă. Doar pentru că eu n-am reușit, asta nu înseamnă că nu se poate. La dracu', sunt convins că poți împăca și capra, și varza! spune hotărât doctorul și ridică halba spre Mihai.

Tânărul stă cu gura întredeschisă. Își mișcă ochii în sus și în jos pe fața lui Panait, plecând de la frunte, coborând spre bărbie și urcând iar spre rădăcina părului. Este prima oară când acesta se deschide cu adevărat în fața lui și nu știe cum să reacționeze sau ce să spună, de teamă să nu strice momentul. În lipsă de idei, ridică halba și dă noroc cu șeful său. Care nu mai pare atât de șef acum, ci mai degrabă îi aduce aminte de tatăl său.

— Trebuie să-ți spun ceva, continuă Panait ca și când până acum ar fi avut loc un dialog. Promite-mi că n-o să râzi de mine și că vei lua ceea ce spun exact așa cum o spun.

— Înainte să începeți, vă supărați dacă mă ridic puțin?

— Nu, de ce?

— N-am vrut să zic nimic, că ați început așa serios, dar trebuie să mă duc la budă, roșește Mihai până în vârful urechilor.

Doctorul dă din mână în semn de *la revedere* și rămâne cu privirea pe pachetul de țigări.

Mare dreptate are Mihai! Nimeni nu continuă poveștile celor care nu mai sunt. Exact cum a spus și scriitorul acela al cărui nume l-am uitat! Sau poate nu l-am știut niciodată.

Își aduce aminte de parcă ar fi fost ieri, cu toate că au trecut mai bine de doi ani. Căutând un jurnal medical rar, în limba franceză, a ajuns din întâmplare într-o librărie din centrul orașului. A luat-o pe scări spre subsol, cu capul în piept, a coborât câteva trepte, dar a auzit zgomot în spatele lui și s-a întors să afle despre ce e vorba. În mijlocul librăriei era forfotă mare, cel puțin douăzeci de oameni așteptau să asculte o prezentare a unui scriitor. Nu știe nici acum motivul pentru care și-a găsit un loc retras, în spatele acestora. Bărbatul aflat în centrul atenției era zâmbitor, manierat și atent la fiecare frază pe care o rostea. Când a început să vorbească despre el, despre începuturile lui ca scriitor și despre piedicile pe care le-a avut, Panait a înțeles totul, de parcă întreaga poveste a unei persoane total necunoscute fusese scrisă pentru a-l determina pe *el* să se apuce de scris.

Autorul din fața sa fusese consultant IT timp de 10 ani și într-o zi a decis că vrea să devină scriitor, după ce cochetase cu scrisul doar în facultate, la un ziar intern. A povestit cum primul său roman l-a secat de energie și i-a acaparat mintea într-un mod ciudat. Cele mai multe zile îl lăsau frustrat, simpla întoarcere la pagina albă producându-i nemulțumiri dureroase. A încercat să revină în IT, la fosta profesie, dar pentru că scrisul îl ținuse prizonier mai mult de un an, nu și-a mai găsit locul nici în acea lume.

Îl înțeleg perfect! E al dracului de dificil să te-apuci să faci altceva în viață, mai ales când ai o anumită vârstă. Și altceva total opus meseriei tale.

Face semn barmanului să le mai aducă două beri. Stinge țigara fumată pe trei sferturi, realizând că, deși nu-l cunoștea pe acel scriitor, îl compătimea cu adevărat. Scrisese fiecare rând cu sacrificii, cu renunțări și cu multă muncă, speriat de perspectiva unui eșec major. Când a ajuns în punctul în care romanul a început să capete întâietate, să devină piesa centrală în mintea lui, a știut că și-a găsit adevărata vocație. Perseverența și determinarea l-au ajutat să publice acea primă carte.

— Așa, ce spuneați? revine Mihai la masă, scuturând mâinile pentru a le usca.

Panait ridică ochii tulburi de oboseală către tânăr. Nu mai știe ce voia să spună. Duce mâna dreaptă la bărbie. Părul scurt și aspru îl înțeapă în podul palmei.

— A, da! își amintește doctorul. Ai zis un lucru interesant: nimeni nu continuă poveștile celor care nu mai sunt. În fiecare zi, pe masa de la morgă apare câte un corp neînsuflețit, cu o poveste interesantă, care poate ar merita continuată.

— Mie unul așa mi-ar plăcea.

— Acestea m-au inspirat să pun pe hârtie niște istorioare care să ofere explicații ale sfârșitului implacabil, continuă Panait fără să pară că a auzit remarca lui Mihai. Concret, am început de ceva vreme să scriu povestiri scurte, inspirate de cazurile la care lucrăm.

Doctorul a pronunțat cuvintele dintr-o suflare, fără să-i lase lui Mihai timp de gândire sau ocazia de a-l întrerupe. Pune mâna pe pachetul de țigări și își aprinde încă una. Se uită prin flacăra brichetei la reacțiile tânărului din fața sa. Acesta se holbează la el cu gura deschisă și pare descumpănit. Îl vede cum se înfige în spătarul scaunului și cum duce halba de bere la gură.

— Dumneavoastră… scrieți?

Înghite cu greu; lueta i se mișcă, dar nu-l ajută să rostească inteligibil cuvintele.

— Cum așa? Când? Cum v-a venit ideea? Oooo, scuzați-mă, prea multe întrebări deodată, roșește Mihai. Mă așteptam la altă mărturisire. De fapt, nici eu nu știu la ce mă așteptam, însă această destăinuire este… nu știu… ciudată?

— M-am oprit la un moment dat, n-aș putea spune de ce. De fapt, s-o iau cu începutul, râde zgomotos Panait și tot trupul i se cutremură. Acum doi ani am simțit că trăiesc din nou. Am regăsit vechea pasiune de a scrie, dar am reinterpretat-o la omul care sunt acum. Și, crede-mă, sunt fericit ca un copil mic! N-am crezut că pot scrie și altceva decât cărți de specialitate sau tratate plictisitoare!

Barmanul se apropie cu două sticle de bere și o scrumieră pe o tavă din inox.

— Cele două beri cerute, domnu' doctor.

— Să trăiești, Gigi!

Panait umple halbele, cu gândul la iarna de acum doi ani.

— Să-mi termin ideea, că erai curios cum am început să scriu ficțiune. Am ajuns din întâmplare în mijlocul unei prezentări într-o librărie și m-am întors acasă cuprins de o euforie ciudată, plin de idei și emoții noi.

Mihai îi soarbe fiecare cuvânt și-l privește cu alți ochi.

— Un scriitor carismatic și foarte tânăr, povestește doctorul, m-a făcut să mă așez la birou, să iau stiloul, o coală de hârtie și să-mi aștern gândurile. Am scris ca un nebun!

Cincisprezece pagini în decurs de trei ore. A fost pentru prima oară după mulți ani când am simțit că gândesc limpede.

Ridică halba la gură, apoi trage cu nesaț din țigară. Ochii îi joacă veseli pe fața îmbătrânită. Mihai tace în continuare, intrigat de dezvăluirile șefului său. Șterge cu palma câțiva stropi de pe masă și se uită fără să clipească la doctor.

— Da, evident că ești surprins, dar mi-am dat seama că am o mulțime de povești de scris, care pentru alții ar putea fi un surogat la întâlnirile cu prietenii, la berea de după serviciu sau o evadare din cotidian. Ca și pentru mine, de altfel.

Tânărul nu-și găsește cuvintele de când s-a așezat la masă. Un milion de idei îi trec rapid prin cap, însă niciuna nu-i ajunge pe buze.

— Aaaa... spune Mihai fără să știe cum să continue. Se pare că asta e seara - noaptea, mă rog - este noaptea destăinuirilor. Sunt convins că e prima oară când discutați astfel cu mine. Sunteți ok cu sănătatea?

— Da, băiete, mă simt foarte bine. Jur! pune doctorul mâna la inimă, scrumul căzându-i pe pantaloni. Sunt chiar mai sănătos decât alții. Doar că întâmplarea asta m-a bulversat mai mult decât mă așteptam s-o facă. Astăzi, după ce am terminat examinarea cadavrului și am ieșit din tufișuri, aproape m-am lovit de un cuplu tânăr, care se plimba pe alee. El o ținea strâns de mijloc și îi povestea ceva cu voce scăzută, iar ea își rezemase capul pe pieptul lui. Părea că trăiesc într-o lume doar a lor.

— Viața are cursul ei firesc... mormăie Mihai, nereușind să înțeleagă tot ce spune doctorul. Mintea lui refuză să funcționeze, mâinile îi sunt amorțite, iar privirea pierdută.

— Ei, bine, băiete, necunoscuta noastră putea fi în locul ei! se înfurie Panait. Doar că iubitul ei va primi un cadavru într-un sac de plastic și nu va mai putea s-o strângă în brațe niciodată.

— Mi-ar plăcea să citesc ce ați scris până acum, spune Mihai, fără să audă ce-a spus șeful său.

Tânărul a realizat că e sincer chiar în momentul în care primele cuvinte au ieşit ca un torent din gura lui.

— Da, mi-ar plăcea. De fapt, sunt chiar curios!

— De citit, n-o să-ţi dau să citeşti acum, îl dezarmează Panait. În schimb, dacă vrei şi crezi că ţi-ar plăcea, o să te rog să mă ajuţi cu o mică povestire.

— Ăăă, păi eu nu mă pricep... Nu ştiu cum aş putea să vă ajut...

— Stai liniştit, că sigur te pricepi la ce-am eu nevoie!

— Vorbiţi serios? ezită Mihai, nefiind convins de siguranţa pe care o afişează doctorul.

— Puştiul care a descoperit cadavrul, Victor, i-a spus sub-inspectorului Arnăutu că a scris pe o chestie numită Facebook şi a primit 200 de like-uri. Nu ştiu la ce se referea. Am mai auzit aceste cuvinte, dar nu m-a interesat niciodată semnificaţia lor. Bănuiesc, dar să nu râzi de mine, că este un program pe calculator, unde oamenii scriu ce le trece prin cap, iar ceilalţi spun dacă le place sau nu.

— Doar dacă le place! chicoteşte Mihai. Toată lumea aşteaptă şi butonul de dislike.

Panait ridică o sprânceană.

— Aţi fost pe-aproape cu ghicitul! continuă Mihai. Facebook este, de fapt, o reţea socială virtuală, un loc în care strângi prieteni, povesteşti despre locurile pe care le vizitezi, restaurantele în care mănânci, filmele pe care le vezi. Sau îţi promovezi afacerea.

— Neavând copii sau nepoţi, spune Panait, habar n-am ce se întâmplă cu generaţia voastră. M-am gândit c-ar fi interesant să povestesc şi despre lucruri actuale. Sper ca cei care îmi vor citi cartea să nu fie numai tineri.

— Nu cred că m-aş descurca... Ideea de a scrie o povestire mi se pare, nu ştiu... fantezistă?

— Mă gândesc c-ai putea să-mi descrii o discuţie de pe programul ăla de îl foloseşti tu, pe calculator, de vorbeşti cu oameni...

Panait se uită în stânga, se uită în dreapta și ridică din umeri, asemeni unui copil prins cu lecția neînvățată la școală.

— Messenger-ul de la Yahoo? îl ajută tânărul.

— Chestia aia, cum zici tu, râde doctorul. Necunoscuta noastră fie se ducea la o întâlnire, fie venea de la una. Poate a fost chiar o primă întâlnire. Mă gândesc să începem cu această idee. Ți-am spus, își apleacă Panait fruntea către halba de bere, poveștile mele pleacă de la ce văd pe masa de autopsie. Scriu ficțiune, dar am un sâmbure de fapt real de la care pornesc.

— Și despre ce-ar trebui să scriu?

— Poate o discuție cu o fată, cu care ar urma să te întâlnești pentru prima dată? Crezi c-ai putea să copiezi una? îl întreabă Panait cu speranță.

— De copiat este imposibil, pentru că n-am arhiva conversațiilor mele, spune Mihai.

— Ce anume?

— În acest program există posibilitatea să poți salva toate discuțiile pe care le ai cu prietenii. Dacă le păstrezi, le poți accesa oricând, cu un singur click. Eu n-am ales această variantă.

— Sună complicat, zâmbește Panait.

— Puteți să vedeți altfel lucrurile, zâmbește și Mihai. Discuțiile cu prietenii sunt scrise pe hârtii A4, care apoi sunt arhivate într-un bibliograf, pe care îl păstrați în dulapul din birou la care umblați cel mai rar.

— Acum am înțeles. Și dacă tu nu le ai salvate, poți inventa o discuție?

— Mă pot chinui să-mi aduc aminte una, spune Mihai și privirea îi alunecă în stânga doctorului. Sau pot improviza pe marginea unor amintiri pe care le am.

Doctorul mișcă de mai multe ori din cap, schițând un gest de aprobare tineresc, cu degetul mare ridicat în aer.

— Dar vă dați seama că nu va fi nimic artistic, eu n-am talent ca dumneavoastră, spune Mihai repede.

— Tot ce vreau e să descrii o discuție reală, chiar dacă nu ți-o mai amintești în întregime. Mă interesează emoțiile, gândurile, ideile pe care le-ai avut atunci, îl bate Panait pe umăr.

— Hiu, răsuflă Mihai uşurat.

— Vreau doar să scrii așa cum scrieți voi, tinerii. Să folosești argoul generației voastre. Restul îl fac eu. Iar pentru efort, te voi răsplăti cu menționarea numelui tău în prefață și cu următoarea bere, zâmbește larg doctorul.

— Cu următoarele două beri și am încheiat târgul, negociază Mihai rânjind.

Marți, 20 octombrie

Doctorul Panait închide caietul cu zgomot, pocnetul coperților cartonate fiind gongul de final al unei etape încheiată cu succes. Aruncă pe birou stiloul pe care l-a primit cadou la aniversarea a 25 ani la Institut, se lasă pe spate și-și trece mâna prin păr. Zâmbește larg și, plin de satisfacție, mângâie biroul cu amândouă mâinile.

Un scârțâit anunță că se deschide ușa, iar doctorul întoarce capul surprins.

— Salut, doctore! rostește comisarul Ion Dumitrache vesel, întinzând mâna în completarea salutului verbal.

— Salut, comisare! îl întâmpină Panait. Ai venit după rezultatele autopsiei tinerei necunoscute? întreabă el înainte ca Dumitrache să spună ceva.

— Mda, după ele am venit... Încă n-am reușit să aflăm cine e. Amprentele pe care mi le-ai trimis nu sunt în baza noastră de date și adevărul e că oricum n-aveam multe speranțe s-o identificăm așa.

— Îmi pare rău să aud asta, spune Panait.

— Așteptăm ca cineva să semnaleze că lipsește, să sune la noi și să aflăm cine e tânăra. Apoi să-i localizăm familia, pentru anunțul oficial.

Comisarul își scutură zăpada de pe haină, o aruncă pe spătar și se trântește pe scaunul arătat de Panait.

— Vrei o cafea? întreabă doctorul.

— Ar merge una, dacă ieșim și la o țigară. Dar las' că-mi pun eu! sare Dumitrache de pe scaun.

Panait îl urmărește cu privirea și-l analizează de parcă acum l-ar vedea pentru prima oară. Comisarul este un bărbat înalt (*probabil are peste un metru nouăzeci*), brunet, cu tenul măsliniu și umeri lați, de înotător. Se mișcă încet, lăsând impresia unui tigru care se pregătește să atace fără zgomot prada expusă. Mâinile i se termină cu palme groase, pline de păr pe degetele umflate de la frig. Capul pare mai mic decât sugerează corpul de care atârnă, însă compensează cu o claie de păr, grizonantă pe alocuri.

Știind că are copii mari, doctorul îi apreciază vârsta la 50 de ani. Uitându-se la el, nu-i poate da, totuși, mai mult de 40. *Poate 42.* Căsătorit cu o colegă de la lotul național de înot, care i-a dăruit două fete deștepte și frumoase, asemeni lui, Dumitrache declară la fiecare petrecere că este fericit. Panait îl simpatizează mult, îi apreciază tenacitatea și dăruirea cu care-și face munca de criminalist, fiind deseori pe punctul de a-l invita la o bere, dar fără să ducă niciodată gândul până la capăt.

Văzându-l c-a terminat de umplut cănile, Panait deschide ușa de la balcon și-l invită discret, din cap, pe Dumitrache. Aprind amândoi câte-o țigară și sorb din cafeaua aromată, fără să le pese de uzanțe. După câteva minute de liniște, câteva guri de cafea și jumătate de țigară fumată, doctorul deschide discuția:

— Ieri, la autopsie, n-am găsit nimic nou. Exact cum am bănuit la fața locului, necunoscuta a fost lovită de-o mașină. N-avea viteză mare, însă i-a cauzat ruptură de splină, multiple fracturi ale membrelor și traumatisme, inclusiv traumatism cranian.

Comisarul îl privește atent pe Panait, ascultându-l cu

interes. Trage cu sete din țigară, de parcă vrea s-o termine dintr-o singură inspirație.

— A fost lovită destul de sus în partea stângă, cu toate că necunoscuta nu era chiar mică de statură, continuă doctorul trecerea în revistă a rezultatelor.

Lucrează cu Dumitrache de mai bine de 15 ani și niciodată nu l-a văzut citind raportul scris. Așa că, după vreo câțiva ani de colaborări excelente, au activat tacit acest ritual de informare reciprocă, la o cafea sau, mai rar, la un ceai negru. El începe de fiecare dată cu descoperirile din timpul autopsiei, continuă cu deducțiile pe care le realizează și sfârșește cu opiniile personale. Apoi comisarul îl anunță dacă are noutăți. Asta dacă n-o face chiar la începutul discuției, cum s-a întâmplat astăzi.

— Trei coaste rupte, dintre care una i-a perforat plămânul drept, cauza decesului fiind hemotoraxul, care a afectat substanțial activitatea respiratorie.

Panait își simte gura uscată, așa că duce cana la buze. Stinge țigara și continuă:

— Având în vedere tipul loviturii, am bănuit de la început c-a fost vorba despre o mașină de teren sau cel puțin una cu garda ridicată. Roșie, după fragmentele de vopsea de pe palton.

— Da, le-am remarcat și eu în parc, spune comisarul.

— Cioburile pe care le-am găsit în buzunar mi-au confirmat această presupunere, spune Panait. Provin de la un semnalizator de Land Rover.

Dumitrache aprobă din cap cu un zâmbet discret pe buze, fără să spună nimic. Ridică palma în semn de *stop*, scoate telefonul și apelează un număr din meniul de favorite.

— Lasă-mă să-l sun pe Cazan, să demareze căutarea mașinii. Este o pistă excelentă!

Augustin Panait privește în depărtare și-și aranjează ochelarii pe nas. Ninge liniștit, cu fulgi mari, *ca-n povești*. Acoperișul clădirii învecinate este acoperit de zăpadă, iar aleea de sub balconul în care stau este albă. Aleea se termină cu o curte interioară largă, fiind locul perfect de joacă pentru copiii din zonă, pentru că aici nu intră niciodată mașini.

Acum sunt la școală, dar după-amiază vor fi cel puțin zece-doișpe', bucuroși de prima zăpadă din an, gândește Panait.

— Gata! L-am pus la treabă! îi oprește comisarul gândurile, trecând mâna prin păr pentru a scutura fulgii de zăpadă, acum transformați în picături de apă. Să mergem mai departe cu discuția!

— Din estimările mele, mașina n-avea o viteză mai mare de 50 de kilometri pe oră. Corpul n-avea multe lovituri și traumatisme, deci cel mai probabil doar a împins-o în direcția de mers, n-a proiectat-o și în aer. Adică așa cum o bilă cu viteză mică ar lovi o popică, împingând-o înainte, fără s-o ridice în aer sau să dărâme popicele vecine.

— În zona parcului sunt patru treceri de pietoni, Cazan le-a numărat mai devreme, spune Dumitrache. Dacă tânăra a traversat regulamentar și-a fost un accident, atunci șoferul probabil s-a speriat de ce-a făcut. S-a uitat în jur, era noapte, frig, nimeni pe stradă la ora aia, deci scăparea a părut la îndemână.

— Oricum, speriat sau nu, autorul accidentului a luat-o de pe stradă, a târât-o până-n spatele tufișurilor și i-a aranjat hainele. În plus, a fost suficient de lucid încât să scape de dovezile asupra identității tinerei noastre, ca cercul suspecților să n-o includă pe autoare.

— Autoare? întreabă comisarul fără nicio inflexiune în voce.

— Necunoscuta arăta excelent, avea un raport bun greutate-înălțime. Un bărbat, chiar și de constituție medie, ar fi purtat-o în brațe. O femeie ar fi târât-o de mâini, ceea ce am și descoperit la autopsie. În jurul încheieturilor avea vânătăi. Normal că este posibil să mă înșel... bate doctorul puțin în retragere.

— Ha-ha! Tu nu te-ai înșelat niciodată! Dacă spui ceva legat de muncă, înseamnă că ești sigur pe tine și pe descoperiri.

— Mulțumesc, prietene! zâmbește doctorul, plecând ochii.

— Știi ce m-a frapat mai devreme? împunge comisarul cu degetul în aer. Ceva ce-ar susține teoria ta, cum că accidentul are o autoare... Necunoscuta avea hainele aranjate, părul așezat frumos și paltonul întins pe corp. Un bărbat n-ar arăta atâta grijă pentru cineva pe care tocmai l-a omorât.

Doctorul aprobă tacit spusele lui Dumitrache, apoi continuă:

— Mergând pe o altă supoziție, dacă necunoscuta a trecut printr-un loc nepermis, fiindcă nu era trafic la ora aia, șoferița a recurs la ascunderea trupului pentru că... unu, băuse; doi, nu avea carnet; trei, s-a panicat. Sau patru: avea totuși o viteză mai mare de 50 de kilometri pe oră.

Dumitrache deja rumegă toate detaliile pe care le aude, leagă idei și pune întrebări retorice în minte. Este mai bine-dispus ca în urmă cu douăzeci de minute, când intrase pe ușa Institutului. Simte că are de unde să apuce firul, unde să-l ducă, trasând direcțiile de acțiune pentru a ajunge la capătul celălalt.

— O a treia variantă ar fi excluderea totală a unui accident și clasarea evenimentului în categoria crimelor, spune Dumitrache gânditor, expulzând fumul pe nas.

— Niciuna dintre variante nu poate fi exclusă acum, ridică Panait din umeri. O altă pârghie în eșafodaj este aceasta: necunoscuta a avut un contact sexual consimțit, chiar înainte să moară. Am prelevat lichid seminal și Mihai s-a ocupat de trimiterea mostrelor la laboratorul din București.

— Cât timp crezi că va dura până când vom primi rezultatul analizei? întreabă comisarul.

— Cu puțin noroc și câteva telefoane, sper să avem un

profil ADN cam în două săptămâni, răspunde doctorul cu jumătate de gură.

— Daaar — începe comisarul.

— Stai puțin, revin în 10 secunde, ține-ți vorba!

Doctorul intră în cameră și revine cu un pachet de țigări nedesfăcut.

— Ce ziceai?

— De fapt, nu voiam să zic nimic, dă Dumitrache din mână.

— Bine. Până când vom avea ceva concret din capitală, îți ofer o altă pistă de urmat.

— Încă una? Trebuie să fie ziua mea norocoasă! râde comisarul.

— Cel mai probabil, tânăra a luat masa duminică seară într-un restaurant raw vegan, adică un restaurant care servește numai preparate vegetale crude. Ana, prietena lui Mihai, este vegetariană, explică doctorul cu capul într-o parte. De la el am aflat astea.

— Și de ce n-ar fi putut mânca o salată ca oricare alta? ridică Dumitrache sprâncenele simultan. Într-unul dintre sutele de restaurante din Sibiu?

— Necunoscuta a mâncat germeni de lucernă, nuci braziliene, salată verde și rucola. Mihai știe de la Ana că germenii de lucernă se servesc numai în restaurante raw vegan, îl lămurește Panait. Iar în Sibiu sunt doar două.

— Ai avut dreptate, pista este interesantă, spune Dumitrache, ducând mâna la bărbie. Fie că tânăra era vegetariană, fie că altcineva a ales unul dintre aceste restaurante, stilul acesta restrictiv de alimentație ne furnizează o direcție pe care trebuie s-o urmăm.

— Da, și mie mi s-a părut la fel! îl aprobă Panait. Cam astea sunt informațiile principale, restul le vei primi în raportul scris.

Doctorul se uită la Dumitrache, așteptând un semn din partea acestuia. Își aprinde încă o țigară de la cea care încă arde. Comisarul nu se grăbește să vorbească, dar știe că doctorul așteaptă câteva cuvinte din partea lui. Pomeții sculptați în piatră și fruntea lată exprimă hotărâre, iar gâtul întins și bărbia ridicată îi reflectă dorința de acțiune.

— Ca de obicei, Augustine, informațiile tale sunt bine formulate și atent expuse. Îți promit că o voi găsi pe autoare, mai ales că mi-ai oferit multe piste, chiar de la început. Rezultatele autopsiei mă trimit pe niște drumuri deschise, nu pe fundături, deci am șanse mari să aflu ce s-a întâmplat.

— Atunci data viitoare când ne vedem, poate îmi vei spune că ai arestat pe cineva, îl încurajează Panait.

— Acum nu vreau să promit că va fi așa, îi face Dumitrache cu ochiul. Poate mi-e poftă de o cafea bună de-a ta și dau o raită pe-aici doar pentru ea.

— Puneți pofta-n cui, prietene! Până când n-o prinzi pe madama cu jeep-ul, nu mai dau nimic!

##

Comisarul coboară dintr-un Logan alb fără inscripții, își aranjează haina neagră pe corp, apoi tocul pistolului, cu gesturi reflexe. Se uită la numele restaurantului, pictat în verde, alb și portocaliu, la casa veche, cu coloane înalte, geamuri mari și cărămidă aparentă. *Raw & Fresh - primul restaurant din Sibiu care servește preparate raw vegan*, citește pe inscripția aflată într-o casetă din lemn de lângă ușă.

Deschide ușa și un clopoțel se aude deasupra lui. Privește de jur-împrejur, așa cum face de fiecare dată când intră într-o încăpere. Mesele din lemn natur sunt asortate cu scaune înalte, tapițate în roșu. Decorurile sunt interesante, dar nu pe gustul lui: pereți roșu închis, picturi abstracte în alb și negru, flori verzi în ghivece de pământ. Totul este colorat și animat.

Cel puțin cincisprezece tineri stau la mese, cu niște farfurii mari cât pentru două persoane în dreptul lor, pline cu preparate fistichii. Dumitrache știe că trebuie să fie aproape zece dimineața, dar verifică, totuși, ceasul de la mână. *Zece fără zece. De ce e așa de plin?*

Se îndreaptă către barul din spatele căruia o domnişoară exuberantă împarte sarcini către alte două tinere:

— La masa doi, o porţie de dovlecini con pesto[1], la băieţii de la cinci două sucuri energy[2] şi la şase încă un guacamole[3].

Fetele pun farfuriile şi paharele pe tăvi din bambus şi pleacă grăbite.

— Nu uitaţi să zâmbiţi! le aduce aminte tânăra.

Fără să vrea, Dumitrache o ascultă şi el, aruncându-i un zâmbet ştrengăresc, asemeni unui copil căruia i s-a spus să nu mai scoată limba.

— Amândouă au început săptămâna trecută, se scuză ea. Bună ziua, bine aţi venit la *Raw & Fresh*! Doriţi să luaţi brunch-ul aici sau la pachet?

— Ce să doresc?! clipeşte Dumitrache.

— Brunch-ul, adică masa de la ora 10, explică ea amabil. Noi n-avem un termen românesc, aşa că am fost nevoiţi să-l folosim pe cel din engleză. Este o combinaţie între breakfast şi lunch, adică între mic dejun şi prânz.

Comisarul o ascultă interesat, bucuros că a aflat motivul unui restaurant plin încă de dimineaţă.

— Un fel de Brangelina[4], zâmbeşte femeia, dezvelind un aparat dentar dublu. Toţi cei care mănâncă raw food, iau şi brunch-ul, pentru că aportul de calorii este mult mai scăzut. Ca raw veganist, nu poţi avea doar trei mese pe zi.

— Aha, am înţeles. Atunci nu vreau brunch. Nici aici, nici la pachet. Vreau doar nişte informaţii. Nu vă reţin mult.

Îi arată insigna de poliţist şi legitimaţia.

1 Preparat vegetarian inclus în categoria „paste". Printre ingrediente se regăsesc dovlecei fâşii, sos pesto, migdale şi roşii cherry.

2 Orice tip de suc care aduce un aport de energie. Poate fi realizat din legume sau fructe, fără adaosuri de zahăr.

3 Preparat culinar pe bază de pulpă de avocado, creat pentru prima oară de către azteci, dar intrat în cultura actuală ca fiind preparat mexican. Este realizat în mai multe variante, în funcţie de ţară. Printre ingrediente se regăsesc usturoiul, lămâia şi/sau lămâia verde, pătrunjelul, ceapa, roşiile sau ardeiul roşu.

4 Termenul de „super cuplu" este originar din Statele Unite ale Americii şi indică un cuplu foarte cunoscut, cel mai des din istoria cinematografică. Brangelina a fost unul dintre super cupluri, fiind format din Brad Pitt şi Angelina Jolie. Brangelina provine din combinarea prenumelor celor doi actori.

— Comisar-Şef Dumitrache, Serviciul de Investigații Criminale din cadrul Inspectoratului de Poliție al Județului Sibiu.

— O, dar ce s-a întâmplat? tresare tânăra.

— Numele dumneavoastră, vă rog, ignoră comisarul întrebarea.

— Da, cum să nu? Ioana Bursuc.

Ochii i se mută de la insignă la chipul comisarului.

— S-a întâmplat ceva grav cu cineva din familie? Mâinile îi tremură în timp ce se șterge pe un prosop de hârtie.

— Sper că mă veți ierta, dar nu am un răspuns la această întrebare, încearcă Dumitrache să o liniștească. Sper să nu aibă legătură cu dumneavoastră. Deocamdată, tânăra de la morgă este necunoscută și acum încerc să-i aflu identitatea.

Ioana clipește des. Înțelege de ce nu primește un răspuns clar, însă nesiguranța îi provoacă panică și i se înmoaie picioarele. Tremurul mâinilor nu mai este mascat de nimic, iar palmele-i sunt inundate de transpirație. Le șterge cu un gest grăbit de pantaloni și se uită la comisar. Bărbatul scoate un carnet din buzunarul interior al sacoului, un pix și fotografia necunoscutei de la morgă. O întoarce către Ioana, ridică mâna peste blatul de la bar și o apropie de ea.

— O cunoașteți pe această domnișoară? întreabă el.

O reacție scurtă, de ușurare, din partea tinerei, apoi o privire îngrozită, când realizează că femeia este moartă.

— N— nu— nu cred.

— Sunteți sigură? Vă rog să vă mai uitați încă o dată. Fotografia nu este tocmai ideală, a fost făcută ieri, la morgă. Poate dacă ați vedea una în care are ochii deschiși, râde și este machiată, ar fi altceva. Credeți că așa ați recunoaște-o?

— De fapt, sunt sigură, n-o cunosc! rectifică Ioana mai puțin șovăitoare. Am făcut un curs de cosmetică și make-up, îmi dau seama cum arată femeile nemachiate. Îmi pare rău, este îngrozitor că a murit așa de tânără.

— Duminică seară ați fost aici? Ați lucrat? o întreabă Dumitrache.

— Duminica e ziua mea liberă. Singura, de altfel, într-o săptămână.

— Cine-a fost în locul dumneavoastră la bar?

— Maria Kaufmann, spune tânăra. Ea preferă să lucreze duminica, fiindcă sâmbăta are un curs de bucătari.

— Unde o găsesc pe Maria?

— Vine în tura de după-amiază, începe la 3. Lucrăm opt ore, în două schimburi, simte Ioana nevoia să explice.

— O să vă rog să-mi dați numărul ei de mobil, ridică Dumitrache privirea către tânără, oprindu-se din scris.

— Al Mariei? Imediat.

Ioana scoate telefonul din buzunarul de la spate al pantalonilor și caută numărul. În stânga ei se aude o sonerie care imită ciripitul de păsărele.

— Vă las telefonul să notați numărul. Mai aveți nevoie de mine după asta? întreabă ea.

— De ce întrebați?

— S-au terminat de pregătit supele pentru masa zece și fetele nu se descurcă.

— Da, știu, sunt nou-venite, surâde comisarul. Nu, am terminat, vă mulțumesc!

— Ok, atunci fug!

Tânăra îi aruncă o privire recunoscătoare și pune telefonul pe bar. Dumitrache notează numărul pe hârtie, apoi scoate mobilul. Apelează numărul Mariei Kaufmann, se așază pe un scaun și pune cotul pe tejghea. În timp ce sună, se uită la clienții restaurantului, încercând să-și dea seama ce fel de oameni sunt cei care au adoptat acest stil de alimentație. N-apucă să termine analiza, pentru că aude o voce răgușită în telefon:

— Maria.

— Ion.

— Știu toate bancurile cu Ion și Maria, prietene! Așa că

lasă glumele și spune-mi cine ești! gâjâie vocea.

— Chiar sunt Ion. Dumitrache. Comisar-Șef în cadrul Serviciului Omoruri. Zâmbește larg în timp ce se recomandă, iar femeii nu-i scapă acest lucru.

— După cum am spus, lasă bancurile, fiindcă n-am chef de ele. Am dormit doar câteva ore azi-noapte.

— Îmi pare rău că te-am trezit, dar nu puteam să aștept până la trei, când intri în tură. Chiar sunt comisar și acum mă aflu la *Raw & Fresh*. Am numărul tău de la Ioana, colega ta.

— Bine, comisare! Sunt la dispoziția ta. Cine a murit și de ce ai nevoie de mine?

— Văd că nu te formalizezi... spune Dumitrache.

— Tu te grăbești, iar eu nu mă mai formalizez de când i-am pierdut pe ai mei într-un accident de mașină. Tușește scurt. Viața e prea scurtă pentru a pierde vremea cu prostii și politețuri.

— Am o fată la morgă, tânără, frumoasă, care-a mâncat niște chestii raw vegan duminică seară, înainte să moară. Aș vrea să ne vedem, să-ți arăt o fotografie de-a ei și să-mi spui dacă o recunoști.

— Ce-a mâncat? întreabă Maria.

— Irelevant, eu la fotografie vreau să te uiți.

— Comisare, te-am întrebat ce-a mâncat!

Sunetul aspru al vocii ei și lipsa de respect îl surprind pe Dumitrache. Ar vrea să-i tragă un perdaf răsunător, însă restaurantul plin îl obligă să spună printre dinți ce-a găsit Panait în stomacul necunoscutei.

— N-a venit la noi, tușește femeia din nou. Nu trebuie să văd fotografia. Încearcă la *Chez Lucille!* Altul în Sibiu nu mai este.

— Cum așa? Nu înțeleg.

— Noi nu servim nuci braziliene. Te poți intoxica cu seleniu de la ele. În plus, rămâi cu un gust metalic în gură, pe care lumea îl consideră neplăcut.

— Serios? N-am știut!

— Nu știi multe, comisare. Servim preparate raw vegan, un fel de mâncare SF pentru unii, dar ne știm meseria foarte bine.

— Aici nu te pot contrazice, Maria.

— Acum mă întorc la somn. Se aude un căscat prelung.

— Iar eu mă duc la Lucille. Somn ușor, mulțumesc pentru ajutor!

— N-ai pentru ce!

Dumitrache închide telefonul zâmbind.

O fată strașnică! Dacă aș avea numai martori din ăștia, ce bine ar fi!

— Am terminat aici, îi returnează telefonul Ioanei, împingându-l pe blat către ea. Serviciu ușor în continuare!

— Ați aflat ceva de la Maria? întreabă fata.

— Mai multe decât îmi închipuiam. Numai bine!

— La revedere!

Dumitrache intră în mașină, învârte cheia în contact și se înscrie pe strada cu sens unic. La radio încep știrile de la zece și jumătate. O voce gravă de bărbat anunță că ieri dimineață, în jurul orei unsprezece, un băiat a găsit în Parcul Muzeului cadavrul unei femei. Criminaliștii, legiștii, polițiștii și procurorul de caz lucrează împreună pentru a elucida misterul acestei morți. Primele informații arată că este vorba despre un accident de mașină. Surse din interiorul poliției au declarat că femeia încă nu a fost identificată. În cazul în care au informații legate de dispariția unei rude, persoane apropiate sau dacă au fost martorii accidentului, prezentatorul apelează la ascultători și îi roagă să se prezinte la cea mai apropiată secție de poliție de pe raza județului Sibiu.

Știrea asta ar fi trebuit să fie dată ieri! Totuși, mai bine mai târziu decât niciodată. Poate avem noroc și cineva semnalează dispariția fetei.

##

Mașina comisarului înaintează cu viteză redusă, în timp ce el aruncă priviri iscoditoare spre casele de pe partea stângă a drumului. Așteptând o imagine la fel de colorată ca a primului restaurant, aproape că trece cu privirea peste numele cu litere mici, care imită scrisul de mână.

Dumitrache urcă mașina pe trotuar, oprește motorul și iese trântind portiera. Se asigură în stânga și traversează strada în alergare, ținându-și haina cu ambele mâini.

Decorat modern și minimalist, restaurantul își întâmpină clienții cu tonuri de alb, gri și negru. Pereții văruiți în alb au din loc în loc aplice din pânză, completate cu lustre din fier forjat, fără abajururi. Mesele albe, cu picioare din inox, despart un rând de canapele negre și unul de scaune din piele, cu design retro. Vaze cu decorațiuni vegetale sunt așezate pe mici piese de mobilier aflate în colțuri, iar ferestrele sunt acoperite cu perdele alburii din organza.

Barul contrastează cu restul localului. Este vopsit în tonuri de gri și este realizat din cuburi mari din rigips, fiecare cub având dimensiuni diferite. Lateralele sunt pline cu storcătoare, blendere, aparate pentru deshidratat, pahare, căni și paie multicolore. Barul nu depășește un metru cincizeci în înălțime, lăsând să se vadă pe peretele din spate o tablă neagră, pe care o brunetă scrie cu cretă meniul zilei.

Auzind pași, tânăra de nici douăzeci de ani se întoarce și-l fixează pe comisar printre genele lungi.

— Bună ziua, caut o domnișoară care a mâncat aici duminică seară. Ați fost în tură alaltăieri? intră comisarul direct în subiect.

— Sunteți de la poliție? întreabă ea fără să salute, fluturând genele peste o pereche de ochi candizi.

— Da. Am fost la *Raw & Fresh* și de acolo am înțeles că numai voi serviți nuci braziliene. În timp ce vorbește își caută în buzunar insigna de polițist și legitimația.

— Aveți și o legitimație? se interesează tânăra.

— Asta caut, zâmbește comisarul.

Femeia se întoarce cu spatele și scrie 18 lei în dreptul unei acolade care leagă *supa cremă de fenicul* și *salata de cartofi cu sfeclă roșie.*

— Sunt Comisarul-Şef Dumitrache, din cadrul Serviciul de Investigaţii Criminale Sibiu, spune acesta, scoţând legitimaţia plastifiată.

— Asta nu sună prea bine, spune tânăra fără să se întoarcă.

— Pentru domnişoara pe care o caut sună şi mai rău.

Tânăra adaugă o inimă pe tablă, apoi iese din spatele barului, cu un zâmbet profesional pe buze. Îi aruncă o privire scurtă comisarului şi-l invită către o masă liberă de două persoane, arătându-i direcţia cu mâna. Din cauza tocurilor-platformă şi a pantalonilor mulaţi, femeia calcă înţepat, fără să flexeze genunchii suficient. Sandalele înalte lasă o impresie greşită asupra înălţimii sale, însă îi pun în valoare picioarele frumoase. *Probabil n-are mai mult de un metru şaizeci*, gândeşte comisarul în timp ce o urmează către masa indicată.

— Cum vă pot ajuta? ia loc femeia pe scaun, punând degetele pe marginea mesei.

Comisarul îşi scoate haina, o atârnă pe spătarul scaunului şi se aşază în faţa ei.

— După cum v-am spus, vreau să aflu dacă o anumită domnişoară a mâncat duminică seară aici. Sper doar să o recunoaşteţi.

— Duminică am lucrat, cu toate că nu era tura mea, strânge tânăra buzele. Planificasem o ieşire cu fetele, dar şefa ne-a chemat pe toţi la lucru. Am avut o petrecere privată cu mulţi invitaţi. Dacă a fost la petrecere, cred că o pot recunoaşte.

— Câte persoane au participat? întreabă comisarul, scoţând carnetul de notiţe. Ţine pixul în aer, aşteptând răspunsul tinerei.

— 25, spune ea repede.

— Ştiţi cine a organizat-o?

— Da, bineînţeles, fiindcă a plătit cu card-ul. Cristian nu-ştiu-cum. Trebuie să mă uit pe chitanţă pentru numele de familie.

Dumitrache mișcă din cap concentrat.

— A fost ziua lui, a împlinit 39 ani, aduce tânăra lămuriri.

— Dumneavoastră cum vă numiți?

— Diaconu Miruna.

— Acum o să vă arăt o fotografie a domnișoarei pe care o caut. În fine, impropriu spus *o caut*, fiindcă acum este la morgă. A fost victima unui accident de mașină și am găsit-o ieri la prânz. Vreau doar să știu dacă a mâncat aici.

Ochii ei rotunzi și mari nu exprimă nimic. Aprobă în liniște, aruncând o privire rapidă spre geamul de lângă ea. O mașină oprește în dreptul restaurantului și luminile de avarie încep să clipească intermitent.

— Este în regulă? vrea să se asigure comisarul.

— Da, se aude glasul șoptit al Mirunei.

Comisarul scoate fotografia din buzunar pentru a doua oară în ultimele șaizeci de minute și o pune pe masă în fața Mirunei.

— Ea este domnișoara despre care vorbeam, împinge comisarul fotografia către Miruna.

Aceasta pleacă privirea și genele îi umbresc pomeții. Tresare ușor, își prinde brațul stâng deasupra cotului și începe să vorbească cu capul în jos.

— Da, a fost la petrecere. A stat chiar lângă fratele sărbătoritului.

— Ce-a mâncat, ce-a băut?

— O salată, i-am adus-o chiar eu. Nu știu ce-a băut, parcă apă plată. Nu-mi aduc aminte să fi avut altceva în față.

— Vă aduceți aminte cu ce era îmbrăcată sau dacă avea telefon? întreabă comisarul.

— A avut o ținută banală, de *office*. Bluză fără mâneci, pantaloni negri de costum. Geanta era Gucci, a dat pe puțin 4-500 de Euro pe ea. Avea un iPhone alb. Nu știu ce model, că nu mi-au plăcut niciodată iPhone-urile, ridică Miruna din umeri.

— Nu știți cum o cheamă?

— Nu.

— Ce altceva îmi mai puteți spune? se interesează Dumitrache.

— Referitor la ce?

— Referitor la petrecere, de exemplu. Când a început, cât a durat, ce meniu au avut?

— Păi, a început pe la șapte, când au ajuns primii invitați, răspunde Miruna Diaconu. Meniul l-au stabilit împreună cu șefa mea, acum vreo două săptămâni, dar au mai luat băuturi în plus. Totalul a ajuns pe la patru mii de lei.

Dumitrache dă din cap, în timp ce-și notează toate informațiile în carnet. Pixul se mișcă rapid pe hârtie, scrijelind pe alocuri foaia subțire.

— Atmosfera cum a fost? continuă el seria de întrebări. Au existat certuri, neînțelegeri?

— Nu, a fost o petrecere normală. Fără fițe, cântece la beție sau alte chestii din astea.

Genele bogate se ridică în timp ce își dă ochii peste cap și un zâmbet îi înflorește pe buze.

— Deci totul s-a desfășurat liniștit, să înțeleg?

— Da. Muzică în surdină, discuții între oamenii de la mese. Nimic special, cum spuneam.

— Aha. La ce oră s-a terminat? întreabă Dumitrache.

— Putem să facem o pauză? se ridică tânăra. Am un client la bar, trebuie să aflu ce vrea.

— Bineînțeles! Nu vă faceți griji, vă aștept aici! o asigură comisarul.

Miruna zâmbește discret și se duce către bar. Dumitrache recitește ce a scris pe carnet și subliniază pasaje care i se par importante.

— A vrut doar o apă, explică Miruna, luând loc din nou în fața comisarului.

— Unde rămăsesem?

— M-ați întrebat dacă a fost o petrecere liniștită, spune

Miruna. V-am răspuns că da. Totul a fost normal.

— Așa este. Bun, atunci să trecem mai departe!

— Stați așa!

Comisarul ridică ochii din carnet și o privește.

— La un moment dat, a avut loc o mică dispută. Soția sărbătoritului a țipat la o colegă de-a mea, că nu există hârtie igienică la toaletă. Probabil era doar nervoasă, fiindcă atunci când i-am dus un sul, am auzit-o cum vorbea cu o altă femeie de la petrecere.

— Ce spunea?

— Că s-a săturat să o vadă pe-aia, așa s-a exprimat ea, *pe-aia*, că-i face ochi dulci lui Cristi.

— Și? Era adevărat? Ați observat ca vreo femeie să se uite într-un fel anume la sărbătorit? întreabă comisarul.

— Nu știu dacă era adevărat sau nu, își încrucișează Miruna brațele sub sâni. Eu una n-am văzut nicio femeie care să-l privească cu subînțeles. Și am spirit de observație, să știți, spune ea repede, aplecând capul spre umărul drept.

— Daaa, am văzut acest lucru. Deci nu ați sesizat nicio nuanță în aer?

— Niciuna, spune hotărâtă.

— Și soția ce gen este? se interesează Dumitrache.

— Blondă, suplă, frumoasă. Un fel de 90-60-90, rânjește Miruna. A fost îmbrăcată impecabil, într-o rochie de cocktail roșie, cu un fel de tutu și sandale Jimmy Choo[1].

— Sunt la modă acum? se preface comisarul că știe despre ce este vorba.

— Doar pentru cei cu foarte mulți bani, fiindcă sunt enorm de scumpe! își dă ea ochii peste cap. Știu cât costă și cum arată, pentru că prietena mea cea mai bună e pasionată de modă, adaugă repede Miruna, după ce observă privirea mirată a comisarului.

— În sandale pe vremea asta? nu se poate abține bărbatul, arcuind sprâncenele în V.

1 Designer de pantofi de lux pentru femei, realizați manual. S-a născut în 1948 în Malaysia și locuiește în Marea Britanie.

— Ei doi, sărbătoritul și soția au venit mai devreme. Ea s-a schimbat în biroul din spate.

— Toți au venit cu mașinile personale?

— Nu știu. Parcarea clienților e în spatele clădirii, dar fiind sens unic, intrarea în parcare e înainte să ajungi la restaurant. Arată cu degetul în fața ei.

— Există camere de supraveghere, înăuntru, afară, în parcare...? își încearcă norocul comisarul.

— N-avem așa ceva. De ce-am avea? se miră tânăra.

— La ce oră s-a terminat petrecerea? repetă bărbatul întrebarea de mai devreme.

— N-au plecat toți deodată, deci nu aș putea să vă spun ora exactă. Ce știu cu siguranță, deoarece am avut programul zilei, este că tortul a fost adus la unsprezece. Soția și fratele lui Cristian *something*[1] au plecat cam la o jumătate de oră după, apoi cei mai mulți dintre invitați pe la douăsprezece.

— Aveți idee de ce-au plecat pe rând? întreabă Dumitrache.

— Blonda trebuia să ajungă în București neapărat, pentru că ieri avea o întâlnire importantă, de la care nu putea să lipsească, flutură Miruna din gene.

— Aha! Și a dus-o cumnatul cu mașina, nu soțul...

Comisarul mușcă pixul cu dinții, iar Miruna se fâțâie pe scaun și-și încrucișează picioarele.

— Ați mai văzut vreo persoană de la petrecere în restaurant, înainte de duminică sau de-atunci până astăzi?

— Păi nu prea aveam cum, toți locuiesc în București, își mușcă femeia buza inferioară.

— Serios? Nu era niciunul de prin zona noastră? Sunteți sigură de acest lucru?

— Cel mai probabil, rectifică Miruna. Își trece mâna prin părul negru și aruncă o șuviță spre ceafă. Oricum, toți vorbeau cu accent de capitală, întărește ea spusele cu o fluturare simultană din gene și palma dreaptă.

1 Ceva (Trad. din limba engleză). Exprimarea se referă la faptul că nu-i cunoaște numele de familie.

— Mi-ați oferit foarte multe informații, pentru care trebuie să vă mulțumesc.

Comisarul închide carnetul, pune pixul deasupra și mâinile pe masă.

— Pentru puțin, se uită Miruna nerăbdătoare la ceasul cu brățară metalică de la mână.

— Un singur lucru ar mai fi, spune comisarul. Mi-ați spus că sărbătoritul a plătit cu card-ul.

— Da, așa este.

— Dacă vă rog frumos, ați putea să-mi aduceți o copie a chitanței, pentru a-i afla numele întreg? Credeți că ar fi ok cu șefa dumneavoastră?

— Nu e nicio problemă, o aduc acum! șuieră femeia, bucuroasă că s-a terminat.

Se îndreaptă cu pași mici către o ușă aflată în dreapta barului. Blugii strâmți pe corp și bluza cu decolteu adânc atrag privirile unui bărbat. Acesta întoarce capul după ea și o privește lung.

— Mai venim să mâncăm aici, îl aude comisarul spunând.

Tânăra se întoarce în restaurant, zâmbește clientului care îi aruncase ocheadele și îl întreabă dacă mai dorește ceva. La răspunsul negativ al acestuia, își continuă drumul către Dumitrache.

— Cristian Boghievici îl cheamă, pune Miruna Diaconu o hârtie în fața comisarului. Dacă vă mai pot ajuta cu ceva, să-mi spuneți.

Rămâne în picioare, cu brațele încrucișate pe piept.

— Aici aveți cartea mea de vizită, întinde mâna comisarul. În cazul în care unul dintre cei care au fost la petrecere mai trece pe aici, vă rog să mă sunați.

— Ok, așa am să fac!

Clipește repede și genele îi flutură într-un dans vesel.

— Vă mulțumesc încă o dată pentru toate informațiile! Dacă voi mai avea întrebări, știu unde vă găsesc.

Comisarul se ridică în picioare, o salută pe tânără și iese din restaurant cu haina în mână. Afară se îmbracă rapid, scoate telefonul din buzunar și apelează un număr favorit.

— Ești la sediu? Bine, ajung și eu în 7-8 minute. Am câteva piste în cazul tinerei din parc.

##

Comisarul înscrie mașina la dreapta, spre Piața Unirii, trece pe lângă Parcul Casei de Cultură și parchează în fața Inspectoratului de Poliție. Iese din mașină și aruncă o privire încruntată către clădire. Amalgamul de culori de la exterior îl deranjează de fiecare dată când ajunge aici și tot de fiecare dată se întreabă cine a decis să vopsească fațada principală cu grena, alb, portocaliu și galben.

Nici interiorul nu este mai ponderat din punct de vedere cromatic. Pereții sunt galbeni, ramele geamurilor albe, lambriurile au culoarea lemnului de stejar, iar gresia este verde închis. Din loc în loc, ghivece mari de ficuși și rododendroni bătrâni încurcă circulația pe holuri.

Camera centrală a departamentului criminalistic are un aer modern și sobru. Dumitrache este fericit că avântul creativ al celor care decoraseră clădirea s-a terminat la ușa acestui departament. Mobilierul este nou, alb complet, scaunele sunt negre și nu există nicio plantă. Birourile comisarilor se află în separeuri despărțite de ziduri din rigips, iar cele ale superiorilor seamănă cu niște acvarii uriașe. Peretele din față, cel cu ușa, e complet din sticlă, iar cel opus are o fereastră înaltă.

— Să trăiți, domnule comisar! aude o voce chiar în fața sa.

Un bărbat brunet, îmbrăcat în costum bleumarin, se apropie călcând apăsat pe linoleum. Ochelarii de vedere îl ajută să creeze o impresie falsă asupra celor de 28 de ani pe care tocmai îi împlinise.

— Hai la mine în birou, Cazane! spune Dumitrache.

Deschide o ușă din sticlă pe care este scris cu litere albe

numele său, intră și se aruncă pe scaun, fără să se dezbrace de haină.

— Ia loc!

Comisarul îi arată un scaun, apoi scoate carnetul de notițe din buzunar.

— Mulțumesc! răspunde tânărul, aranjându-și ochelarii pe nas.

— Am fost la cele două restaurante raw vegan de la noi, începe Dumitrache. M-am oprit întâi la Raw & Fresh. Domnișoara care a lucrat duminică și cu care am vorbit la telefon, pentru că era în tura de după-amiază, m-a trimis la celălalt restaurant, Chez Lucille.

— Cum era așa de sigură că n-a fost la ei, dacă n-a văzut fotografia necunoscutei? se miră Cazan.

— Ei nu servesc nuci braziliene.

— Aha, se explică.

— La al doilea local, am cunoscut-o pe Miruna Diaconu. De la ea am aflat informațiile care ne indică două-trei piste de urmat. Aici, în Sibiu, spune comisarul și pune vârfurile degetelor pe birou, posibil și în București.

Dumitrache se ridică pe lângă birou și frunzărește cu o mână paginile carnetului. Cazan îi urmărește atent mișcările, așteptând restul informațiilor.

— Am găsit! exclamă comisarul. Domnul Cristian Boghievici a împlinit duminică 39 de ani și a organizat o petrecere cu această ocazie. Au participat 25 persoane, printre care și necunoscuta noastră de la morgă. Domnul Boghievici este căsătorit și are un frate. La masă, necunoscuta a stat pe locul de lângă fratele sărbătoritului.

— Interesant, spune Cazan pe picior de plecare. Numele de familie nu pare comun, deci cred că am șanse mari să-l găsesc în sistem.

— Stai, nu pleca încă! îl atenționează comisarul cu un deget ridicat. Vreau să-ți mai spun că domnișoara Diaconu a remarcat accentul de capitală al invitaților la petrecere. Iar soția domnului Boghievici a plecat cu cumnatul ei, în aceeași seară, către București.

— Atunci, în primă fază, voi restrânge aria la București și împrejurimi, stabilește Cazan. Dar mă întreb de ce-au venit în Sibiu. Doar pentru petrecere?

— Poate sărbătoritul provine din zona noastră și-i era dor de meleagurile natale? Habar n-am! ridică Dumitrache din umeri. Asta este tot, încheie el discuția când vede că subalternul său a rămas pe gânduri, cu ochii în podea.

Cazan ridică privirea, ochii căprui reflectându-i starea de anticipație. Se ridică de pe scaun și iese cu pași grăbiți din încăpere. Rămas singur în birou, Dumitrache formează numărul doctorului Panait și-i spune în câteva cuvinte ce a aflat în ultima oră. În timp ce vorbește, se uită la Cazan, care stă la biroul aflat la câțiva metri depărtare. Îl vede căutând informații în calculator, tastând rapid, înclinând capul și apoi revenind la verticală. Tânărul apasă cu putere fiecare literă și comisarul parcă aude zgomotul produs de taste.

— Cazan caută acum date despre Boghievici, cel care i-a chemat pe toți la ziua sa, răspunde la o întrebare de-a lui Panait. Dacă este din București, atunci astăzi mă duc acolo. Aș vrea s-o identificăm pe tânără cât mai repede și să construim cercul de suspecți. Da, da, te țin la curent, stai liniștit. Salut!

Aruncă din nou priviri către adjunctul său. Acesta caută concentrat informații despre Cristian Boghievici, iar Dumitrache nu se poate gândi decât la petrecerea de duminică, unde probabil s-a întâmplat ceva, și acel *ceva* a condus la moartea tinerei.

Desprinde un post-it galben din suport, apucă un creion și scrie cu liniuțe câteva idei, pronunțând cu voce tare în același timp: o soție supărată; un frate serviabil, poate prea serviabil; un sărbătorit care vine special din capitală și aduce cu el douăzeci și cinci de oameni; o femeie la morgă, lovită de o mașină noaptea târziu, după ce petrecerea s-a terminat.

— Ceva nu se leagă, încheie comisarul înșiruirea.

Cazan deschide ușa fulgerător, clanța îi scapă din mână și amândoi aud un pocnet metalic atunci când ușa se lovește de ceva din interior.

— Noroc că dulapurile alea sunt din fier! Dacă n-ar fi fost, intrai direct în biroul lui Anghelescu! îi spune Dumitrache încruntat.

— Mă scuzați, domnule comisar, se precipită Cazan.

Pe tenul palid îi apar cercuri mari, roșii și tânărul rămâne încurcat în cadrul ușii.

— Haide, intră, nu sta acolo ca o stană de piatră! Ce este atât de important de ți-ai făcut o asemenea intrare?

— Am dat de urma lui Cristian Boghievici, spune moale Cazan.

— Acest lucru mă face să uit de întâmplarea cu ușa, îndulcește comisarul tonul. Ce-ai aflat?

Cazan citește de pe o hârtie pe care o are în mână.

— Locuiește în București, este născut pe 20 octombrie 1975, căsătorit, fără copii. Dar avem o problemă.

— Care anume? își frământă comisarul mâinile.

— E senator din anul 2012. La 24 ani s-a înscris în PSD, iar la alegerile de acum doi ani a fost ales senator pe listele acestui partid.

Dumitrache se uită la ceasul de pe perete.

— E doișpe', spune el. Până în capitală facem maxim patru ore. Dă-i un telefon senatorului și vezi dacă s-a întors în București și dacă da, stabilește o întâlnire pentru ora 7, să fim siguri că ajungem la timp. Acolo traficul e infernal, nu ca la noi.

— Aș putea face acest lucru, dacă n-ar fi senator, spune Cazan, strângând buzele. Numărul de telefon e *la secret*, iar adresa la fel. Pentru a le obține, am nevoie de mandat de la doamna procuror de caz.

— Cine e procuror, Raluca? întreabă Dumitrache, ridicând ochii negri la Cazan.

— Da, Raluca Neagu, zâmbește fâstâcit tânărul.

Comisarul ridică receptorul telefonului fix de pe birou, formează un număr și așteaptă ca procurorul de caz să răspundă. Când o face, îi povestește despre anchetă, despre rezultatele și supozițiile lui Augustin Panait, încheind cu propriile descoperiri. O aude cum îi răspunde monosilabic, în stilul caracteristic.

— Și asta nu e tot! spune Dumitrache. Am nevoie de mandat pentru a afla numărul de telefon și adresa unui senator al României, spune el pe un ton declamator, mizând pe efectul cuvintelor sale.

— Alo, Raluca, mă mai auzi sau s-a întrerupt?

Se uită la Cazan. Acesta așteaptă cu sufletul la gură confirmarea procurorului, pentru a se întoarce la calculator.

— A, mă auzi, bine, am crezut că s-a pierdut legătura.

Îi face cu ochiul lui Cazan.

— Eu sunt nebun de când mă știu, nu de azi, de ieri.

Zâmbește larg, dezvelindu-și dantura îngălbenită de la nicotină.

— Da, știu ce-ți cer, dar dacă n-ar fi imperios necesar să vorbesc cu acel om, nu te-aș deranja. Necunoscuta de la morgă a participat la petrecerea lui, a stat chiar lângă fratele lui, iar soția senatorului a făcut un comentariu ciudat. Avem o posibilitate de a afla cum o cheamă pe femeie, cine a fost, ce-a făcut. De altfel, e singura pistă viabilă din acest moment.

— Vine ea la noi? întreabă Cazan în șoaptă. Comisarul aprobă din cap de câteva ori.

— Aha, da… aha. Ok, atunci te așteptăm cât de repede poți. Închide convorbirea, bucuros de rezultat. Vine Raluca, aduce mandatul și din acel moment te poți apuca să cauți numărul de telefon.

— A spus pe la ce oră ajunge? vrea Cazan să afle.

— Nu. Trebuie să discute cu șeful ei înainte să emită mandatul.

— N-avem prea mult timp la dispoziție, dacă vrem să ne vedem în seara asta cu domnul senator.

— Hm, ai dreptate, își mușcă obrazul pe interior comisarul. În cazul în care nu mai putem pleca astăzi în timp util, ne întâlnim mâine dimineață la ora patru și ne bem cafeaua acasă la domnul senator.

— În legătură cu Land Rover-ul... spune Cazan, aștept informațiile de la Registrul Auto Român. Din câte am înțeles, e o mașina destul de populară. N-aș fi crezut, mai ales că una nouă, cu motor de 2.0 și 150 cai putere, costă vreo patruzeci de mii de euro.

Ține ochelarii cu trei degete, să nu-i alunece pe nas și pleacă ochii pentru a citi informațiile de pe foaia pe care a adus-o cu el.

— Numai în ultimii doi ani s-au înmatriculat 3.771 mașini, atât noi, cât și la mâna a doua.

— Mda... Acum nu putem să avem noroc pe toate planurile, spune Dumitrache, ridicând din umeri.

— Analiza ADN a lichidului seminal vine peste două săptămâni, cel care o cunoaște pe tânără e senator și nu putem ajunge la el cu una, cu două... În plus, locuiește la 300 kilometri de noi.

— Informațiile despre mașină ne vor fi de ajutor, însă vor fi destul de multe și va trebui să le verificăm bucată cu bucată, îl completează subalternul său.

— Cazul nu este simplu deloc, chiar dacă am avut noroc cu mâncarea raw-vegan și cu numele de familie rar al domnului senator.

— Apropo de mâncare! Comandăm o pizza, domnule comisar?

— Că bine zici! zâmbește Dumitrache. Eu vreau Diavola, ca de obicei. Te ocupi tu, te rog?

— Mă duc acum să sun la Azzurra și le spun să se grăbească. Poate reușim să terminăm de mâncat până ajunge doamna Neagu cu mandatul.

— Mulțumesc. Adaugă un sos iute și o Cola. Dacă e bal, bal să fie! rânjește Dumitrache.

##

Cazan își aranjează ochelarii pe nas, prinzând rama între degetul mare și cel arătător. Ochii căprui din spatele lentilelor sunt activi, sugerând aceeași agerime de minte pe care Dumitrache a observat-o cu trei ani în urmă, în prima zi de lucru a adjunctului său la departamentul de criminalistică.

— Senatorul are imunitate, spune Cazan. Dacă n-are nimic de ascuns și va vrea să vorbească, o va face. Dacă nu, atunci se va ascunde în spatele protecției, strânge tânărul buzele. E atât de ușor să scape de noi, încât parcă am deja un gust amar în gură la gândul că poate mergem până acolo de pomană.

Își completează spusele cu un gest de lehamite. Comisarul aprobă din cap în timp ce ia paharul cu Coca-Cola de pe masă și soarbe din el. Privirea i se împăienjenește de la acidul evaporat.

— Petrecerea e cheia. Cazan pune sos pe o bucată de pizza cu șuncă și mozzarella, apoi mușcă cu poftă. S-a întâmplat ceva în timpul ei sau după ce s-a terminat, continuă el cu gura plină.

— N-am aflat decât patru personaje din poveste, completează Dumitrache. Faptul că tânăra necunoscută a stat lângă fratele senatorului, iar acesta din urmă are o soție nemulțumită... îmi dă de gândit. Pune paharul pe masă și se uită cu coada ochiului la telefon.

— E aproape două și Raluca încă n-a sunat, îi citește Cazan gândurile.

— Mda, spune și comisarul, în timp ce desprinde o bucată de pizza deja tăiată. Să sperăm că va suna în timp util, să plecăm azi.

Ușa de la bucătărie se deschide și un cap ras complet apare în cadru, fără a se vedea și corpul de care este atașat.

— Dom' comisar, a venit doamna procuror și întreabă de dumneavoastră. Ce să-i spun?

— Condu-o la mine în birou, te rog.

Capul dispare.

— Filimon, stai așa!

— Da, să trăiți! se întoarce bărbatul, de data aceasta intrând cu tot corpul în bucătărie.

— A spus ceva despre un mandat?

— Nu. M-a întrebat doar unde sunteți și i-am spus că sunteți în clădire și ajungeți în câteva minute.

— Bine, mulțumesc.

Dumitrache se șterge la gură cu un șervețel, bea restul de Coca-Cola din pahar și îi aruncă o privire scurtă lui Cazan.

— O fi de bun augur? întreabă el retoric, în timp ce se ridică de la masă.

— Sunt convins, îl liniștește Cazan. Și ca o dovadă a siguranței mele, după ce strâng aici, mă duc la garaj să iau o mașină pentru deplasări.

Comisarul Dumitrache iese din încăpere, îndreptându-se cu pași mari către birou. În fața ușii se află o femeie tânără, cu părul de culoarea mierii, strâns într-o coadă simplă. Zâmbetul profesional întipărit pe chip îi conferă o atitudine distantă, taiorul și paltonul, ambele cu croială clasică, desăvârșindu-i profilul.

— Sărut mâna, Raluca! spune Dumitrache când ajunge lângă ea.

— Bună ziua, comisare! întoarce femeia capul și părul îi foșnește în timpul mișcării.

Bărbatul deschide ușa și-i face semn să intre. Se reazemă de marginea scaunului și se uită încordat la ea, aplecat de spate.

— Ai vești bune pentru mine? Ai reușit să obții mandatul?

— Și încă într-un timp record! chicotește femeia, plasând picioarele în diagonală după ce ia loc pe scaun.

Deschide geanta diplomat și scoate un dosar deschis la culoare. Când întinde mâna, remarcă mina de ușurare a comisarului.

— Deci avem undă verde, asta e bine, spune Dumitrache. Recunosc c-am avut emoții, având în vedere funcția domnului în cauză. Însă n-aveam alte variante. Cum îi spuneam mai devreme și lui Cazan, petrecerea e cheia rezolvării misterului identității femeii.

La auzul numelui lui Cazan, un zâmbet apare pe buzele femeii, care dispare însă la fel de repede precum a apărut.

— Da, am înțeles de la telefon acest lucru, de aceea m-am și grăbit cu mandatul. Acum puteți să aflați telefonul și adresa senatorului. Poate chiar să stați de vorbă cu el, dacă va accepta.

— Trebuie să accepte, dacă n-are nimic de ascuns, împunge Dumitrache aerul cu degetele. În zece minute plecăm în București. Cazan s-a dus la garaj, să ceară o mașină.

Procurorul roșește și se joacă cu încuietoarea servietei.

— Bine, atunci mă întorc și eu la treabă, spune ea. Dacă mai aveți nevoie de ceva, aștept un telefon. Astăzi n-am niciun program, probabil voi sta mai mult la birou.

Se ridică în picioare, ia paltonul de lână de pe scaun, îl pune pe brațul stâng și se îndreaptă spre ușă. Comisarul se ridică curtenitor și o conduce spre ieșire.

— Îți mulțumesc, Raluca! A fost o plăcere să te revăd, ca întotdeauna. Zâmbește larg.

— Salutări Angelei din partea mea!

O urmărește cu privirea în timp ce traversează secția și vede că se intersectează cu Cazan lângă automatul de cafea. Cei doi se opresc pentru a schimba câteva cuvinte.

— Bine că n-ați plecat, apare capul ras al locotenentului Filimon.

— Ce s-a întâmplat? vrea comisarul să afle.

— Ieri am trimis comunicate de presă la radiourile și televiziunile locale, în speranța că cineva fie va sesiza dispariția tinerei, fie își va aduce aminte ceva ce s-a întâmplat duminică seară, care să aibă legătură cu accidentul ei.

— Da, azi dimineață am auzit și eu știrea la radio, spune Dumitrache.

— Acțiunea a dat roade! zice Filimon încântat. Mai devreme a venit un tânăr la noi și a lăsat un DVD, pe care se află un film de două minute. Băiatul și-a montat o cameră video pe casca de biciclist.

— Așa, așteaptă comisarul continuarea, neînțelegând unde vrea să ajungă Filimon.

— I-a povestit ofițerului de serviciu cum că duminică seară s-a plimbat, ca de obicei, cu bicicleta. N-a observat incidentul. Nici n-a auzit nimic, pentru că avea căștile în urechi. Dar astăzi, când a verificat înregistrările din cameră, a văzut ceva ciudat și-a venit într-o goană la noi.

— Spune, Filimoane, mai repede, nu mă mai ține în tensiune! bate comisarul din picior.

— Necunoscuta noastră merge pe trotuar și o mașină aflată pe prima bandă o urmărește. La un moment dat, când se termină copacii de pe marginea străzii, fiindcă începe spațiul din fața intrării în parc, mașina pune frână, pentru a avea loc de demaraj, șoferul ambalează motorul, se suie pe trotuar și o lovește pe tânără în plin.

— Poftim?! apare Cazan în cadrul ușii, prinzând ultimele cuvinte ale colegului său.

— A fost crimă? întreabă Dumitrache, nevenindu-i să creadă.

— Da, a fost crimă cu sânge rece, îl aprobă Filimon.

— Atunci se schimbă complet datele problemei, spune Cazan.

— Vreți să vin cu voi?

— Nu, Filimoane! Am nevoie de tine aici! îi cere comisarul.

— Mașina e gata, zice Cazan, cu ochii la Dumitrache.

— Bine, îmi iau haina, dau două telefoane și mergem. Între timp, tu află adresa și numărul de telefon al senatorului. O să-l sun din mașină, pentru a stabili întâlnirea.

— Pe domnul Comisar-Șef Marinescu l-ați sunat? întreabă Cazan. Mi-ați spus să vă aduc aminte să stabiliți cu dânsul detaliile echipei operative inter-județene.

— Nu, mulțumesc că mi-ai adus aminte! Către el va fi primul apel pentru că avem nevoie de tot suportul colegilor din capitală pentru acest caz. Vom lucra cot la cot cu ei și sper că Marinescu va prelua comanda echipei. Ne cunoaștem de foarte multă vreme, știu cum lucrează și am toată încrederea în el. Este unul dintre cei mai capabili comisari pe care-i are departamentul.

— Și al doilea telefon?

— O sun pe Angela, s-o rog să-mi pregătească niște haine de schimb, periuța de dinți și pasta. Trecem rapid pe acasă, le iau și apoi ne oprim la tine. De cât timp ai nevoie pentru a-ți pregăti geanta?

— Ca la armată, râde tânărul, maxim zece minute!

— Ce armată ai făcut tu, băiatule? zâmbește și Dumitrache.

##

— M-a sunat acum Dumitrache, spune Panait în timp ce-și șterge ochelarii cu o bucată de piele artificială. Aburește o lentilă suflând pe sticlă, lustruiește toată suprafața și o ridică în lumină, să vadă dacă este curată.

— Are informații noi? întreabă Mihai, ridicând capul din foile pe care le are în față.

— N-o să-ți vină să crezi! Raluca Neagu, procurorul de caz, a obținut mandatul pentru a afla datele de contact ale senatorului. Iar Dumitrache și Cazan se pregăteau să plece către București.

— Bun, încep să se lege lucrurile… mormăie tânărul cu o privire absentă.

— Apoi, ca din senin, la poliție apare un biciclist cu un CD în brațe, pe care avea o înregistrare de duminică seară.

— Poftim? se dezmeticește Mihai.

— Ți-am spus că n-o să-ți vină să crezi! exclamă doctorul. Pe video se vede cum o mașină o urmărește pe necunoscuta noastră, se suie pe trotuar și dă peste ea.

— Hm, deci a fost crimă, scutură Mihai din cap.

— Da' tu ce faci acolo? răsuflă Panait în timp ce se ridică de pe scaun.

— Eu? Păi, aveam puțin timp liber...

— Cum așa? se miră doctorul.

— Am terminat rapoartele, și-ale mele, și-ale dumneavoastră, apoi am îndosariat totul, îi arată Mihai dulapul cu acte. Cât ați vorbit cu comisarul Dumitrache, eu am vorbit la Județean și de-abia la ora cinci ne așteaptă, acum au o comisie medicală.

— Bine, dar tot nu mi-ai răspuns la întrebare. Ce scrii acolo?

— Am început să scriu ce m-ați rugat. Discuția pe messenger, pentru cartea dumneavoastră, se înroșește Mihai până în vârful urechilor.

— Serios? Te-a prins propunerea mea? Bravo, băiete! bate Panait din palme, în timp ce un zâmbet i se lățește pe față. Îți mulțumesc!

— Mai am de scris doar finalul și apoi vă dau foile, să vedeți dacă e ceea ce aveați nevoie.

— De-abia aștept! Sunt foarte curios.

Sclipirea de veselie din ochii doctorului îi estompează semnele de bătrânețe prematură de pe chip.

— Eu zic așa: până termini tu, eu mă duc până la doamna Eva, să iau ceva de mâncare. Mi-e o foame de lup și e deja trei. Tu scrie în liniște cât lipsesc eu, iar când mă întorc, voi avea ce să citesc la masă.

Panait se deplasează anevoie către cuier, fără să aștepte confirmarea lui Mihai. Se îmbracă cu gesturi lente, îndesând căciula de lână pe creștetul capului și strângând fularul la gât.

— Îți iau și ție meniul zilei? întreabă din mers.

— Nu, spune Mihai. Aș vrea ciorbă de văcuță și ardei umpluți, plus un pahar cu smântână. Se scotocește în buzunar și scoate o hârtie de 50 lei. Uitați aici banii.

— Mă întorc repede!

— Nu vă grăbiți!

Ușa se trântește de la curent, iar gândurile lui Mihai zboară către scena pe care încearcă s-o descrie din amintiri. I-a făcut plăcere să-și aducă aminte de una din multele conversații pe care le-a avut cu Ana, de fapt chiar ultima înainte să o întâlnească. Și să o scrie din perspectiva ei. A descoperit cu această ocazie cât de dificil e să te pui în pielea altcuiva, oricât de bine l-ai cunoaște. Să alegi cuvintele pe care crezi că le-ar folosi acea persoană, să-i ghicești gândurile și să-i intuiești gesturile. Dar lui i-a fost ușor, pentru că e vorba despre Ana.

Adică despre jumătatea mea mai bună.

Dacă Panait l-ar fi rugat să scrie despre alte persoane, reale sau imaginare, n-ar fi putut. În schimb, oricând ar închide ochii, ar vedea aievea toate momentele petrecute alături de Ana. Prima întâlnire, primul sărut, prima noapte de dragoste și primul *te iubesc* spus în timp ce ascultau *I put a spell on you*. Zâmbește în colțul gurii.

Și-au dat întâlnire într-o zi friguroasă de la sfârșitul anului trecut, iar imaginea ei de atunci i s-a întipărit pe retină. Părul lung, castaniu-roșcat, îi cădea în valuri pe umeri și de fiecare dată când își mișca capul, un miros pregnant de lavandă îi invada nările. Ochii îi erau umezi de la vânt și când zâmbea, gropițele din obraji îi dădeau un aer adolescentin.

Se întoarce la povestirea pe care o scrie pentru Panait și pixul îi alunecă cu ușurință pe foaie. Douăzeci de minute mai târziu, soneria mobilului îl scoate din reverie. Știe că este *ea* și simte cum un val de căldură îi inundă tot corpul. Sare ca un arc de pe scaun și răspunde la telefon.

— Da, iubita! Ca de obicei, gând la gând cu bucurie, zâmbește Mihai.

Se duce spre fereastră, aruncând priviri în depărtare. Cerul este acoperit de nori gri și ninge viscolit.

— Sunt la morgă, îl aștept pe doctorul Panait să aducă

ceva de mâncare. Da, știu că e trei jumate', dar n-am reușit să mâncăm până acum. Tu ce faci?

Ascultă atent ce îi spune femeia și se întoarce la birou.

— Mi-e dor de tine, ne vedem diseară?

Face o pauză, așteptând răspunsul.

— Excelent! Te sun când termin aici și trec pe la tine. Poate ieșim la o pizza. Bine, iubita, pe diseară!

Respiră adânc și închide convorbirea bine dispus. Ușa se deschide și Panait intră cu două sacoșe în mâini.

— Să v-ajut!

Îi vine în întâmpinare și apucă una dintre pungi.

— Mulțumesc, băiete! Mă duc să mă dezbrac și să mă spăl pe mâini. Pregătești până atunci masa?

— Bineînțeles.

Două ore și jumătate mai târziu, Panait pune capacul stiloului și se lasă pe picioarele din spate ale scaunului, stând în cumpănă. Se gândește la Mihai și la rapiditatea cu care a răspuns rugăminții sale de a descrie o conversație virtuală între doi tineri care nu s-au văzut niciodată. Cele trei pagini pe care i le dăduse tânărul sunau minunat de real, Panait având senzația că acesta era chiar unul dintre protagoniștii povestirii. Adică exact așa cum trebuie să se simtă orice cititor.

A realizat mai multe modificări pe text, a schimbat cadrul poveștii, a adăugat pe ici, pe colo anumite fraze sau a tăiat paragrafe care erau de umplutură. Dar în esență, firul discuției dintre cei doi protagoniști n-a fost modificat. El doar a completat povestea cu finalul pe care îl avea creionat în minte.

Satisfăcut, plescăie o bomboană mentolată, mutând-o în gură din stânga în dreapta. Se uită la Mihai cu admirație, descoperind o nouă fațetă a personalității lui. Acesta se simte privit, așa că întoarce capul.

— Ei, cum vi s-a părut? întreabă cu jumătate de gură, nedorind să afle răspunsul.

— Ce să mi se pară? îl tachinează doctorul.

— Dialogul dintre cei doi protagoniști...

— Care protagoniști?

— Haideți, serios acum, nu mă mai fierbeți atât!

Panait izbucnește într-un râs zgomotos, incapabil să se mai abțină. Mihai se uită încurcat și așteaptă verdictul.

— Măi, băiete, a fost... cum să îți spun eu...

Îi prinde privirea tânărului și iarăși începe să râdă.

— Știam eu că a fost o idee proastă! răspunde cu năduf acesta.

— Din contră! Am avut o idee excelentă, spune doctorul. Nici n-am lucrat mult la ea. Am ajustat-o doar în câteva locuri și am adăugat finalul pe care-l aveam în minte.

— Vorbiți serios?

— Foarte serios, renunță Panait la jocul său. Mi-a plăcut foarte mult. N-aș fi putut în veci să scriu așa ceva! Sunt fericit că ai acceptat. Și ca să vezi că nu glumesc, te anunț că va fi prima povestire din carte.

Mihai răsuflă ușurat, bucuros să afle că nu s-a făcut de râs în fața șefului său. Își aranjează lipsit de îndemânare bluza albă și mormăie un *mulțumesc*, însoțindu-l de un zâmbet timid.

— Dacă ai timp, o poți citi acum, îl invită Panait. Nu e forma finală, cu siguranță voi mai lucra la ea până la publicare, însă e foarte aproape de ceea ce-mi doream de la această povestire.

— Aș fi onorat să văd cum ați introdus dialogul într-o idee mai largă. Și să fiu primul care o citește!

Panait strânge cele patru coli A4 pline de corecturi cu pix roșu, se uită încă o dată la comentariile sale de pe margine și le împinge spre marginea biroului. Se ridică, sprijinindu-se pe toate degetele de tăblia mesei și-l privește pe Mihai.

— Îți mulțumesc, băiete!

2
A doua păpușă Matrioșka

– Virtual –

Se așază în fața laptop-ului și deschide fereastra de discuție din Messenger. Nările îi freamătă și palmele îi tremură, anticipând o altă conversație ieșită din tipare cu Răzvan. Nu-l cunoaște pe Răzvan, nu așa cum e obișnuit să cunoști pe cineva, dar discută de aproape o lună cu el. Numai online, ce-i drept, fără a simți deocamdată nevoia să se mute în lumea reală. Acest lucru nu înseamnă că discuțiile lor sunt ireale, ci înseamnă că nu sunt purtate față-n față. Fiorul pe care-l simte în stomac, fluturii aceia generatori de adrenalină și plăcere, gândurile offline pe care le are legate de el, întrebările pe care și le pune... Toate acestea sunt reale. La fel și dorința ei neverbalizată de a face dragoste cu el, de a se lăsa mângâiată, sărutată și răsfățată de omul fără chip, dar cu replici incredibil de amuzante și inteligente.

— Servus, ce faci? întreabă ea, sperând ca el să fie liber.

— Excelent! apare pe ecran.

Literele îi joacă în fața ochilor și respiră ușurată. *E la calculator. Asta e foarte bine,* spune ea în gând, cu degetele vibrând deasupra tastelor.

— Te așteptam... scrie Răzvan.

Femeia își șterge palmele inundate de transpirație.

— Missed me[1]? De ieri până azi?

— Absolutely[2]! Am numărat secundele și minutele. Au fost peste 1.400 de minute și peste 85 mii de secunde. More or less, but still counting[3].

M-ai pierdut la calcule! Cât înseamnă 1400 de minute? N-am mai vorbit de aseară, deci cred că te referi la 24 de ore.

1 Ți-am lipsit? (Trad. din limba engleză).
2 Bineînțeles! (Trad. din limba engleză).
3 Mai mult sau mai puțin, încă număr. (Trad. din limba engleză).

Scrie febril, gândind pe măsură ce tastează.

— Pe naiba! Din douăș' patru de ore, 10 le-ai dormit, 2 ai mâncat, 2 ai mers cu mașina, 9 ai fost la birou și 2 ai fost cu prietenii la bere. N-ai avut tu timp să te gândești la mine... și la secundele scurse.

— Corect! De fapt, și la mine ziua are tot 25 de ore! clipesc literele pe ecran.

— Adică? întreabă ea nedumerită. Ce vrei să spui?

— 10 cu 2 cu 2 cu 9 și cu 2 fac întotdeauna – dar întotdeauna – 25. Bărbatul adaugă la final un omuleț care zâmbește cu gura până la urechi.

— Mă enervezi, spune ea cu voce tare, mușcându-și buza inferioară. Tot timpul ești pe fază. Nu-ți scapă nimic și e frustrant. Mă chinui să fiu atentă să nu fac vreo greșeală și degeaba... Adaugă rapid un omuleț care plânge, dar în sinea ei zâmbește.

— Poate pentru că te străduiești prea mult, vine linia următoare de la partenerul ei de discuție. Îți dorești prea mult să mă impresionezi. Dar propunerea mea este să nu te mai agiți, fiindcă oricum n-ai nicio șansă ca să mă sensibilizezi, scrie imediat Răzvan, plasând o figurină-drăcușor pe o altă linie.

Heeei, de ce ești rău?? Adică n-am nicio șansă să te impresionez? Cum așa? Ești al naibii, ai pus bine iconița!

— Răzvan, știi că adevărul doare, nu-i așa? scrie femeia, simulând un glas mieros cu ajutorul unui omuleț care clipește des din gene. Este greu să recunoști, știu acest lucru, but I had you at hello[1]. Zâmbește larg, atât online, cât și offline.

— Ai dreptate, Andreea! M-ai cucerit din prima zi, recunosc. Apoi, când mi-ai trimis poza aia cu tine având 100 kg, mi-am revenit instant. Acum mai stăm la povești doar pentru că ești un partener mișto de discuție.

Obrajii femeii iau foc.

Sunt grasă? Sau ce vrea să spună? N-am 40 kilograme, ce-i drept, dar când zici 100, te gândești la o femeie chiar

1 Te-am avut de la primul cuvânt. (Trad. var. din limba engleză)

grasă. Ce superficial gândește! Pe naiba, eu i-am cerut de o mie de ori o fotografie, tocmai pentru a vedea cum arată. Dacă nu contează, de ce-am mai insistat în privința aspectului fizic? Dar evident că glumește, la 60 kg și 170 cm, nu pot fi definită ca fiind o femeie grasă.

— N-am zis că aş fi Naomi Campbell, dar totuși, 100 kg?? Ești sigur că ai rezoluția bună la calculator? Aaa, stai, cred că te uiți pe un monitor 4:3, care lățește

— Ar trebui să lățească foarte mult, haha!

Andreea strânge buzele și caută o replică la fel de dură. N-o găsește și nu știe ce să facă mai departe.

— Norocul meu este că sunt foarte bună la pat! Dar n-ai cum să afli acest lucru, pentru că sunt doar un partener mișto. De discuție. Și atât. Râde cu lacrimi, fericită că a găsit o replică la fel de bună ca a lui.

— Ah! Ești rea!

Apoi liniște…

Ce face acum? La ce se gândește?

— Îți dau o șansă să te revanșezi, apar cuvintele pe ecran după câteva secunde.

— Hai-hai! spune ea.

— Argumentul sexual a fost foaaarte convingător, să spunem, nu cedează Răzvan. Meet me tomorrow! Anytime, anywhere[1].

Inima Andreei bate cu putere, iar mâinile îi tremură mai tare decât la începutul discuției lor.

— Trecem la next level[2]? întreabă ea. Ești sigur că vrei acest lucru? Spargem farmecul cu o banală întâlnire?

— Lăsând gluma la o parte, cred că trebuia s-o facem acum ceva vreme, scrie Răzvan. Mi-ar plăcea să aflu dacă frazele alea de le spunem cel puțin de două ori pe zi în același timp au legătură cu mediul virtual sau nu. Plus că ți-ar satisface dorința de-a mă cunoaște, flutură bărbatul din gene cu ajutorul unui omuleț animat.

1 Întâlnește-te cu mine mâine! Oricând, oriunde. (Trad. din limba engleză)
2 Următorul nivel (Trad. din limba engleză)

— Trebuie să recunosc faptul că un bărbat care flutură din gene este foarte sexy, asemeni unui hipopotam, nu ratează femeia ocazia.

Fața i se luminează de un zâmbet și continuă fără să îi lase timp să răspundă:

— Bine, hai să ne vedem!

Am înnebunit, e clar! Îmi dau întâlnire cu un bărbat despre care nu știu mai nimic. Știu doar cum îl cheamă, unde lucrează și unde stă. Mai am nevoie și de altceva, hihi?

— La mine sau la tine? citește Andreea pe ecran în timp ce apăsa tasta *enter* cu întrebarea *La mine sau la tine?*.

Izbucnesc amândoi în râs în fereastra de discuție, dar cu siguranță Răzvan râde cu aceeași poftă în fața calculatorului, așa cum face și ea.

— Here we go again[1], spune Andreea cu voce tare, tastând același lucru și pe laptop.

— Dap, suntem din același film, scrie rapid și Răzvan. Eu trebuie să plec, așa că-mi pare rău că nu mai putem să ne aruncăm săgeți virtuale. Doar virtuale și doar până mâine. Vrei să trec să te iau de la birou? Pe la ora 6? Am un Fiesta alb… dacă nu te deranjează să vii cu mine…

Frazele parcă apar cu întârziere sau doar are femeia impresia. Să-i fie cumva frică lui Răzvan să nu spună ceva care s-o supere? Mai ales acum, când aveau de gând să părăsească mediul virtual pentru cel real?

— Poate mergem să mâncăm ceva. Știu un restaurant drăguț la zece minute de biroul meu, spune ea cu gândul să-l liniștească pe bărbat. Atunci pe mâine?

— Pe mâine, absolut! îi răspunde acesta, arborând un semn animat vesel. Te aștept în fața clădirii, la ora șase.

##

Andreea este în fața calculatorului de la birou și aruncă ocheade către ceasul din bara de jos. Șase fără zece. Salvează și închide programul de contabilitate, apoi ia două dosare de pe masă și le pune în dulap. Scapă unul dintre ele pe mochetă

1 O luăm de la capăt (Trad. din limba engleză)

și când vrea să-l ridice, foi pline de raportări cad din al doilea și se împrăștie în jurul ei.

— Mama mă-sii de acte! La dracu' cu ele! răbufnește femeia și trântește ambele dosare.

— Ce se-ntâmplă cu tine? întreabă colega ei de birou. Toată ziua ai fost așa!

— Nimic, doar că am o întâlnire la ora șase și nu prea am fost în apele mele astăzi, răspunde Andreea.

Pune un genunchi în podea, adună repede hârtiile, le îndeasă în biblioraft și le aruncă înapoi pe masa de unde le-a luat, fără să mai încerce să le așeze în dulapul cu actele pe octombrie. Se apleacă spre monitor. *Șase fără cinci.*

— La naiba, eu nu mai pot să aștept, cobor chiar acum! spune Andreea. Simt că mă sufoc!

— Păi și ce faci dacă întârzie? Îngheți pe frigul ăsta!

Andreea ridică din umeri și îi aruncă colegei o privire scurtă. Închide calculatorul forțat, ținând apăsat butonul de pornire și ia ultima gură de cafea rece dintr-o cană cu mesaje motivaționale. Aruncă paltonul pe un braț și geanta pe umăr, zâmbind gândurilor.

Mai întâi îl va privi îndelung și pe săturate, pentru a-i învăța fiecare cută și linie a feței. Apoi îi va asculta vocea și-o va lega de discuțiile lor, sperând că el este la fel ca în visele ei.

Lasă ușa deschisă, uitând să o salute pe Ioana, colega ei aflată în pragul pensionării. Emoțiile o copleșesc și coboară câte două trepte deodată. Se uită afară prin geamurile de la fiecare etaj, dar în întunericul serii de iarnă nu reușește să găsească nicio mașină albă.

Ajunge în hol, se îmbracă, trage puternic aer în piept și activează senzorul de mișcare al ușii. Aceasta începe să se rotească, Andreea intră în cadrul ei și cinci secunde mai târziu iese din clădire.

Se uită în parcarea lată, plină de mașini, însă nu vede niciun Ford Fiesta. Iese în stradă și observă mirată cum trotuarul nu mai există. O gaură uriașă se cască în locul lui.

Se hotărăşte să-l aştepte pe Răzvan pe partea cealaltă a bulevardului. Pune piciorul pe asfalt, se uită în partea stângă, se asigură cu prudenţă şi păşeşte hotărâtă până la următoarea bandă de circulaţie. Acolo se opreşte pentru câteva secunde, se asigură din nou şi începe să alerge către scuarul dintre sensurile de mers.

Vede o pereche de faruri alergând nebune către ea şi ştie că n-are timp să ajungă pe refugiu. Se uită din nou în stânga şi farurile o orbesc. Aude o frână puternică, anvelopele muşcă asfaltul, dar şoferul nu reuşeşte să oprească la timp. Maşina o loveşte în plin şi-o proiectează prin aer câţiva metri. Corpul femeii loveşte asfaltul, iar puţinii trecători rămân împietriţi pe trotuare.

Din Ford-ul Fiesta alb coboară ameţit un bărbat de aproape 30 ani.

Miercuri, 21 octombrie

Panait se ridică de pe canapea şi se duce către mica lui bucătărie. Scoate din frigider nişte mezeluri, o cutie cu lapte şi patru felii de pâine. Îşi ţine întotdeauna pâinea în frigider, feliată, pentru că aşa s-a obişnuit de ani de zile. Aruncă salamul şi parizerul ţărănesc pe feliile de pâine, toarnă lapte într-o cană, pune sendvişurile suprapuse pe o farfurie şi se întoarce în sufragerie. Trânteşte pe podea câteva cărţi de istoria medicinei citite recent, pentru a putea pune farfuria pe masă, apoi se aşază în acelaşi loc din care plecase cu câteva minute în urmă.

Muşcă dintr-un sendviş şi gândurile îi zboară la evenimentele din ultimele două zile. La tânăra de la morgă, încă necunoscută, la informaţiile aflate de Dumitrache şi, nu în ultimul rând, la cazul care l-a inspirat să-şi continue munca de scriitor.

Povestirea scrisă de Mihai a ieşit foarte bine, mult mai bine decât a sperat. Panait a văzut cu ochii minţii dialogul dintre cei doi, simțind prin toți porii că este autentic. Cuvintele în engleză nu l-au deranjat, pentru că reproduc fidel generația de astăzi, așa cum expresiile în franceză au fost proprii generației lui. Nu înțelege prea multe cuvinte din engleză, fiindcă el a făcut franceză și rusă în școală, însă i-a mulțumit în gând lui Mihai că i-a trecut prin cap să atașeze traducerile în notele de subsol.

Mestecă cu gura deschisă, scoțând din când în când limba afară, ca un furnicar care-și împinge mâncarea în interior. Îi vine să râdă când își aduce aminte de reacția pe care a avut-o Mihai, după ce-a terminat de citit povestirea completată de către el cu finalul surprinzător. Se holba, pur și simplu! Nu-i venea să creadă că o poveste atât de romantică și frumoasă a fost transformată într-una tragică, foarte tristă.

Bea din cana cu lapte și termină cel de-al doilea sendviș. Caută în comoda aflată lângă canapea, în dreapta lui, caietul cu primele scrieri ale sale. I-ar plăcea să recitească ceva scris acum doi ani, pentru a face o comparație între cum scria atunci și cum scrie astăzi. Pune cu o mână caietul pe genunchi și, când să-l deschidă, aude interfonul. Se ridică oftând, nemulțumit de întrerupere.

— Cine e? se răstește el, ținând butonul interfonului apăsat.

— Eu sunt, domnu' doctor! aude vocea clară a femeii care îi face curat o dată pe săptămână.

— Tu ești, Mia? Urcă, te aștept!

Am uitat că azi e miercuri, spune doctorul în sinea lui, trecându-și mâna prin părul rar.

Un minut mai târziu, timp în care Panait a așteptat în picioare, lângă ușa larg deschisă, Mia ajunge pe palier, urcând greoi scările. Încă doi pași și e în casă, salutând politicos.

— Ce-i cu tine la ora asta? o ia Panait la rost. E de-abia opt fără un sfert și tu nu vii niciodată mai devreme de opt jumate'.

— N-am știut cum o să circule autobuzele și am preferat să plec mai devreme, să fiu sigură că nu înghet prin stații, răspunde femeia.

— Mai ninge?

— Daaa, ninge și ie frig, aprobă Mia. V-am deranjat de la masă, văd, spune ea aruncând o privire în sufragerie. Iertați-mă! Dacă știam, nu mă grăbeam așa.

— Nu-ți face griji, Mia! Eu trebuie să-mi cer scuze de la tine.

— Dumneavoastră de la mine? face ochii mari femeia. Cum așa, domnu' doctor?

— Efectiv am uitat să te sun, să-ți spun că azi sunt acasă până la prânz, spune Panait cu jenă în glas.

— Oh, dar nu ie nicio problemă, aveți multe pe cap... îl liniștește Mia. Dar de plecat, nu mai plec acasă acum, își dezvăluie ea caracterul hotărât, de la țară.

— Ooo!

— Dacă tot sunt aici, o să încerc s-aranjez lucrurile în liniște. Nici n-o să mă simțiți prin preajmă, îl asigură femeia fără drept de apel. Oricum, sunt convinsă că va suna telefonul cât de curând și-o să plecați liniștit, fără să vă mai mustrați pen' că nu m-ați anunțat.

— Eu sper să nu te-audă Dumnezeu, spune el din fața mesei. Dacă sună, e de rău, deci mai bine ar fi să nu sune.

Panait își ia din nou farfuria în brațe și-o întreabă din ochi pe Mia dacă vrea ceva de mâncare. Primește un răspuns negativ, așa că se trântește pe canapea și începe să mănânce ultimele două sendvișuri. Mișcările îi sunt repezite, ca ale unui adevărat gurmand.

Femeia se dezbracă de paltonul gros, își scoate căciula, mănușile și cizmele de cauciuc. Își aranjează părul castaniu în oglinda de pe hol, ia o scamă de pe fusta de lână, apoi se duce către bucătărie.

Panait o privește lung, cu aceeași expresie pe chip ca atunci când te uiți la un televizor închis, pentru că e lumina oprită în tot cartierul. Totuși, nu poate trece cu vederea silueta ei, de femeie ce a muncit din greu toată viața: mică de statură, cu picioare groase, sâni mari și gât scurt. Mâinile îi sunt aspre și crăpate, iar fața ridată de la soare. Își aduce aminte că atunci când a vrut s-o convingă să nu-i mai spună *domnule*, a întrebat-o câți ani are, fiind convins că sunt de-o seamă. A descoperit surprins, poate la fel de surprins ca și ea, că e mai mică cu opt ani decât el. Atunci n-a mai avut argumente pentru formula de adresare și a trebuit s-o lase să-l *domnească*.

Mia vine în casa lui de mai bine de doi ani, începând lucrul la câteva luni după ce acesteia îi murise soțul. A cunoscut-o la morgă, acolo unde fusese adus corpul bărbatului ei. Completând actele necesare înmormântării, Panait a aflat că cei doi locuiau în satul vecin celui în care copilărise el și Mia îi cunoscuse chiar și părinții, fiindcă de la ei închiriau primăvara tractorul pentru arat. Au ținut astfel legătura în săptămânile care au urmat înmormântării, apoi s-au înțeles ca ea să îl ajute la curățenie. Panait avea nevoie de o mână de femeie în casă, iar Mia avea nevoie de o activitate care să-i aducă bani pentru a pune o farfurie cu mâncare pe masă.

— Domnu' doctor, ați aflat ceva noutăți în legătură cu fata din parc? Maica Domnului, ce năpastă pe ea și pe familia ei! S-ajungi așa, aruncată ca un gunoi, când tocmai ce-ai primit vestea vieții tale... se vaită Mia.

— Ce veste? întreabă Panait, curios de vorbele care s-au auzit prin oraș.

Femeia scoate capul din bucătărie și se uită spre bărbat ca și cum ar fi văzut o fantomă.

— Păi vestea că era însărcinată! spune Mia, nevenindu-i să creadă că o veste atât de importantă a putut fi trecută cu vederea chiar de către el, omul care a fost în miezul evenimentelor încă de la început.

— Draga mea Mia, nu știu cum să-ți spun, să nu crezi că sunt nebun, începe el evaziv, pentru a preveni un țipăt oripilat din partea femeii. Tu știi că eu lucrez la morgă...

— Apăi, normal, doar acolo ne-am cunoscut, aprobă Mia.

— La morgă, noi facem o examinare externă și una internă.

— Așa, da! Știu asta, spune femeia, fără să realizeze unde bate doctorul.

— La examinarea internă nu a reieșit faptul c-ar fi fost însărcinată, adună doctorul mâinile pe piept. Nu știu cine împrăștie informațiile astea, dar e mare păcat. Îți dai seama ce năpastă ar fi, ca să folosesc cuvintele tale, dacă părinții ei ar afla că și-au pierdut atât fiica, cât și nepotul sau nepoata. Ca apoi poliția să infirme acest lucru.

— Tulai, Doamneee, la asta nu m-am gândit! duce Mia mâna la gură. Ooof, ce-o fi pe părinții ei, săracii!

Panait aștepta să vadă o lacrimă prelingându-se pe obrazul femeii, dar izbucnirea ei îl lasă dezarmat.

— Las' pe mine, domnu' doctor! O să le spun eu babelor să-și țină gura de acum înainte! Să nu mai vorbească ce nu le trebuie, că uite-așa se duc oamenii buni de râpă!

Doctorul deschide gura să spună că cel mai potrivit lucru e ca lumea să aștepte informațiile oficiale, dar Mia continuă să vorbească, punându-și mâinile în șolduri:

— Dar stați așa, dom' doctor! E adevărat că părinții ei locuiesc pe Unirii, la număru' opșce? Sau șî aista-i basm?

— Am observat că atunci când te enervezi, începi să vorbești ardelenește combinat cu oltenește, râde Panait cu gura plină.

— No, și cum vreți să vorbesc acuma? Eu mi-s olteancă, bărbată-miu, fie-i țărâna ușoară!, ardelean. Vorbesc cum pot și eu, bombăne femeia cu capul în jos, strângând cărțile aruncate pe covor.

— Ai dreptate. Dar e amuzant, să știi.

— Deci este adevărat? nu uită femeia întrebarea anterioară.

— Nu. Nici asta nu e adevărat, înghite Panait o bucată

de parizer. Încă nu se ştie cine e domnişoara, continuă el. Din punctul nostru de vedere, e încă o necunoscută.

— Păi şi atunci cum să nu te nervozezi când afli că toate vorbele-s baliverne? se ridică roşie la faţă Mia.

Doctorul preferă să tacă şi să ridice din umeri, întinzându-i femeii farfuria goală, plină de firimituri.

##

— Bună dimineaţa! spune răspicat Dumitrache în timp ce intră pe uşa casei impozante. Sunt Comisarul-Şef Ion Dumitrache, de la Serviciul de Investigaţii Criminale din cadrul Inspectoratului de Poliţie al Judeţului Sibiu şi sunt însoţit de Alexandru Cazan, Comisar-Adjunct în cadrul aceluiaşi serviciu. Dumneavoastră sunteţi domnul Cristian Boghievici?

— Da, eu sunt! Bună dimineaţa, vă aşteptam! răspunde bărbatul care deschisese uşa.

Le face un semn larg cu mâna către interiorul holului, invitându-i să intre. Cazan mormăie şi el un salut, în timp ce-şi scoate haina. Îl priveşte pe furiş pe senator şi recunoaşte în sinea lui că prima impresie este bună. Îmbrăcat lejer, cu o cămaşă sport, deschisă la culoare şi jeanşi bleumarin, cu părul încă ud de la duşul de dimineaţă şi desculţ, senatorul emană un aer de normalitate pentru care Cazan nu era pregătit.

— Îmi pare rău că am amânat întâlnirea noastră pentru astăzi, spune senatorul, dar dineul în onoarea noului ambasador bulgar la Bucureşti s-a prelungit, aşa cum bănuiam. Am ajuns acasă după douăsprezece noaptea. Le arată drumul către camera principală a casei, luând-o înainte.

— Nu vă faceţi griji, noi am venit intempestiv! Vă mulţumim că ne-aţi primit, chiar şi în dimineaţa aceasta! Circumstanţele cazului nostru sunt deosebit de grave şi urgente, de aceea sper că veţi înţelege de ce am insistat să ne vedem, spune Dumitrache.

— Doriţi o cafea?

— Este o idee excelentă, mulțumim! răspunde comisarul după ce primește și aprobarea lui Cazan.

— Bianca, strigă senatorul întorcând capul spre intrarea de la living. Vino cu trei cafele, te rog!

Se așază toți trei în jurul unei măsuțe din jad, polițiștii pe o canapea în stil victorian și senatorul pe un scaun din aceeași perioadă. Dumitrache scoate dintr-un plic maro câteva fotografii ale necunoscutei de la morgă, dar nu le pune pe masă. Se uită în jur, așteptând să apară și soția senatorului înainte să deschidă discuția.

Living-ul are puține piese de mobilier, dar de bun gust. Ferestrele mari, acoperite de perdele deschise la culoare, conferă o impresie aerisită întregii încăperi. Comisarul se aștepta ca șemineul să nu lipsească din decor, iar când l-a observat, un zâmbet i-a fluturat pentru o fracțiune de secundă pe buze.

Cele câteva elemente decorative sunt de colecție, în armonie cu restul încăperii. Dumitrache nu se pricepe la artă, dar e convins că tablourile sunt de valoare.

— Văd că vă uitați la tabloul acela, remarcă încântat Cristian Boghievici. L-am achiziționat acum trei ani, tot la sfârșitul lunii octombrie, în cadrul unei licitații de aici, din București. Este semnat de Gheorghe Petrașcu și se cheamă *Vedere în portul Chioggia.*

— Pare frumos acolo, spune Dumitrache.

— Este mirific, să știți! gesticulează vesel senatorul. Chioggia este un oraș-insulă aflat la vreo 50 kilometri de Veneția. Eu și cu Bianca ne-am căsătorit în 2009, iar luna de miere am petrecut-o la un boutique-hotel din Veneția. Dar am plecat și în diferite excursii. Unul dintre cele mai frumoase și romantice orășele pe care l-am văzut a fost acest Chioggia. Vă dați seama că a trebuit să cumpăr acest tablou! râde bărbatul.

— Cât a costat? întreabă Cazan, lipsit de tact.

— 48.000 Euro. Aș fi dat și mai mult! Norocul a fost că

oponentul meu a renunțat la patruzeci și cinci de mii, râde din nou senatorul.

Cazan înghite în sec, uitându-se în jos. Dumitrache preia discuția, fixându-l pe senator cu privirea.

— După cum v-am spus ieri după-amiază la telefon, avem un caz de omucidere în Sibiu. O tânără a fost găsită decedată într-un parc din centrul orașului. Concluziile medicului legist, susținute și de un martor ocular, au fost că victima a murit în urma unui impact cu un vehicul, la ora douăsprezece și unsprezece minute, în noaptea de duminică spre luni.

— Sunt dezolat, spune senatorul. Însă ce nu am înțeles la telefon și sper să aflu acum, este cu ce anume vă pot ajuta eu. Am fost în Sibiu duminică seară, mi-am serbat ziua de naștere, dar nu știu ce legătură are accidentul tinerei cu petrecerea mea.

— Din păcate, a fost una dintre invitatele dumneavoastră, spune Cazan în timp ce împinge ochelarii în sus, pe nas.

Senatorul își mută privirea de la Dumitrache la Cazan. Ochii îi sunt limpezi, privirea exprimând o întrebare.

— De aceea am venit în București, pentru a afla cine este tânăra, continuă comisarul. Am stabilit că a participat la petrecere, am aflat detalii legate de întreaga seară și de numărul de invitați. Ce nu am reușit să aflăm, pentru a merge mai departe cu ancheta noastră, este identitatea tinerei.

Dumitrache pune pe masă setul de fotografii pe care le ține în mână și le împrăștie în evantai. Boghievici își ridică cu o mișcare bruscă corpul de pe spătarul scaunului și se apleacă către masă. Se uită la fotografii fără să atingă niciuna, apoi sare în picioare ca un arc, lovind în mișcare scaunul pe care stătea.

— Este Carmen! Nu pot să cred așa ceva! Chiar ea este! exclamă senatorul, holbându-se la fotografii.

Sentimentele îl înăbușă și simte că nu mai poate respira. Se ridică și deschide o fereastră de lângă pian. Trage adânc aer în piept, expirând pe gură. Comisarii observă în tăcere toate transformările prin care trece Cristian Boghievici.

— Doamne, este Carmen! Carmen, repetă obsesiv senatorul, trecându-și mâna prin păr.

Întoarce capul către polițiști și chiar atunci o vede pe soția lui intrând în living.

— Bianca, despre Carmen este vorba! țipă bărbatul, străbătând cu pași mari încăperea către ea.

O apucă de umeri, cu ochi înlăcrimați și continue să strige, uitând că acum se află chiar în fața soției sale:

— Bianca, a fost omorâtă în Sibiu!

— Este îngrozitor, dragule! spune femeia cu o voce gravă. Îmi pare rău!

Se desprinde din strânsoarea brațelor lui și își continuă drumul către ceilalți doi bărbați din încăpere.

— Cafelele cerute, domnilor, spune femeia, punând tava pe masă și aranjându-și fusta pe corp.

Ca la comandă, Dumitrache se ridică în picioare, privind-o intens.

— Sunt Comisarul-Șef… începe Dumitrache.

— Da, da! Am auzit totul din bucătărie, nu o mai luați de la capăt, leagănă femeia mâna în aer în semn de plictiseală. Eu sunt Bianca Boghievici, dar probabil că știți deja acest lucru.

Femeia alege cel de-al doilea fotoliu din apropierea mesei decorative, fusta strâmtă reliefându-i coapsele atunci când pune un picior peste celălalt.

— Domnule senator, putem continua? se întoarce din mijloc Dumitrache.

Senatorul nu schițează niciun gest.

— Dragule, ia loc, ridică vocea femeia, fără să se întoarcă.

Cazan o privește atent, uimit de reacția ei la aflarea veștii despre moartea tinerei. Senatorul vine lângă soția lui și ia loc pe scaun. Cazan recunoaște în sinea lui că cei doi formează o pereche remarcabilă. El este un bărbat interesant, iar ea este blondă și deosebit de frumoasă.

Alegerile vestimentare ale Biancăi Boghievici indică o femeie puternică, sigură pe ea. Bluza din mătase este transparentă, lăsând la vedere un sutien alb, din dantelă, fără bretele. Fusta roșie, scurtă, cu un imprimeu în carouri mari, ar fi arătat deplasat pe o altă femeie sau într-o altă casă.

— Am dori să știm numele întreg al domnișoarei, începe Dumitrache. Sau poate era căsătorită?

Comisarul se uită la senator, așteptând un răspuns din partea acestuia.

— O cheamă Carmen Dincă și este consultant de marketing politic, răspunde Bianca Boghievici în locul soțului ei. Lucrează pentru Cristi de mai bine de doi ani, de când a angajat-o să se ocupe de strategia lui politică. Nu este căsătorită și nu are copii.

Comisarul deschide carnetul de notițe și completează datele în el, aruncând priviri cu coada ochiului către senator. Acesta se uită în gol, frământându-și mâinile febril.

— De ce ați ales să vă serbați ziua tocmai în Sibiu? se apleacă comisarul către senator, încercând să îl scoată din starea de șoc. Cu siguranță sunt mult mai multe restaurante raw-vegan în București decât în Sibiu.

— A fost pur și simplu o întâmplare, reușește senatorul să vorbească. Înghite în sec și mărul lui Adam i se mișcă rapid. Am aflat de ceva vreme că sâmbătă voi avea o întâlnire a partidului la Hotel Continental, așa că m-am gândit încă de pe-atunci să-mi chem și prietenii în Sibiu.

Își trece mâna prin părul umed, apoi își șterge ochii cu două degete.

— O să avem nevoie de lista cu toți invitații, intervine Cazan.

— Bianca a aranjat totul, spune Cristian Boghievici, uitându-se la soția sa.

Aceasta se ridică fără niciun comentariu, lăsând în urma

ei o undă de parfum. Cazan observă că are picioarele bronzate, puse în valoare de pantofi cu toc albi. Se îndepărtează conștientă de privirile bărbaților, împingând la fiecare pas șoldurile în exterior.

##

După câteva minute, Bianca Boghievici se întoarce în living cu o hârtie imprimată și i-o întinde comisarului.

— Aici aveți toți invitații la petrecerea lui Cristi, spune ea.

— O să vă rog să treceți pe hârtie și adresa domnișoarei Dincă, numărul ei de mobil și orice alte date considerați că sunt relevante, spune Dumitrache.

Femeia își retrage mâna, ia un stilou cu peniță de aur de pe biroul aflat în spatele ei și scrie informațiile cerute. Îi întinde pentru a doua oară hârtia lui Dumitrache.

— Mulțumesc, i-o ia acesta din mână. Am dori acum să aflăm ce-ați făcut fiecare după petrecere. Să începem cu dumneavoastră, domnule senator. V-ați întors în București?

— Nu, eu nu m-am întors. Luni am avut trei întâlniri cu colegii din teritoriu. Doar Bianca și Matei s-au întors. Matei este fratele meu, explică senatorul.

— Este adevărat? se întoarce comisarul către soția senatorului, fixând-o cu ochi lipsiți de curiozitate, așteptând doar confirmarea ei.

— Da. Am avut o întâlnire importantă luni dimineață și a trebuit să mă întorc în noaptea aceea acasă. Matei a fost șoferul meu, ca de cele mai multe ori, de altfel.

— Cu ce mașină v-ați întors? întreabă Cazan.

— Cu mașina pe care Cristi i-a cumpărat-o lui Matei, răspunde femeia, evitând să îi privească în ochi pe comisari.

— Ce marcă? insistă Cazan.

Femeia se uită contrariată la soțul ei și ridică din umeri.

— Una mare și roșie, spune ea.

Soțul ei dă ochii peste cap.

— Femeile și mașinile! exclamă senatorul. Este un Land Rover, domnilor comisari.

Să fie chiar atât de uşor? Dumitrache se uită cu subînţeles la Cazan, apoi notează în carnet, subliniind cuvintele de două ori.

— Concret, care au fost paşii pe care i-aţi făcut după ce aţi plecat de la restaurant, domnule senator? continuă Dumitrache discuţia.

— Am plecat ultimul de la restaurant, pentru că am rămas să achit nota de plată. N-am consumat alcool, aşa că am plecat cu maşina către hotelul unde-am fost cazat. Tot acolo am avut şi întâlnirea cu colegii, la Continental.

— Pe la ce oră apreciaţi că aţi ajuns la hotel?

— Cred că era vreo douăsprezece patruzeci şi cinci, poate chiar ora unu. M-am dus la bar, am băut un whisky cu gheaţă, singur, apoi am urcat în cameră. Am dormit până dimineaţă, la ora opt, când a sunat ceasul.

— Dumneavoastră ce maşină aveţi? întreabă Cazan.

— Una mare şi roşie, să îmi parafrazez soţia, chicoteşte amuzat senatorul în timp ce ridică ceaşca cu cafea. Tot Land Rover, aceeaşi maşină. Le-am cumpărat pe amândouă în aceeaşi zi, sunt identice. Până şi numerele sunt aproape la fel, una are B11 şi cealaltă B12 în faţă.

— Este prima oară când aud de maşini identice în cadrul familiei! spune Cazan, ridicând ambele sprâncene. De obicei, soţia are o maşină mică şi frumoasă, iar soţul una mare şi puternică.

— Asta pentru că nu aveţi prieteni politicieni, îi răspunde prompt Bianca Boghievici. Aş putea să enumăr cel puţin zece familii de politicieni care au cumpărat acelaşi model de maşină, în două exemplare. În caz că jurnaliştii sunt pe urmele celui aflat sub reflectoare, cum este la noi Cristi, să poată fi înlocuit fără efort de partener sau de un angajat. Şi astfel să-şi piardă urma în trafic.

Pentru a ascunde surpriza, Cazan se apleacă spre masa de jad să ia ceaşca de cafea. Dumitrache notează de zor în carnet, cu capul plecat, rostind cuvintele fără s-o privească pe femeie:

— Iar dumneavoastră, doamnă Boghievici? Ce-ați făcut după ce-ați plecat de la petrecere?

— Noi am plecat din parcare la douăsprezece treizeci și trei. Pentru mine ora este foarte importantă, așa că sunt tot timpul cu ochii pe ceas. Am alimentat la benzinăria OMV de la ieșirea din Sibiu, iar următoarea oprire a fost aproape de Râmnicu Vâlcea, tot la o benzinărie. Am ajuns acasă la cinci dimineața.

— Despre mișcările lui Carmen Dincă ce-mi puteți spune? S-a întâmplat ceva la petrecere? Au fost certuri, animozități? vrea comisarul să afle.

Cei doi soți se privesc scurt și senatorul face un semn cu bărbia.

— Petrecere este impropriu spus, începe femeia. A fost mai mult o întâlnire între prieteni. Am discutat, am povestit, am râs. Cu unii dintre ei nu ne-am văzut de câteva luni bune, am vorbit doar la telefon. Nu s-a certat nimeni cu nimeni, încheie ea în timp ce taie aerul cu palma.

— Domnișoara Dincă a plecat odată cu dumneavoastră, domnule senator?

— Nu. Și nu știu la ce oră a plecat, răspunde senatorul. După cum am spus, eu am rămas ultimul. Am întrebat-o dacă vrea s-o duc la hotel sau să-i chem un taxi, dar mi-a răspuns că vrea să meargă pe jos. Nu avea decât vreun kilometru de mers, sau mai puțin.

— Și-a lăsat mașina în parcarea restaurantului? se oprește comisarul din scris, ridicând capul către senator.

— Nu, cred că a venit cu taxiul din Centrul Vechi. Mi-a spus că s-a plimbat prin magazinele cu suveniruri din Piața Mare.

— Aveți idee dacă domnișoara Dincă se întâlnea cu cineva? schimbă Dumitrache registrul întrebărilor.

— Mai doriți cafea? se ridică Bianca Boghievici. Pot aduce imediat de la bucătărie.

Vede palma comisarului deasupra ceștii de cafea și înțelege refuzul. Se aşază din nou pe scaun, cu capul în piept şi mâinile încrucişate.

— Nu momentan, din câte ştiu eu, răspunde senatorul la întrebare, fără să observe schimbarea de atitudine a soţiei sale. Cu ceva vreme în urmă a avut un prieten care lucra într-o companie de IT. S-au despărţit din cauza programului prelungit al lui Carmen. Ne pregătim de alegerile prezidenţiale, se justifică bărbatul.

— Ştiţi cum îl cheamă sau la ce companie lucra? întreabă Dumitrache.

— Lucian?... Se uită la Bianca Boghievici, aşteptând un ajutor din partea ei. Bianca, tu ştii? o face el atentă.

— Lucian Popescu.

Îi aruncă o privire scurtă soţului ei şi continuă cu un glas glacial, întorcând capul către Dumitrache:

— Nu ştiu la ce firmă lucrează, dar are sediul în Bucharest Business Park, într-una dintre clădirile de birouri din spatele Casei Presei Libere, fosta Casa Scânteii.

— De unde ştiţi acest lucru?

— Eu am carnet de conducere, dar n-am condus de cel puţin zece ani, răspunde Bianca Boghievici. Traficul din Bucureşti mi se pare infernal! Carmen m-a scos de câteva ori cu maşina în oraş şi mi-a spus că se întoarce acolo, să-l ia pe prietenul ei. M-am gândit că nici el nu are carnet. Sau maşină.

Se apleacă după un biscuite aflat într-un bol pe masă şi bluza largă îi lasă sutienul la vedere.

— Domnişoara Dincă încerca să se apropie de fratele dumneavoastră? întreabă Cazan pe nepusă masă, lăsând ceaşca de cafea lângă fotografiile realizate la morgă. Într-un mod romantic, adică. Am înţeles că au stat unul lângă celălalt la petrecere.

Bianca Boghievici pufneşte pe nas în semn de dispreţ. Comisarului nu îi scapă momentul.

— Ar fi fost imposibil, doamnă?

— Carmen are - avea - o viziune măreață în legătură cu viața, cu relațiile personale sau profesionale. Surâde ironic în colțul gurii, împingând cu podul palmelor fusta către genunchi. Matei, cumnatul meu, este băiatul bun la toate. Nu are o carieră anume, nu a terminat nici măcar o facultate. Cristi îl ajută cum poate, de când sunt mici. Matei face diverse comisioane, cumpărături, îmi este șofer, așa cum v-am spus deja... Dar nimic mai mult. Carmen nu s-ar fi uitat la el nici în ruptul capului!

— Eu mi-am asumat rolul de frate mai mare, fără să mă deranjeze acest lucru. Bianca este destul de dură în afirmații, dar nu este departe de adevăr, completează Cristian Boghievici.

— Și domnul Matei Boghievici ce părere avea despre domnișoara Dincă? ridică comisarul ochii din carnetul în care scria. Îl interesa amoros? Ar fi vrut ca relația lor să treacă la un alt nivel?

— Nu știu, însă chiar dacă ar fi vrut acest lucru, n-ar fi făcut-o. Relația lor m-ar fi afectat direct, iar Matei, dacă se pricepe la un lucru, acesta este să mă protejeze pe mine.

— De ce v-ar fi afectat în mod direct? întreabă Cazan.

— Carmen este angajata mea...

— A fost, dragă, a fost, îl corectează Bianca Boghievici.

— Scuze, încă mi se pare ireal, pleacă senatorul ochii. Carmen *a fost* angajata mea, una excelentă, aș putea spune, reia el firul discuției,. Nu am ce să-i reproșez din punct de vedere profesional. Cred că a fost una dintre cele mai bune decizii ale mele, aceea de a o angaja.

Privirea îi cade pe fotografii, cu toate că până acum a evitat să le mai privească. Înghite în sec și tace preț de câteva secunde.

— Însă dacă ea ar fi avut o relație cu fratele meu, lucrurile n-ar mai fi stat ok între noi doi. Eu nu sunt adeptul lucrului în familie, de aceea nimeni nu mă poate acuza vreodată de nepotisme.

— Am înțeles, spune Dumitrache. Avem nevoie de numărul de telefon al domnului Matei Boghievici, este necesar să avem o discuție și cu dânsul. Unde locuiește?

— Aici, râde femeia. Cu noi. Are un apartament la etajul doi.

Comisarul ridică o sprânceană.

— Acum nu este acasă, adaugă repede Bianca Boghievici, prinzând bretonul în palma mâinii drepte și ridicându-l spre creștetul capului. Vă scriu numărul lui de mobil pe hârtia cu invitații de la petrecere.

— Vă mulțumesc! Aveți idee când se întoarce sau unde îl putem găsi acum? se uită comisarul la senator.

— Nu, îmi pare rău, chiar nu știu. Azi-noapte n-a venit acasă, mă gândesc că a înnoptat pe undeva.

— Sau pe la cineva, mai bine zis, spune Bianca Boghievici.

— Dacă asta s-a întâmplat, atunci ora… se uită Cristian Boghievici la ceasul de la mână… nouă este prea devreme pentru a se trezi.

— Am înțeles, o să-l căutăm mai târziu.

— Apropos de ora nouă, zice senatorul. Credeți că mai durează mult sau am terminat? Nu vreau să par nepoliticos, dar am o întâlnire la ora 10 și…

Polițiștii se ridică prompt, ca la comandă, de pe canapea, înțelegând aluzia. Dumitrache îi întinde senatorului o carte de vizită.

— În cazul în care vă mai aduceți aminte și alte detalii, mă puteți suna oricând. Noi mai stăm în București și este posibil să revenim pentru o nouă discuție. Dacă sunteți de acord, bineînțeles.

— Suntem la dispoziția dumneavoastră, spune senatorul. Vorbesc în numele amândurora, al meu și al Biancăi, când spun că este prioritar să aflăm cine este în spatele acestei crime oribile. Nimic nu este mai important decât găsirea monstrului care a ucis-o pe Carmen.

Cristian Boghievici mişcă energic din cap şi ochii i se mută de pe faţa lui Dumitrache pe a lui Cazan. Soţia lui aşteaptă cu mâinile încrucişate la piept ca poliţiştii să se îmbrace. Nu spune nimic şi pare că se uită în gol. Cazan dărâmă o umbrelă aflată într-un colţ din hol şi femeia iese din reverie. Se uită la ceas, spunând pe un ton indiferent:

— Bineînţeles, dragule, că îi vom ajuta cu tot ce putem. Deja am făcut-o, timp de mai bine de o oră, nu-i aşa? zâmbeşte Bianca Boghievici cu buzele strânse. Mai aveţi nevoie de mine sau pot să mă retrag?

— Nu, vă mulţumim încă o dată! Plecăm chiar acum, mai ales că v-am reţinut mai mult decât intenţionam, îi răspunde Dumitrache pe un ton maliţios. Dar acest caz nu este unul simplu şi singurul nostru interes este să găsim făptaşul. Restul, aşa cum a spus şi domnul senator, nu contează. La revedere!

— La revedere!

Poliţiştii ies pe uşa somptuoasă, aruncând priviri către curtea mică din faţa vilei. Cazan îşi ridică gluga şi se miră pentru a mia oară cum de poate Dumitrache să înfrunte frigul fără căciulă sau mănuşi. Întoarce capul şi se uită către etajul doi al casei din care tocmai ieşiseră.

— Matei Boghievici chiar n-o fi ajuns azi-noapte acasă? întreabă el curios.

— Nu văd de ce ne-ar minţi, după ce-au fost atât de cooperanţi. Spre mirarea mea, recunoaşte comisarul.

Descuie maşina şi urcă amândoi în acelaşi timp, Cazan în dreapta şi comisarul la volan.

— Noi am intrat din Bulevardul Primăverii, nu? întreabă Dumitrache. Ca să ajungem la Marinescu, trebuie să ne întoarcem la TVR şi apoi să intrăm pe bulevardul Aviatorilor.

— Da. La Guvern facem stânga şi intrăm pe Ştefan Cel Mare. Inspectoratul e la numărul 13-15, dar am înţeles de la Comisarul-Şef Marinescu că vom recunoaşte foarte uşor clădirea. E în renovare şi faţada e acoperită cu pânze verzi.

— Trebuie neapărat să dăm de fostul prieten al necunos... al domnişoarei Carmen Dincă, dar şi de fratele senatorului. La sediu trebuie să căutăm datele prietenului şi să-l sunăm pe Matei Boghievici.

Odată planul stabilit, Dumitrache semnalizează stânga, intră în sensul giratoriu şi se încadrează în traficul matinal către Piaţa Victoriei.

##

— Bună dimineaţa şi bine aţi venit la Direcţia de Investigaţii Criminale! rosteşte bărbatul ce părea că îi aşteaptă.

Coboară treptele din faţa intrării, îndreptându-se zâmbind către cei doi colegi.

— Ce faci, Ioane? îl întreabă acesta pe Dumitrache, bătându-l pe umăr. Ce bine că eşti aici! A trecut ceva timp de când ne-am văzut ultima oară, nu-i aşa?

— Bine te-am găsit, Vlade! rosteşte Dumitrache încântat. Da, să tot fie câţiva ani de la întâlnirea de 25 ani de la absolvirea Academiei, atunci când ne-ai făcut praf la karaoke cu vocea ta baritonală. Ce-ai cântat, Andrea Bocelli?

— Ce altceva? Unicul şi inegalabilul Bocelli, spune Marinescu şi ochii negri îi strălucesc de emoţia amintirii.

— Data viitoare nu vei mai câştiga aşa de uşor, îl ameninţă Dumitrache.

— Cum de eşti tu aşa de sigur?

— Mă antrenez o dată pe săptămână cu băiatul ăsta, îl arată Dumitrache cu degetul pe Cazan.

— Să trăiţi, domnule Comisar-Şef Marinescu! spune Cazan, întinzând mâna în semn de salut. Mă bucur să vă cunosc!

— Da, da, ştiu că Ion te-a crescut frumos şi politicos, mustăceşte comisarul Marinescu. Degeaba o să-ţi ordon să-mi zici Vlad, că n-o vei face, deci îmi poţi spune pe scurt Marinescu! Dacă adaugi de fiecare dată Comisar-Şef, o să pierdem vremea aiurea.

Râde sănătos, cu ochii închiși.

— Bine, așa voi face! îl aprobă Cazan, fără să aibă însă intenția să se conformeze.

— Să mergem în sala de conferințe, să mă puneți la curent cu acest caz, îi îndeamnă Vlad Marinescu, arătându-le drumul. Ați ajuns destul de târziu, am crezut că v-ați rătăcit.

— N-aveai tu șanse să scapi de cafeaua aia promisă! îl tachinează Dumitrache cu arătătorul.

— Uite și cafeaua! spune Marinescu, deschizând larg o ușă dublă. Intră pe rând într-o sală de conferințe luminoasă și Marinescu le face semn să ia loc la masa de consiliu, pe unul dintre cele opt scaune din piele aflate de jur împrejurul ei.

— Avem cornuri cu gem de caise sau de fructe de pădure, brioșe cu ciocolată, pateuri calde cu brânză sărată, iar în termosul argintiu e cafea proaspătă.

— Ooo, ce răsfăț ne-ai pregătit, mulțumim mult! spune Dumitrache, frecându-și palmele de bucurie.

— Cum a decurs interogatoriul? se interesează Marinescu, luând un corn.

— Interogatoriul a durat mai mult decât de obicei, fiindcă erau amândoi acasă, spune Dumitrache. Plus că Bucureștiul nu e ca Sibiul în ce privește traficul. De la Piața Victoriei până aici am făcut vreo 30 de minute.

— Bine că n-a nins, fiindcă altfel făceați o oră! râde Marinescu.

Dumitrache și Cazan își dau jos hainele, le agață în cuier și iau loc la masă. Marinescu toarnă cafea în trei căni și le întinde două dintre ele colegilor săi.

— Aștept cu nerăbdare detaliile despre caz și despre interogatoriul de astăzi, spune Marinescu în timp ce mușcă dintr-un pateu cu brânză.

— Ți-a spus Cazan cum am ajuns aici, nu?

— Da, mi-a povestit totul la telefon. Știu că sunt superiorul vostru în acest caz inter-județean, însă nu e cazul să vă formalizați. Dacă aveți nevoie de ajutor, sunt aici.

Cazan se uită la comisarul Marinescu și se gândește că acesta seamănă cu un actor cunoscut. Fruntea lată, sprâncenele stufoase curbate deasupra ochilor, nasul prelung și drept, înconjurat de riduri de expresie care se termină în dreptul bărbiei și pomeții colțuroși îl duc cu gândul către un Clint Eastwood tânăr.

— Altfel, voi primi doar raportul final, îl aude Cazan pe Marinescu. Mă interesează, în schimb, povestea, pentru că nu-mi miroase a afacere simplă. La prima vedere, e un caz de crimă ca multe altele. Personajele însă sunt complexe și oneste. Toți vor să v-ajute, toți sunt deschiși și prietenoși.

— Doar că unul e criminalul, spune Dumitrache cu gura plină. Scoate carnetul de notițe, îl pune pe masă și-l deschide. Marinescu îi urmărește atent mâinile, fără să-i scape vreun gest, de parcă ar avea în fața sa un magician care se pregătește de un truc cu cărți.

— Voi începe cu impresiile legate de cei doi soți, continuă Dumitrache. Ea este o femeie foarte frumoasă, îmbrăcată ca din revistele de modă, atentă la felul în care vorbește, se mișcă sau râde. Cinică și destul de impasibilă la suprafață. Nu știu cum e la interior, dar nouă ni s-a arătat ca un mare bloc de gheață. Când a aflat cine e tânăra omorâtă, a comentat fără nicio emoție evidentă.

— Fiindcă tot ai pomenit… ați aflat cine e necunoscuta? întreabă Marinescu.

— Da, se numește Carmen Dincă și a lucrat pentru senator în ultimii doi ani, răspunde Cazan. Expert în marketing politic. A fost angajată pentru a pune la punct strategia pentru alegerile prezidențiale și cele parlamentare.

Dumitrache așteaptă să termine Cazan de vorbit, întoarce pagina, ia o gură de cafea și povestește mai departe:

— Senatorul ne-a primit degajat și s-a comportat ca o gazdă perfectă. Asta până când a văzut fotografiile de la morgă și a aflat despre cine e vorba. A părut profund afectat de moartea tinerei.

— Ați sesizat că ar fi fost ceva între cei doi? întreabă Marinescu.

— Între senator și Carmen Dincă? Nu cred că au avut o relație, clatină Dumitrache din cap, n-am avut deloc impresia asta. Reacția lui a fost normală, ca a oricui care află că un angajat a avut parte de un sfârșit prematur și violent.

— Atunci tânăra avea pe cineva?

— Nu era căsătorită și n-avea copii, îl informează Cazan. A avut un prieten, dar s-au despărțit din cauza programului ei, conform spuselor Biancăi Boghievici. Nu avem decât numele lui, Lucian Popescu, și zona de birouri unde lucrează.

— Iar aici intervii tu! îl arată Dumitrache cu degetul pe Marinescu. Trebuie să-l găsim pe acest tânăr cât mai repede, pentru a-l interoga. Din punctul meu de vedere, în acest moment toată lumea e suspectă.

Mușcă dintr-un corn și mai ia o gură de cafea. Îi face semn cu capul lui Cazan să continue el relatarea.

— După cum v-am spus la telefon, începe Cazan, victima a stat la masă lângă fratele senatorului, Matei Boghievici. Acesta n-a putut fi interogat, deoarece aseară n-a ajuns acasă. Locuiește la etajul doi, în aceeași casă cu fratele și cumnata.

Împinge ochelarii spre rădăcina nasului, abținându-se să șteargă o amprentă de pe lentila dreaptă.

— Boghievici junior e băiatul bun la toate, spune Cazan după o mică pauză. E șoferul doamnei Boghievici, face comisioane pentru ea și pentru senator, fiind întreținut în totalitate de către ei.

— Interesant, foarte interesant... Aveți datele lui de contact, bănuiesc, spune Marinescu.

— Da, ale lui și ale tuturor invitaților la petrecere, confirmă Cazan. Am zis că ajungem la dumneavoastră și începem să-i contactăm pe toți. Cu prioritate pe fostul prieten și pe fratele senatorului.

— Ați aflat de ce petrecerea a avut loc în Sibiu?

— Pentru că senatorul a avut mai multe întâlniri de partid acolo.

Marinescu aprobă din cap și apoi se uită în ochii lui Dumitrache.

— Am senzația că ați păstrat ce este mai bun pentru final... Ce nu mi-ați spus?

Cazan întinde palma către șeful său și îi predă ștafeta discuției.

— Familia Boghievici deține două Land Rover identice, ambele roșii, bate Dumitrache darabana pe cantul mesei de consiliu, iar Marinescu fluieră a încântare.

— Teoretic, doar cei trei Boghievici aveau acces la mașini, practic, oricare invitat sau angajat al restaurantului ar fi putut pune mâna pe chei, afirmă Marinescu.

— Da, așa este, îl aprobă Dumitrache. Bianca Boghievici a spus că are carnet, dar că nu conduce de mulți ani. La cât de rece și calculată e femeia, nu m-ar mira să afirme acest lucru doar pentru a avea alibi.

— În acest stadiu al anchetei, totul e posibil.

— Am senzația că doamna ne-a ascuns niște lucruri, ridică Dumitrache mâna în aer. Când i-am întrebat dacă știu cu cine se întâlnea domnișoara Dincă, ea a vrut să se ridice de la masă. A părut că nu vrea să răspundă la întrebarea aia.

— Dacă ați terminat cafelele, i se adresează Marinescu lui Dumitrache, propun ca băiatul tău să se ducă la un calculator, să-l găsească pe fostul prieten, iar noi să-l sunăm pe Matei Boghievici.

— De acord! răspunde Dumitrache.

Cazan se ridică de la masă, își scutură firimiturile de pe pantaloni și așteaptă ca Marinescu să-i arate unde este un birou disponibil. Dumitrache scoate telefonul mobil și hârtia pe care Bianca Boghievici notase numărul de mobil al cumnatului său. Inițiază apelul cu difuzorul extern activat, pentru a auzi și colegul său convorbirea.

Abonatul apelat are telefonul închis sau nu se află în aria de acoperire.

— Hmm, îl are închis, spune Marinescu.

— Poate încă doarme, cu toate că este deja unșpe' jumate', se uită Dumitrache la ceasul telefonului.

— Sau i s-a terminat bateria, ridică Marinescu din umeri. Eu pățesc des acest lucru.

Lui Dumitrache îi pică privirea pe numărul lui Carmen Dincă.

— N-are rost să sun pe numărul domnișoarei Dincă, spune Dumitrache. Au trecut aproape 60 de ore de la producerea accidentului. Niciun telefon modern nu rezistă atâtea ore neîncărcat.

Vocea îi trădează dezamăgirea. Dumitrache se ridică de pe scaun și se duce către fereastră. Marinescu îl urmărește cu privirea și îi spune:

— O să cer un mandat de la procuror, pentru a putea obține desfășurătorul convorbirilor domnișoarei Dincă din ultimele șase luni. Chiar dacă telefonul a fost luat de către criminal, cea mai probabilă variantă, din câte mi-a spus Cazan, cu siguranță i-a scos cartela și bateria, pentru a nu-i fi depistată locația.

— Aș vrea să ceri aprobare și pentru verificarea celor două mașini ale soților Boghievici, întoarce Dumitrache doar capul. Soților Boghievici nu le-am spus cu ce mașină a fost lovită domnișoara Dincă. Dacă le cer acordul pentru verificare, vor intra la bănuieli și e posibil să invoce imunitatea. Dacă mergem direct la ușă, vor crede că este o verificare de rutină și că am cerut mandatul tocmai pentru că e senator.

— Este un plan excelent, Ioane! Așa vom face! Doar că nu vreau să crezi că la noi se întâmplă minuni. În cât timp ai obținut tu mandatul în Sibiu?

Dumitrache ridică două degete în sus în timp ce își aruncă încă un pateu în gură.

— În două zile? Ei, atunci nici la voi nu se mișcă lucrurile mai repede, se relaxează Marinescu.

— În două ore, zâmbește comisarul cu gura până la urechi.

— În două ore?! Ok, atunci dacă le obținem mâine, se cheamă că avem noroc, îi răspunde Marinescu dezumflat. Eu mai vreau o cafea, îți pun și ție?

— Pun eu cafeaua, tu rezolvă cu mandatele!

Marinescu se îndreaptă către camera principală a departamentului său, iar Dumitrache se oprește lângă colțul mesei, privindu-l pe furiș. Are senzația că Marinescu nu s-a schimbat din facultate, de pe vremea când erau colegi de bancă. Costumul bleumarin îi vine ca turnat pe spatele drept, cele câteva kilograme în plus peste greutatea ideală fiind mascate de croiala modernă. Gustul acestuia pentru îmbrăcămintea de bună calitate fusese subiectul principal în primul an de facultate. Anul doi i-a apropiat foarte mult, activitățile de practică fiind liantul prieteniei lor. Au descoperit că excelează la aceleași materii și au aceleași pasiuni. Începând cu anul trei, cei doi au fost nedespărțiți, chiar dacă știau deja că Dumitrache se va întoarce în orașul natal, iar Marinescu va rămâne în București. Aproape treizeci de ani mai târziu, plăcerea de a se afla în preajma acestui vechi prieten și a dezbate un caz este la fel de vie.

— I-am cerut mandatele procurorului de caz de aici, intră Marinescu în încăpere. I-am spus că avem nevoie urgentă de ele, acum să sperăm că va reuși să le obțină de la judecător.

Se oprește în mijlocul camerei și se uită lung la Dumitrache.

— Ce s-a întâmplat?

— Nimic, prietene, spune Dumitrache. Mi-am adus aminte de o perioadă frumoasă, ai cărei protagoniști am fost. Tu erai la fel de înțepat, îmbrăcat după ultima modă, iar eu un provincial cu acnee pe toată fața.

Dumitrache râde larg, scuturând umerii.

— Nu e adevărat! îi ține Marinescu isonul și vocea baritonală umple spațiul cu un râs plin. Nu eram înțepat, eram serios, iar tu mă trăgeai peste tot după tine pentru că n-aveai șanse cu nicio fată.

— Domnul Lucian Popescu ne așteaptă la firma unde lucrează! intră triumfător Cazan în încăpere, oprind cascada de râs.

Dumitrache arcuiește sprâncenele în semn de întrebare.

— L-am găsit pe facebook, dacă asta aveați de gând să mă întrebați, chicotește Cazan.

— Serios? Cum de ți-a dat prin cap să-l cauți acolo? întreabă șeful său.

— Păi nu știți că e cea mai bună baze de date din lume?! Găsești acolo tot ce vrei: nume, prenume, prieteni, parteneri, numere de telefon, adrese de e-mail, fotografii din vacanță. Absolut tot ce vrei, gratuit și fără efort.

— Foarte bine gândit, băiete, spune Dumitrache.

Cazan își ia haina din cuier.

— Mă duc să încălzesc mașina...

Se întoarce pe vârfuri și pleacă în pas alert către scări.

— Deștept puști, îi prevăd o carieră frumoasă! se uită Marinescu la Dumitrache, aprobând din cap propriile spuse.

— Sunt foarte mândru că-l am sub aripa mea. A avut idei excelente de-a lungul timpului și de fiecare dată a vorbit puțin, dar a făcut multe.

— Ai mare noroc cu unul ca el! îl bate Marinescu pe umăr.

##

— Bună ziua, am ajuns în zonă, dar nu știm lângă ce clădire suntem, spune Cazan la telefon. Puteți să ne dați un punct de întâlnire ușor de recunoscut?

— Spune-i că suntem lângă Taverna Sârbului, îi suflă în șoaptă Marinescu.

— Șeful meu spune că suntem lângă Taverna Sârbului, bănuiesc că este restaurantul acesta din față. Întinde arătătorul mâinii de pe volan, în direcția parbrizului. Da, da, așaaa... ok, deci merg înainte. Aha, da, apoi la dreapta. Și de acolo? A, veniți dumneavoastră? Excelent, mulțumim mult! Suntem cu un Logan alb, neinscripționat, cu număr de Sibiu.

— Bine că vine el să ne ia din drum, pentru că n-aveți idee ce mare e zona asta și câte clădiri de birouri sunt aici! spune Marinescu, întors pe jumătate către Dumitrache, aflat pe bancheta din spate.

— Vrei să conduci tu interogatoriul sau eu? îl întreabă Dumitrache.

— Eu zic să-l conduci tu. Dacă voi avea întrebări, intru în discuție. Dar altfel, tu ai început ancheta, tu s-o continui!

Cazan oprește mașina pe dreapta, deschide portiera, scoate doar capul pe geam și se uită în lungul străzii, pentru a-l repera pe bărbatul căutat.

— Și, cum arată domnul Popescu în fotografiile de pe Facebook? e curios șeful său.

— Destul de comun, aș spune... Păr negru, lung, ochelari cu ramă lată, slab, îmbrăcat permanent cu tricou și blugi. Nu-l văd, spune Cazan în timp ce-și retrage capul și închide ușa. Dacă ne-am oprit mult mai departe de clădirea lui, bănuiesc că îi ia 5-10 minute să ajungă aici.

— Important e să aflăm cât timp au fost prieteni, când s-a terminat relația lor și din ce motiv. Soții Boghievici nu ne-au oferit prea multe date, doar că s-a întâmplat *cu ceva vreme în urmă*, răsfiră Dumitrache degetele în semn de nedumerire.

— Și că domnișoara Dincă a pus punct relației, datorită programului încărcat, îl completează Cazan.

Un bărbat bate în geamul de lângă șofer.

— Suntem de la poliție, așteptăm pe cineva, îi răspunde Cazan după ce apasă pe butonul de deschidere al geamului.

— Da, știu, pe mine mă așteptați. Sunt Lucian Popescu. Domnul comisar Cazan?

Polițistul se uită la bărbatul din stânga sa. Ochii de un albastru închis strălucesc în lumina prânzului, părul este prins la spate într-o coadă îngrijită, iar costumul crem pare scos de câteva ore din cutie. Cămașa albă și cravata în tonuri calde completează un tablou total diferit de ce văzuse în imaginile de pe Facebook.

— Dumneavoastră sunteți domnul Popescu? iese Cazan din mașină cu capul plecat, pentru a-și ascunde surpriza.

— Da, eu sunt, întinde bărbatul mâna în loc de salut.

— Vă mulțumesc pentru că ați acceptat să ne întâlnim pe nepusă masă! Dar circumstanțele noastre sunt deosebite, de aceea am insistat să ne vedem astăzi, cât mai repede.

— Nu e nicio problemă, sper doar să vă pot ajuta. Cu toate că nu știu ce treabă ar avea Poliția din Sibiu cu mine... Ridică din umeri și aruncă o privire fugitivă în interiorul mașinii.

— Vă rog să urcați în spate, lângă domnul Comisar-Șef Ion Dumitrache, șeful meu direct din Sibiu. În față se află domnul Comisar-Șef Vlad Marinescu, de la Poliția din București, șeful echipei inter-județene.

Cazan deschide portiera din spatele șoferului și îl invită să urce.

— Bună ziua, sunt Lucian Popescu. Se uită curios la ceilalți doi bărbați din mașină.

— Am făcut eu prezentările, precizează Cazan când se așază în spatele volanului. Acum pe unde o luăm, domnule Popescu?

— Vă ghidez eu pas cu pas, pentru că aveți șanse mari să vă rătăciți în această zonă. Mergeți drept înainte și la următoarea intersecție faceți dreapta, a doua la stânga și imediat dreapta. Locuri de parcare nu sunt, așa că mă veți bloca pe mine și pe un coleg, care nu pleacă până diseară de la birou.

— Aveți mașină? întreabă Dumitrache, aparent dezinteresat.

— Uneori mă gândesc că mai bine aș veni cu metroul până la serviciu. Dimineața e un calvar cu parcarea. Am zile când mă învârt și douăzeci de minute să găsesc un loc liber.

— Și acum unde mă duc? îl întrerupe Cazan.

— Vedeți Ford-ul acela negru și lângă el un Peugeot 307 albastru? Parcați perpendicular pe ele. Ford-ul este al meu, Peugeot-ul al colegului meu.

— Unde putem discuta?

— Vom merge la cantina clădirii, spune Popescu. Este un spațiu foarte larg și nu ne va deranja nimeni acolo. Chiar dacă mă întâlnesc cu colegi de-ai mei, doar mă vor saluta, nu se vor opri.

Bărbații coboară din mașină și se aliniază în șir indian, în spatele lui Popescu. Acesta merge cu pas alert, cu mâinile în buzunarele pantalonilor, vizibil înfrigurat. Intră primul în cantină și ține ușa deschisă pentru polițiști. Se orientează către o zonă din dreapta, mascată de un paravan viu colorat și alege o masă de patru persoane.

Dumitrache se uită în jur, cuprinzând cu privirea localul mare. Cel puțin un sfert de locuri sunt ocupate, comisarul remarcând că la fiecare masă sunt grupuri de câte două-trei persoane, trase parcă la indigo. Bărbații sunt îmbrăcați la costum și cravată, cu cămăși deschise la culoare, albe, galbene sau bleu. Femeile poartă sacouri în tonuri neutre, pentru a acoperi cămășile uni, au părul prins la spate și pantaloni negri, suficient de lungi pentru a se vedea pantofii cu toc.

— Doriți să aduc ceva de băut? întreabă Popescu. Un suc, un ceai, o cafea? Am card de acces și deci prioritate la casă. Aici poate veni oricine să mănânce, dar angajații firmei mele au întâietate.

— Mulțumim, sunteți amabil! Cred că pe frigul acesta ar merge câte un ceai, nu? se uită Dumitrache la colegii săi.

— Da, e foarte bine. Marinescu scoate o hârtie de cincizeci de lei din buzunar și întinde mâna.

— Nu-nu, vă rog, sunteți invitații mei! se apără Popescu, făcând un pas înapoi. Se întoarce pe călcâie și se îndreaptă către zona unde se plătesc băuturile.

— Nu-mi vine să cred cât de schimbat este! izbucnește Cazan după ce Popescu s-a îndepărtat suficient. Parcă ne-am întâlnit cu un bărbat total diferit!

— Ei, poate ți se pare ție, spune Dumitrache. Nu cred că poate fi o diferență atât de mare între fotografii și realitate.

— Eu cred că haina face pe om, intervine Marinescu împăciuitor. Bănuiesc că fotografiile de pe internet au fost realizate în ipostaze informale, în vacanțe sau la bere. Aici omul este la muncă, trebuie să se îmbrace prezentabil.

— Dar nu înțelegeți, e total schimbat! Corect, într-un fel te îmbraci acasă sau în concediu și în alt fel la serviciu, însă el n-avea nicio fotografie care să fie cât de cât apropiată de cum arată astăzi. Trebuie să vi le arăt la sediu, așa îmi veți da dreptate, încheie Cazan discuția hotărât, pentru că Popescu se îndreaptă către ei.

— Gata, am rezolvat și cu ceaiurile! spune el, punând câte o cană în dreptul fiecăruia. Și acum, domnilor, cu ce vă pot ajuta?

Fața i se destinde într-un zâmbet, albastrul ochilor devenind mai deschis la culoare. Marinescu și Cazan se uită la Dumitrache. Acesta din urmă își ia tacticos cana de pe masă și încearcă să bea din ea.

— Fierbinte, dar bun. Domnule Popescu. Își caută carnetul de notițe în buzunarul hainei, apoi continuă: am înțeles că ați avut o relație cu domnișoara Carmen Dincă, iar această relație nu s-a terminat prea frumos. Așa este?

Uimit, Lucian Popescu scoate un șuierat printre buze. Se uită direct în ochii comisarului și buza superioară i se umple de transpirație.

— Da, așa este, dar nu s-a întâmplat nimic de competența poliției. Adică nu ne-am certat sau bătut și mă îndoiesc că ea v-a spus altceva, spune el zâmbind. Ne-am despărțit de comun acord, fără scene sau țipete.

— Haideți s-o luăm cu începutul, ce spuneți? îl întreabă Dumitrache. Apasă pe capătul pixului și-l apropie de hârtie. Când v-ați cunoscut și unde?

— Ne-am cunoscut vara trecută, pe litoral. Cred că eram în Mamaia, dar nu mai știu sigur.

— V-ați împrietenit acolo sau ulterior?

— Vreți să aflați, de fapt, când am făcut prima oară

sex? rânjește Popescu. Că eu altă conotație nu găsesc pentru cuvântul *prietenie* la 30 de ani.

Dumitrache aprobă imperceptibil din cap.

— Da, acolo ne-am *împrietenit*, cum ați spus dumneavoastră, continuă Lucian Popescu. Ne-am plăcut, am ieșit de câteva ori împreună și într-o seară ne-am oprit pe plajă. Am stat la povești multă vreme și apoi... dintr-una într-alta, știți cum este. Ne-a prins răsăritul din urmă și noi n-am mai fi plecat.

— Ați folosit protecție?

— Chiar nu înțeleg linia aceasta de întrebări! răbufnește Popescu. Întâi insinuați că am bătut-o, acum c-am lăsat-o gravidă.

— Vă rog să răspundeți la întrebări. Vom ajunge imediat și la subiect, îi spune Dumitrache fără să dezvolte ideea.

— Da, amândoi am folosit. Eu, pentru că eram prima oară cu ea, și Carmen pentru că este adepta anticoncepționalelor.

— Cât a durat relația? continuă comisarul interogatoriul.

— Ne-am despărțit de comun acord, așa cum am precizat mai devreme, cu trei luni în urmă. Trebuia să plecăm împreună în vacanță la greci, dar n-a mai fost să fie. Carmen n-a putut să meargă din cauza senatorului, eu m-am enervat și ne-am certat. Rezervasem biletele din februarie și senatorul i-a interzis să plece, fiindcă se apropie alegerile prezidențiale. I-am reproșat atunci că lucrează foarte mult și nu vrea să spună *nu*.

— Și domnișoara Dincă ce reacție a avut?

— Știți cum se întâmplă... Uneori nu verbalizezi trăirile sau dorințele. Când o faci, ies multe la suprafață și simți că te eliberează. Cam așa a fost și cu Carmen. În momentul în care i-am spus că slujba ei este mai importantă decât relația noastră, am văzut cum se schimbă la față. De-abia atunci a realizat și ea că așa este și că ce i-am spus eu a fost doar o confirmare a trăirilor ei interioare.

Lucian Popescu întoarce capul către intrarea în cantină și strâmbă din buze.

— Apoi ce s-a mai întâmplat? întreabă Dumitrache, ridicând cana de ceai.

Popescu scutură din cap, ca după un vis urât. Își aranjează părul prins în coadă și întoarce privirea către comisar.

— În ce sens? Eu am plecat în Grecia și ea a rămas să-l ajute pe senator. De atunci n-am mai vorbit.

— Locuiați împreună?

— Nu.

Dumitrache se uită adânc în ochii bărbatului, de parcă vrea să-i citească gândurile. Își trece o mână prin păr și aruncă o privire scurtă către Marinescu. Acesta aprobă ușor din cap.

— Nu știu cum veți primi această veste, domnule Popescu. Motivul venirii noastre în București și al întrebărilor pe care vi le-am pus…

Dumitrache face o pauză și oftează. Scoate din buzunar plicul cu fotografiile de la morgă și se uită atent la Popescu. Se hotărăște brusc să nu îi arate fotografiile, așa că le pune la loc în haină.

— Domnule Popescu, domnișoara Dincă a fost victima unui accident, în Sibiu, la sfârșitul săptămânii trecute.

Emoțiile se succed cu repeziciune pe chipul bărbatului, iar comisarilor nu le scapă niciuna. Șoc, neîncredere, frică și la final speranță.

— Cât de grav este? întreabă el.

— Din păcate, nu a avut nicio șansă, răspunde încet Dumitrache. O persoană încă neidentificată a lovit-o cu mașina în timp ce se îndrepta către hotelul unde era cazată.

— Vreți să spuneți că a fost omorâtă? șoptește Popescu, uitându-se cu ochi mari la Dumitrache. Carmen a murit? Sunteți siguri că nu este doar rănită? întreabă el cu glas rugător.

— Din păcate, suntem siguri, spune Dumitrache, aprobând din cap. Ne pare foarte rău pentru pierderea suferită! Ne dăm seama că mai aveţi sentimente pentru domnişoara Dincă...

Popescu îşi mişcă ochii rapid de la un comisar la altul, sprâncenele arcuindu-se sub ridurile de pe frunte. Liniştea păstrată de cei trei bărbaţi din faţa lui este apăsătoare, cutremurându-l din cap până în picioare.

— Este o veste şocantă, îngaimă Popescu, plecând capul. În niciun caz nu mă aşteptam să-mi spuneţi aşa ceva.

— Ne pare rău că v-am dat o asemenea veste, intervine pentru prima oară în discuţie comisarul Marinescu. Colegii mei au venit special din Sibiu pentru a afla mai multe date despre domnişoara Dincă, despre anturajul ei şi poate pentru a afla cine îi purta pică suficient de tare încât să o ucidă.

— Acum înţeleg linia ciudată de întrebări! ridică Popescu vocea, uitându-se încruntat la comisarul Dumitrache.

— Ancheta noastră nu poate exclude pe nimeni, continuă Marinescu. Dumneavoastră aţi avut o relaţie de mai bine de un an cu domnişoara Dincă, v-aţi despărţit de puţină vreme şi ne-am gândit că aveţi cunoştinţă de eventuale persoane care îi doreau răul sau care ar fi putut să facă aşa ceva.

— Cine să îi vrea răul lui Carmen?! oftează Popescu, cu ochii în lacrimi. Şi de ce? Lucra într-un mediu murdar, dar n-avea legături cu mafioţi sau persoane dubioase. Cine să vrea s-o omoare tocmai pe ea? Nu înţeleg...

— Ce-aţi făcut în week-end-ul acesta? îl întrerupe comisarul Dumitrache. Am aprecia dacă ne-aţi detalia programul pe care l-aţi avut.

Popescu îi aruncă o privire plină de ură.

— Nu avem nimic personal cu dumneavoastră, îl asigură comisarul, doar că trebuie să punem toate întrebările acestea. Rutina poliţiei, dacă vreţi.

— Am înţeles, sunt suspect în acest caz. Atunci să terminăm odată cu acest interogatoriu!

Dumitrache îi vede ochii îngustaţi şi buzele strânse într-un rictus.

— Sâmbătă am fost la niște prieteni, la un grătar, lângă București, spune Popescu. Am ajuns pe la douăsprezece la ei și am plecat seara, pe la nouă și ceva. M-am întors acasă, m-am uitat la un film pe calculator și m-am culcat.

— Avem nevoie de numele prietenilor și de un telefon de contact, intervine Marinescu.

Scoate o hârtie și un pix din buzunarul interior al sacoului și așteaptă cu mâna întinsă până când Lucian Popescu termină de scris.

— Iar duminică? întreabă Dumitrache.

— Duminică m-am trezit de dimineață, am mâncat și-am plecat să alerg în Herăstrău. M-am învârtit vreo trei ore în jurul lacului și la prânz m-am oprit la un restaurant de lângă casă. Am mâncat acolo.

— Numele restaurantului, vă rog. Marinescu pune foaia pe masă, în fața bărbatului și pixul alături.

— După aceea?...

— Am avut mult de lucru pentru serviciu, spune Popescu în timp ce scrie pe hârtie. Ridică privirea și se uită la Dumitrache. Am stat în fața calculatorului până noaptea târziu. După ce am dormit vreo două ore, cred.

— Singur?

— Din păcate, da. Nu am știut că am nevoie de alibi, termină Popescu fraza cu un ton caustic, înfruntându-i privirea lui Marinescu.

— În prezent vă vedeți cu cineva, aveți o prietenă? îl ignoră Marinescu.

— După ce m-am despărțit de Carmen, o vreme n-am fost interesat de nimeni, respiră Popescu adânc. Nu știu dacă am iubit-o, dar am ținut foarte mult la ea. Acum îmi dau întâlniri, dar sporadic. M-am implicat în două proiecte majore la firmă și nu prea mai am timp de nimic altceva.

— În week-end ați vorbit cu cineva la telefon? pune Cazan prima întrebare de când s-au așezat la masă.

Bărbatul din fața sa se uită la el de parcă acum îl vede pentru prima oară și clatină din cap.

— Pe Skype?

Popescu neagă din cap.

— Pe Facebook? nu se dă bătut Cazan.

— Nu mai știu, posibil, spune Popescu încurcat. Sunt zile sau proiecte când am nevoie să discut cu unii dintre colegii mei. Dar n-aș putea spune cu siguranță dacă și acum a fost la fel. Am foarte multe conversații pe Facebook, mai multe decât la telefon sau pe Skype.

Bărbatul se uită la ceasul de pe mâna stângă, apoi la foaia pe care a scris informațiile cerute și la final la Dumitrache.

— Dacă nu mai aveți alte întrebări, eu trebuie să plec. Pauza mea s-a terminat acum douăzeci de minute.

— Da, este-n regulă, spune Dumitrache. Momentan am terminat cu întrebările. Ne pare rău că a durat atât de mult și v-am răpit pauza de masă doar cu un ceai.

Popescu se ridică de pe scaun, încă bulversat de vestea pe care a primit-o, dar ușurat că interogatoriul s-a terminat.

— Aveți de gând să plecați pe undeva, în afara Bucureștiului, în zilele care urmează? îl întreabă Cazan.

— Păi, locuiesc în afara Bucureştiului, deci peste... se uită din nou la ceas... patru ore și jumătate voi ieși din oraș.

— Era cât pe-aci să uit! îi arată Marinescu din ochi hârtia. Domnul comisar Cazan v-a găsit pe Facebook, deci nu avem datele dumneavoastră de contact. O să vă rog să ne scrieți numărul de mobil și adresa de acasă.

— Și cu asta am terminat? întreabă Popescu rămânând în picioare. Apucă pixul, scrie datele cerute și apoi îl aruncă pe masă.

— Cu plecarea... Aveți în plan călătorii mai lungi, la peste 30 kilometri de București? reformulează Cazan întrebarea în timp ce se ridică de pe scaun.

— Avem un proiect în derulare în Brașov, dar n-am fost anunțat de vreo deplasare săptămâna aceasta.

Își pune mâinile în buzunarele pantalonilor și se întoarce pe jumătate spre ușă. Cazan scoate o carte de vizită, se ridică și o pune pe masă, în dreptul lui Popescu.

— Vă rog să mă sunați dacă veți avea vreo delegație. Este important să știm unde vă veți afla în următoarea perioadă. Cel puțin până aflăm cine este criminalul. Pentru că vom afla, de acest lucru puteți fi 100% sigur! împunge Cazan masa cu degetul arătător, uitându-se pe deasupra ochelarilor la bărbatul din fața sa.

O umbră îi întunecă privirea lui Popescu. Se grăbește să pună cartea de vizită în buzunar.

— Acum chiar trebuie să plec!

Înclină capul către fiecare comisar. Marinescu și Dumitrache se ridică de pe scaune, îi răspund cu același gest și după ce bărbatul pleacă, se așază înapoi. Cazan se mută dintr-o mișcare pe locul pe care a stat Popescu, pentru a putea discuta lejer cu șefii săi.

— Ce impresie v-a lăsat? întreabă el cu ochi curioși.

— Eu vă propun să mergem înapoi la sediu, unde putem discuta liniștiți, îi oprește Marinescu avântul.

— Subscriu! spune Dumitrache. Aici se va aglomera în curând, așa că mai bine plecăm.

— Sper să mă descurc să ies de-aici, spune Cazan arătând cu bărbia strada cu sens unic pe care se află. În stânga n-am voie, în dreapta se înfundă la cincizeci de metri...

— Te-ai descurcat tu să prinzi sute de criminali și nu te descurci să ieși dintr-o amărâtă de parcare? îl ia Marinescu peste picior, făcându-i cu ochiul lui Dumitrache.

##

O oră și jumătate mai târziu, cei trei bărbați sunt așezați în jurul aceleiași mese din lemn de cireș, din camera de conferințe a Direcției de Investigații Criminale din București. Cazan pare nerăbdător să înceapă discuțiile pe marginea ultimului interogatoriu și se uită când la șeful său direct, când la Marinescu, de parcă ar urmări un meci de tenis din tribune. Dumitrache răsfoiește carnetul de însemnări, pentru a-și întipări în memorie câteva detalii importante ale discuției cu Lucian Popescu, iar Vlad Marinescu vorbește la telefon cu procurorul de caz desemnat odată cu crearea echipei inter-județene.

— Victor, știu că am zis și acum câteva ore că e urgent, dar chiar am nevoie de mandatele alea!

Vocea lui Marinescu răsună puternic, cu ecou, și Cazan se întreabă la ce distanță de ureche ține telefonul interlocutorul comisarului.

— Dar nu de-asta te-am sunat acum! apasă cuvintele Marinescu. Vreau să mai adaugi un mandat pe lista ta, pentru convorbirile numărului de mobil al lui Matei Boghievici, fratele senatorului. Tot din ultimele șase luni.

Marinescu ascultă concentrat ce-i spune procurorul. Ridurile de deasupra nasului sunt adânci și imprimă ochilor săi un aspect încordat.

— Problema e că domnul Boghievici n-a ajuns aseară acasă, mobilul este închis și familia lui nu știe nimic despre el. N-a anunțat că pleacă și senatorul e îngrijorat. După ce comisarul Dumitrache a fost la ei acasă, Cristian Boghievici i-a trimis un sms în care i-a povestit ce s-a întâmplat cu Carmen Dincă.

Se oprește din tiradă și-l ascultă din nou pe procuror. Îi aruncă o privire lui Dumitrache, dar acesta nu-l vede, fiind în continuare adâncit în notițele pe care și le luase în cursul zilei.

— Nu, nu știe dacă l-a primit sau nu, continuă Marinescu discuția. Noi am sunat de mai multe ori pe numărul lui Matei Boghievici. Și înainte să te sun pe tine, și acum... se uită la ceas... mai bine de trei ore. Fie n-avea semnal, fie i se terminase bateria la telefon. M-ar interesa în mod deosebit să aflăm unde se afla fratele în această dimineață, sau măcar aseară. Și nu pentru că senatorul a făcut presiuni asupra noastră, ci pentru că Matei Boghievici este un element important al anchetei noastre.

La auzul acestor cuvinte, Dumitrache ridică doar privirea către colegul său, capul rămânându-i îndreptat către carnetul de pe masă.

— Bine, mulțumesc, aștept un semn din partea ta cât de repede poți. Te salut, Victor!

Marinescu lovește ecranul și închide apelul, apoi aruncă mobilul pe masa de consiliu, frustrat de rezultatul convorbirii.

— Face tot posibilul, dar nu crede că ne poate ajuta astăzi. Asta înseamnă că vom avea mâine mandatul doar dacă avem noroc.

— Mda, asta e! oftează Dumitrache. Până atunci ne descurcăm cu ce-avem. Și nu avem prea multe, spune el punând cotul drept pe masă și palma peste bărbie și gură.

— Am vorbit cu Mihai Fieraru, asistentul doctorului Panait, de la morga noastră, se uită Cazan la Marinescu. În legătură cu analiza lichidului seminal trimisă la Mina Minovici. Rezultatele vor fi gata mâine dimineață, trebuie doar să mergem să le ridicăm.

— Descurcăreț, băiatul, spune Dumitrache.

— Am înțeles că s-a lăsat cu bilete la Festivalul de Jazz din Sibiu, chicotește Cazan. Festivalul începe mâine și nu se mai găseau bilete de vreo două săptămâni.

— Și mai bine, îi culturalizăm pe colegii noștri, râde Marinescu amplu.

— Când vom avea o mostră de ADN, se va putea realiza o comparație și astfel vom afla cu cine și-a petrecut Carmen Dincă ultimele ore. În altă ordine de idei, continuă Cazan, am vorbit și cu Filimon, colegul nostru comisar, în sarcina căruia am lăsat primirea rezultatelor de la RAR.

— Deja știm cine are două mașini, dar a mai apărut și alt nume de interes? întreabă comisarul Marinescu.

— I-am spus numele celor de la petrecere și cel al lui Lucian Popescu. Doar soții Boghievici se regăsesc momentan pe listă. Dar sunt peste zece mii de mașini, deci orice nou suspect va fi căutat acolo.

— Apropo de Lucian Popescu, zice gânditor Dumitrache în timp ce-și trece mâna prin păr. Domnul Popescu conduce, are maşină şi nu are alt alibi pentru duminică decât faptul c-a lucrat la computer.

Marinescu deschide uşa şi strigă *Dobriţoiu.* Aşteaptă până când bărbatul chemat ajunge la un metru distanţă, face câţiva paşi înapoi şi-l lasă să intre.

— Colegul meu, comisarul Mugur Dobriţoiu, ne va ajuta cu verificările în privinţa domnului Popescu, îl prezintă Marinescu.

Dumitrache se ridică de pe scaun şi ocoleşte masa, pentru a ajunge în faţa noului venit.

— Eu sunt Ion Dumitrache, Comisar-Şef în Sibiu, iar el este colegul meu, comisarul Alexandru Cazan.

— Salut, Mugure! ridică mâna Cazan.

— Salut, Alex!

— Vă cunoaşteţi? se întoarce Marinescu surprins.

— Am fost colegi la academie, spune Cazan vesel, îmbrăţişându-şi prietenul.

Se bat pe spate, bucuroşi de revedere, apoi iau loc unul lângă altul la masă. Cazan îşi aranjează ochelarii pe nas şi sacoul, iar Dobriţoiu scoate telefonul mobil, un stilou auriu şi un carnet A5.

— Voi de când nu v-aţi mai văzut? întreabă Dumitrache.

Dobriţoiu se uită la Cazan, apoi în sus, căutând în memorie ultima întâlnire cu prietenul său.

— Nu ştiu, cred că de anul trecut, din vară. În concediu am trecut prin Sibiu şi-am stat două nopţi acolo.

Cazan aprobă din cap. Dumitrache îl studiază pe Dobriţoiu şi, fără să vrea, face o comparaţie între el şi subalternul său. *Mai înalt decât Cazan cu cel puţin 15 centimetri, păr castaniu, tuns regulamentar.* Costumul verde închis e prea larg pentru corpul deşirat, gâtul subţire este dominat de un măr al lui Adam proeminent şi degetele sunt subţiri, de pianist.

Cazan, pe de altă parte, inspiră forţă fizică şi masculinitate. Bărbia lui este proeminentă, pătrăţoasă, pometii sunt ridicați sub rama subțire a ochelarilor, iar corpul vânjos, cu mușchi antrenați la sală.

— Bine, băieți, atunci să-i dăm drumul! îi îndeamnă Marinescu.

Se uită la Dobrițoiu și-l indică cu degetul pe Cazan, în timp ce vorbește:

— Cazan îți va da numele și numărul de telefon al prietenilor domnului Popescu, unde, conform spuselor sale, a fost sâmbătă aproape toată ziua. Apoi numele restaurantului unde a mâncat duminică la prânz. Tu trebuie să verifici mișcările acestuia din week-end și să vezi dacă sunt conforme cu declarația.

— Sunt curios dacă a lucrat pe calculator sau nu, spune Dumitrache.

— Tot eu pot afla, după ce primim mandatul, spune Dobrițoiu. Rămân urme în sistem, deci stați fără grijă! Dacă a lucrat sau nu, voi vedea în doi timpi și trei mișcări.

— Am menționat că domnul Popescu lucrează la o firmă de IT? zâmbește șeful său.

— Nu mi-ați spus acest lucru, spune Dobrițoiu. Dar nu e nicio problemă. Până și cei mai buni fac greșeli, în special dacă au ceva de ascuns.

— Mandat nu avem încă, spune Marinescu. De fapt, nici n-am cerut mandat pentru calculator.

Dobrițoiu își mușcă buza superioară și se uită la șeful său.

— Vreți să încerc să aflu ceva, să vedem dacă merită să ne agităm în această direcție? Că o pot face, dacă rămâne între noi.

Cei doi bărbați mai în vârstă se privesc cu subînțeles. Dumitrache ridică din umeri și flutură mâna în aer.

— E decizia ta, Vlade!

Sunetul unui mobil sparge liniștea.

— Salvat de clopoțel! spune Dobrițoiu printre dinți.

Dumitrache răspunde la telefon și ascultă grăbit.

Răspunde monosilabic și dă semne că vrea să-nchidă rapid convorbirea.

— Stai puțin, ce-ai spus? A fost la tine acum jumătate de oră? Rămâne cu gura întredeschisă, uitându-se în gol. A spus ceva? Unde se duce, dacă rămâne în oraș peste noapte sau dacă se-ntoarce acasă? Mișcă energic din cap, frecându-și bărbia cu un gest nervos. Să trăiești, Augustine, te sun mai încolo!

Închide convorbirea și se uită în gol. Ceilalți trei bărbați se uită curioși la el, așteptându-l să deschidă discuția.

— Nu pot să cred așa ceva! izbucnește Dumitrache. Toată lumea îl caută în București, iar el este în Sibiu!

Se ridică și se duce la fereastră. Curtea interioară e liniștită, un singur bărbat fumează lângă intrarea din spate a clădirii, mișcând picioarele pe loc.

— Să-nțeleg că Matei Boghievici e în Sibiu? prinde Marinescu ideea din zbor.

— Da! rostește apăsat colegul său. Se întoarce cu tot corpul și-i cuprinde pe colegii săi într-o privire:

— Augustin Panait, șeful de la medicină legală, un amic bun și vechi de-al meu, a sunat acum. N-avem foarte mulți oameni în Sibiu, de aceea colaborarea cu el este destul de strânsă. Ne ținem reciproc la curent cu desfășurarea cazurilor la care lucrăm.

— Dacă n-ați fi colaborat așa de strâns, n-am fi aflat unde e domnul Boghievici junior. Dar ce caută acolo? Întreabă Marinescu.

— A fost la morgă, să vadă corpul domnișoarei Dincă. Panait mi-a spus c-a plâns ca un copil vreme de vreo douăzeci de minute și până la urmă a fost nevoit să-l tragă afară din încăpere, să se poată liniști.

— Ne întoarcem acasă sau rămânem aici? intervine și Cazan în discuție. Ce-a zis doctorul Panait? Știe unde se duce domnul Boghievici?

— După reacția pe care-a avut-o Boghievici când a

văzut-o pe Carmen Dincă, Panait s-a îngrijorat destul de tare, așa că i-a propus să nu conducă în starea pe care o avea, ci să rămână peste noapte la un hotel. Domnul Boghievici a fost de acord. Mihai, asistentul lui Panait, a dat un telefon la Continental, i-a rezervat o cameră și l-a condus acolo cu mașina lui. Land Rover-ul a rămas în parcarea de la morgă.

Marinescu se duce lângă colegul său și-l întreabă dacă nu crede c-ar fi o idee bună să-l interogheze cât mai repede pe fratele senatorului, pentru a-i surprinde reacțiile la cald.

— Plânsul și supărarea sunt normale atunci când o persoană apropiată moare, însă Panait a sesizat sentimente puternice. Am încredere în el, afirmă comisarul Dumitrache, și n-am dubii în legătură cu observația sa: reacția domnului Boghievici a fost mai intensă decât ar fi trebuit.

Dumitrache se uită îngândurat la Marinescu, răsfirându-și degetele prin păr. Se întoarce către fereastră și se uită din nou afară. Bărbatul a terminat țigara și-a plecat, locul lui fiind luat de o femeie care vorbește preocupată la telefon.

— Cazan, hai să plecăm! se hotărăște dintr-o dată Dumitrache. Ne luăm o pizza în drum și la maxim opt suntem acasă. Face câțiva pași spre masă, își pune carnetul de notițe în buzunarul sacoului și-i aruncă o privire scurtă subalternului său.

— Ar fi bine să-l sunăm pe domnul Boghievici, să fim siguri că rămâne în Sibiu, propune Cazan.

— Da, ai dreptate, nu e o idee rea.

Dumitrache ia mobilul, caută hârtia cu numărul de telefon și sună.

— Ciudat, mobilul tot închis pare să fie, murmură el după câteva secunde.

— Deci, mergem? întreabă Cazan.

— Da, mergem! spune comisarul. În cel mai bun caz, reușim să vorbim cu el în seara asta. Și oricum, chiar dacă rămâne în Sibiu sau nu, mâine suntem înapoi aici. Ce părere ai, Vlade?

— Una foarte bună. Noi vom aştepta mandatele cerute şi poate, până vă-ntoarceţi, Dobriţoiu va avea veşti legate de calculatorul domnului Popescu.

Marinescu îi face cu ochiul subalternului său şi zâmbeşte.

— În plus, vedem dacă alibiurile lui stau în picioare.

Dumitrache şi Cazan strâng tot de pe masă şi se îmbracă rapid.

— Unde ne oprim să luăm două pizza la pachet? întreabă Dumitrache.

— Când ajungeţi la intersecţia cu Dorobanţi, faceţi stânga, şi la două sute de metri pe stânga o să vedeţi un restaurant, singurul din zonă. N-aveţi cum să-l rataţi. Nu ştiu cum se numeşte, dar scrie *pizza pe vatră*. Este excelentă şi nu veţi aştepta mult.

— Minunat! Am plecat, ne-auzim curând!

— Drum bun!

Dau noroc toţi patru şi după ce Dumitrache şi Cazan ies din încăpere, Marinescu se întoarce către Dobriţoiu:

— Grăbeşte-te cu ancheta! Când ai rezultate concrete, mă cauţi. Voi fi în birou.

Îi întoarce spatele şi părăseşte camera de consiliu, lăsând uşa deschisă.

— Bine, domnule comisar.

Dobriţoiu aleargă pe loc, mişcându-şi teatral picioarele subţiri.

— Am văzut asta! strigă comisarul peste umăr, fără să audă şi chicotelile subalternului său.

##

— Salut, Augustine! spune Dumitrache după ce doctorul răspunde la telefon. Uite-acum am intrat în Sibiu, ne îndreptăm către Continental. Drumul a fost ok, nu a nins, aşa că am scos un timp bun până aici. Tu ce faci, eşti la morgă? Ne aştepţi la o cafea după ce terminăm cu domnul Boghievici sau ar fi prea târziu? Excelent, atunci trecem pe la tine!

— Eu zic să mai încercați la telefon, să nu pară că dăm buzna peste el, spune Cazan cu jumătate de gură. Poate l-a pus la încărcat.

Dumitrache alege un număr din cele apelate de-a lungul zilei și așteaptă să sune. Plescăie înciudat, plimbându-și mâna peste rotulă.

— Tot închis e, nu? întreabă Cazan.

— Mda, se strâmbă comisarul, uitându-se pe geamul din dreapta.

— Bizară treaba asta cu telefonul... murmură Cazan.

— Poate și-a uitat încărcătorul acasă, ridică Dumitrache din umeri, sau poate după ce-a aflat de moartea domnișoarei Dincă, n-a vrut să fie deranjat, să poată suferi în liniște.

— Oricum, pare ciudat.

— Poate Matei Boghievici a iubit-o, dă Dumitrache din cap. Astfel s-ar justifica și vizita lui aici.

Îi vine o idee, formează numărul senatorului și așteaptă ca acesta să răspundă.

— Bună seara, mă scuzați că vă deranjez la această oră, sunt Comisarul-Șef Dumitrache, ne-am cunoscut dimineață. Face o pauză scurtă. Nu am noutăți. V-am sunat să vă întreb dacă fratele dumneavoastră a ajuns acasă și dacă nu, o să vă rog să îmi spuneți dacă ați luat legătura cu dânsul.

Cazan oprește la semafor și-l privește întrebător pe comisar. Acesta neagă cu degetul arătător în aer.

— Nu e neobișnuit că nu v-a contactat de aseară și că nu răspunde la telefon? Am înțeles, domnule senator. Dacă aflați ceva, vă rog să mă sunați, eu voi face la fel. Bună seara!

— Ai auzit, spune comisarul după ce închide apelul. Nici pe el nu l-a sunat și nici acasă n-a ajuns.

— Asta nu înseamnă nimic, poate a plecat de-aici, dar nu a ajuns încă în București, spune Cazan.

Oprește mașina în parcarea cu plată din fața hotelului și ies amândoi în gerul de-afară.

— Să sperăm că e încă aici! Poate l-a speriat ninsoarea.

Dumitrache privește în sus. Fulgi mari zboară deasupra lor, iar cerul are o culoare caldă, de parc-ar fi luminat de milioane de becuri incandescente. Norii acoperă luna și stelele, iar vântul spulberă zăpada pe străzi.

Polițiștii intră în hotel și aruncă o privire în jur. Două din cele patru fotolii din mijlocul holului, unul alb și unul albastru, sunt ocupate de o femeie și un bărbat, care discută în șoaptă. În stânga, restaurantul pare animat, câteva persoane intrând pe ușile largi. Muzica instrumentală răzbate până la ei. Se îndreaptă amândoi spre recepție și Cazan flutură mâna către o femeie care se uită în direcția lor. Grăbește pasul, pentru a ajunge la ea înaintea lui Dumitrache.

— Bună, Ana! zâmbește Cazan. Ți-a spus Mihai că venim?

— Bună, Alex! îl salută femeia. Nu mi-a spus, dar mă bucur să vă văd. Chiar dacă sunteți în interes de serviciu. Își mută privirea către Dumitrache în timp ce spune ultimele cuvinte. Bună seara, domnule comisar!

— Bună seara! Cazan se pare că vă știe, eu nu. Sunteți domnișoara...?

— Ana Balteș, se prezintă cu voce voalată femeia. Prietena lui Mihai Fieraru, de la medicină legală.

— Aaaa, prietenii lui Mihai sunt și prietenii noștri. Iar prietenii la nevoie se ajută, nu-i așa? râde comisarul.

— Așa este! Aveți nevoie de ajutor?

— Da, Ana, chiar avem nevoie.

Comisarul îi povestește în câteva cuvinte despre ce este vorba.

— Poți căuta numărul camerei domnului Boghievici, te rog?

— Nu trebuie să-l caut, știu că are un *executive* la etajul trei, camera 311.

— Știi cumva dacă e în cameră? întreabă Dumitrache.

— A ieșit la plimbare acum vreo oră, poate o oră și-un sfert, dar s-a întors de vreo douăzeci de minute, înghețat și livid la față, spune Ana, întorcând capul către cele cinci ceasuri de pe peretele din spatele ei, reprezentând ora pe tot atâtea continente.

— Îl poți suna, te rog? o întreabă Dumitrache.

— Bineînțeles!

Dumitrache o urmărește în timp ce formează numărul. Ținuta ei este impecabilă. Costumul de recepționer, alb cu albastru, îi vine ca turnat. Cămașa îi strânge pieptul generos și continuă linia corpului, iar vesta subliniază caracterul oficial al serviciului ei. Părul prins într-un coc elegant aruncă reflexii roșcate și comisarul se gândește că asistentul lui Panait este un tip norocos.

— Nu răspunde, îi anunță Ana. Poate o fi la toaletă sau face un duș, își dă ea cu părerea, ridicând din umeri.

— Bine, atunci o să așteptăm în hol și mai încercăm peste zece minute, spune Dumitrache, uitându-se la ceas.

Tânăra zâmbește profesional și își îndreaptă atenția către un client de-al hotelului, care are nevoie de o hartă a orașului. Comisarii se așază pe cele două fotolii libere. Cazan scoate telefonul pentru a verifica e-mail-urile primite, iar Dumitrache alege o revistă din teancul aflat pe o masă din stânga lui.

Unsprezece minute mai târziu, Dumitrache se ridică și-o roagă pe Ana să mai sune încă o dată în cameră. Comisarul tocmai închisese telefonul, după o convorbire scurtă avută cu Panait. Doctorul îl sunase să-i spună că Matei Boghievici fusese în parc, acolo unde găsiseră corpul lui Carmen Dincă. Panait nu știa de unde aflase bărbatul locul exact, dar bănuia că se folosise de influența fratelui său, pentru a pune întrebări.

— Să știți că tot nu răspunde, își mușcă Ana buza superioară. Cred că e a douăzecea oară când sună, spune ea cu receptorul încă la ureche.

Ochii lui Dumitrache își schimbă culoarea, iar maxilarul încordat îi trădează neliniștea interioară. Îi face semn lui Cazan să se apropie.

— Ok, Ana! Acum avem nevoie de o cartelă generală, pentru a putea pătrunde în camera domnului Boghievici. Cheamă-l rapid pe șeful de tură, să ne-nsoțească la etaj.

Fără să scoată o vorbă, femeia pune receptorul în furcă și iese din raza vizuală a comisarului, dispărând pe o ușă din spatele ei, într-un mic birou administrativ.

— Tot nu răspunde, aruncă vorbele peste umăr către adjunctul său. Trebuie să intrăm în cameră cât mai repede. Am o presimțire sumbră, îi spune lui Cazan când ajunge lângă el.

— Bună ziua, apare un bărbat între două vârste lângă ei, sunt Luca Weisz, șef de tură. Am înțeles de la Ana că este posibil să avem o urgență într-unul dintre apartamentele executive?

— Da, vă rugăm să ne însoțiți cu cartela generală și să fiți de față, ca martor, când pătrundem în cameră.

Dumitrache pleacă primul către lifturi, fiind urmat de Cazan și șeful de tură. Când ajung la etajul trei, îl lasă pe reprezentantul hotelului s-o ia înainte și formează un șir indian. Mocheta groasă atenuează pașii și Dumitrache caută din ochi camera 311. Luca Weisz scoate cartela din buzunar, încearcă s-o introducă în cititor, dar mâna îi tremură și nu reușește să deschidă ușa. Mai încearcă o dată, cu același rezultat. Dumitrache îl împinge într-o parte, îi smulge cartela din mână și deschide ușa.

Camera principală e goală și comisarul o cuprinde într-o privire. Totul pare-n ordine, dar liniștea este apăsătoare. Intră și Cazan. Șeful de tură rămâne în prag. Tânărul observă un pahar și o sticlă de whisky din minibar, ambele goale. Polițiștii se despart ca la comandă. Dumitrache o ia în stânga, către dormitor, iar Cazan în dreapta, către baie. Șeful de tură face câțiva pași timizi în apartament și se oprește în mijlocul holului. Ușa de la toaletă este deschisă și Cazan nu vede pe nimeni înăuntru. Se răsucește pe călcâie și străbate rapid living-ul, către dormitor. Din cadrul ușii îl vede pe Dumitrache, aplecat deasupra unui corp nemişcat, aflat pe patul matrimonial. Comisarul îi verifică pulsul la gât, mişcă violent din cap în semn că nu-l simte şi începe masajul cardiac. Numără cu voce scăzută mişcările pe care le face cu mâinile şi când ajunge la zece, îi suflă aer în gură.

Cazan îl simte pe Weisz în spatele său şi întoarce mâna pentru a-l opri să înainteze.

— Vă rog să vă întoarceţi în cealaltă cameră, îi spune Cazan, scoţând mobilul din buzunarul hainei pentru a suna la 112.

Se uită pe noptiera aflată lângă pat şi vede mai multe tuburi de medicamente, unele goale, altele pline pe jumătate.

— Sunt comisarul Cazan, de la Omoruri Sibiu. Am nevoie rapid de o ambulanţă la Hotelul Continental din centrul Sibiului, etajul trei, camera 311. Un bărbat de aproximativ 30 ani a ingerat mai multe medicamente, printre care... face doi paşi până la noptieră şi ridică două tuburi... Fenobarbital şi Diazepam. Şeful meu îi face masaj cardiac. Nu are puls. Bine, mulţumesc, vă aşteptăm!

Iese din dormitor şi-l vede pe şeful de tură căzut pe un scaun, cu picioarele depărtate în V. Bărbatul e palid şi inert. Ochii sticloşi fixează un punct invizibil de pe covorul cu motive geometrice. O şuviţă argintie de păr de pe creştet îi atârnă într-o parte, neglijent.

— Sunteţi ok, domnule Weisz? vine Cazan lângă el.

Se-apleacă, îi pune o mână pe umăr şi repetă rar:

— Sunteţi în regulă? Vă ofer un pahar cu apă?

Luca Weisz murmură neinteligibil. Mâinile şi picioarele îi tremură, însă privirea începe să i se limpezească. Ridică ochii la Cazan şi apoi îi mută rapid către uşa dormitorului, de unde se aud sunetele pe care Dumitrache le face în timpul resuscitării.

— Dom-nul va fi în re-regulă? se bâlbâie bărbatul. Părea mort...

— Staţi liniştit, colegul meu face tot posibilul să-l ajute.

Acum aşteptăm ambulanţa. Probabil n-au trecut multe minute de când a înghiţit pastilele, aşa că nu putem decât să sperăm că totul va fi ok.

— Puteţi să închideţi uşa, vă rog? arată Weisz cu ochii spre intrarea în apartament.

— Aş prefera să n-o fac, spune Cazan ferm, nu vreau să-i încetinesc pe medici.

— Mă gândeam că acest eveniment poate afecta reputaţia hotelului. Cum am început deja pregătirile pentru sărbătorile de iarnă... ar fi un dezastru să fie anulate sejururile.

Cazan se aşază pe scaunul alăturat şi-l priveşte în ochi.

— Îmi pare rău, zice comisarul fără nicio inflexiune în voce. Mă gândesc totuşi că este mai bine ca oaspeţii să creadă că domnului Boghievici i s-a făcut rău, decât să vină medicina legală şi să ridice un cadavru.

Luca Weisz mişcă absent din cap, în timp ce buza superioară i se umple de transpiraţie.

— Nu-i aşa? întreabă Cazan pe un ton ridicat, pentru a-l face atent pe şeful de tură.

— Aşa este, aveţi dreptate! aprobă Weisz cu glas stins.

— Oricum, cred că n-ar trebui să vă faceţi probleme acum despre ce vor crede clienţii, spune Cazan. Important este ca dânsul să-şi revină şi să scape din această încercare. Tocmai i-a murit o persoană apropiată şi era foarte zdruncinat psihic, de aceea a recurs la acest gest.

— Da, da. Doamne, la ce-am putut să mă gândesc? tremură şeful de tură din tot corpul. Normal că cel mai important lucru e ca domnul Bochivici să-şi revină. Îşi trece mâna prin păr. Şuviţa grizonantă îi aterizează din nou pe frunte.

Comisarul se ridică de pe scaun şi îl bate pe umăr, trecând cu vederea stâlcirea numelui de familie.

— Se vor rezolva toate, staţi liniştit!

— Pot pleca acum? întreabă Weisz, îndreptându-se către uşă.

— O să vă rog să mai aşteptaţi aici până ajung paramedicii, îi spune Cazan.

Weisz aude voci pe coridor și se uită în direcția aceea. În încăpere intră o femeie de pe ambulanță, cu câte o geantă în fiecare mână și una pe umăr.

— Poftiți, vă rog! spune Weisz cu voce tremurândă, invitând-o cu mâna în interior.

— Unde e pacientul? întreabă femeia fără adresă.

— În dormitor, vă arată domnul comisar, indică el cu capul.

După femeie intră doi bărbați în salopete portocalii, îmblănite, cu capetele descoperite, ce se chinuie cu o targă pliată.

— Domnule comisar, au venit paramedicii! strigă Cazan din living. Le arată acestora unde este dormitorul și rămâne în picioare, în centru, cu brațele încrucișate la piept.

După câteva secunde apare Dumitrache, transpirat, respirând din greu. Se șterge cu o batistă de unică folosință pe frunte și pe nas.

— L-am lăsat pe mâna lor acum, șuieră el cu răsuflarea întretăiată. Am făcut tot ce mi-a stat în puteri.

— Ați reușit să-i prindeți pulsul?

— Nu. Și nici măcar nu știm de cât timp era inconștient. Nu mă gândesc decât la acele 11 minute cât am așteptat în hol. Dac-am fi urcat din prima…

— Fără telefonul de la doctorul Panait și fără presimțirea pe care ați avut-o, am fi plecat cu coada-ntre picioare și am fi revenit mâine.

— Nu e o consolare în momentul de față, spune Dumitrache cu amărăciune în glas, aruncând o privire către ușa dormitorului.

Unul dintre bărbați iese din dormitor și se uită la polițiști. În lumina artificială, ochii căprui și tenul măsliniu contrastează puternic cu haina portocalie pe care scrie ambulanțier.

— Facem tot posibilul, să știți… Deschide larg brațele și le lasă câteva secunde suspendate în aer. Protocolul este să încercăm resuscitarea timp de 45 minute.

— Dar să înțelegem că urmați protocolul, fiindcă așa sunteți obligați, nu pentru că ar avea vreo șansă să-și revină, își dă seama Cazan.

— În continuare nu are semne vitale. Nu prezintă stare fiziologică și nu reacționează la nicio procedură. Doamna doctor mi-a spus să vă transmit să nu vă faceți speranțe. Sunt șanse minime să-l aducem înapoi și chiar dacă reușim...

Lasă fraza neterminată, pentru a ascunde cinismul firesc al meseriei, se întoarce pe călcâie și intră din nou în dormitor.

— Sună-l pe Filimon, spune-i să vină încoace, eu îl sun pe Panait ca să-i spun același lucru. Apoi tu-l suni pe Marinescu, iar eu pe senator, continuă Dumitrache indicațiile. O să fie o noapte lungă...

##

— Dacă tot ați zis că treceți pe la mine, v-ați gândit să n-o faceți cu mâna goală, nu-i așa? intră Panait în camera de hotel, cu o geantă pe umăr.

— Mda, răspunde Dumitrache monosilabic, fără să sesizeze umorul macabru al colegului său, continuând să caute numărul Angelei în secțiunea *favorite* din agenda telefonică.

Doctorul se dezbracă de haină, o agață în cuierul de lângă ușă și întreabă din ochi unde este cadavrul. Cazan o ia spre dormitor, urmat de Panait. Acesta din urmă înconjoară patul și se oprește lângă fereastră, privindu-l pe Matei Boghievici pe deasupra ochelarilor. Așezat în patul supradimensionat pentru o asemenea cameră, corpul bărbatului pare și mai firav decât atunci când trăia. Doctorul își aduce aminte că statura lui mică, delicată (*aproape feminină*), l-a frapat de prima oară când l-a văzut la morgă. Părul negru îi acoperea urechile, tunsoarea lui semănând cu cea a unui puști de liceu care ascultă muzică rock.

— Medicul de pe ambulanță a declarat decesul? întreabă Panait. Văzând aprobarea lui Cazan cu coada ochiului, vrea să știe de cât timp.

— Au continuat resuscitarea toate cele 45 minute, deci ora oficială a decesului este cu 8-9 minute în urmă.

— Comisarul mi-a spus că a luat mai multe somnifere. Văd patru flacoane de Fenobarbital și Diazepam deschise. Altceva ați mai găsit?

— N-am procesat camera, vă așteptam pe dumneavoastră și pe Filimon, îl informează Cazan, ridicând ochelarii pe nas. Întoarce capul către camera principală, unde rămăsese Dumitrache pentru a vorbi la telefon cu soția sa.

— Deocamdată am găsit doar o sticlă goală de whisky, din mini-bar, continuă Cazan. Fiind apartamentul executive, sticla nu e de 50 mililitri, ci de 150.

— Nț, nț, n-a avut nicio șansă, clatină doctorul din cap. Combinația de somnifere cu alcool este letală în timp scurt. Nu aveați ce să faceți mai mult decât ați făcut.

Panait își pune tacticos mănușile chirurgicale, fără să se uite la ce face. Se apropie de cadavru și-l studiază din cap până în picioare. Tricoul polo, albastru cu dungi albe, e ridicat până la gât, lăsând la vedere pieptul fără niciun pic de păr. Pielea deschisă la culoare contrastează cu tonurile hainelor. Cicatricea în formă de semilună de lângă buric este maronie și este singurul semn distinctiv de pe părțile expuse ale corpului. Degetele de la mâini sunt subțiri și lungi. Inelul din argint, de pe inelar, seamănă cu o verighetă, dar însemnele de pe el sunt tribale.

— Bună seara, se aude vocea lui Mihai Fieraru din camera principală a apartamentului.

— Sunt aici! ridică vocea Panait.

— Salut, Alex! spune Mihai când dă cu ochii de Cazan. Pe Ion îl știi? îl arată cu degetul mare pe bărbatul care venea în spatele său.

— Da, ne știm, salut! Ai vorbit cu Ana? se uită comisarul la Mihai.

— De-asta am rămas puțin în urmă. Mi-a povestit pe scurt cum a fost.

— Ați venit la țanc, băieți, eu tocmai ce am terminat, le spune doctorul Panait lui Mihai și lui Ion. Preluați voi de aici! Faceți fotografii, colectați tot ce găsiți și ne vedem la morgă. Iese din dormitor și se îndreaptă către Dumitrache, care terminase de vorbit la telefon.

— Ce întorsătură stranie, nu crezi? îl întreabă doctorul. Cazul oricum nu părea ușor, dar acum s-a complicat și mai mult. Scoate mănușile de unică folosință și le aruncă în coșul de lângă birou.

— Mie-mi spui?! pufneşte Dumitrache pe nas. Acum doişpe' ore eram fericit că aflasem cine este domnişoara, acum am doi morți pe cap, ambii la noi în oraş.

— Ai vreun dubiu că a fost sinucidere? vrea să afle Panait impresia comisarului.

— Nu. Sunt convins că s-a sinucis, mai ales că tu și cu Mihai l-ați văzut într-o stare jalnică înainte de-a ajunge aici. N-am niciun motiv să cred că a fost altceva, însă aștept și concluziile autopsiei tale.

— N-o să aștepți mult, spune Panait, ridicând palma în aer. În România, sinuciderile prin intoxicații voluntare ocupă locul doi, după spânzurare. Ambele sunt metode foarte eficiente, cu șanse minime de supraviețuire.

— Hmm...

— Da, e chiar interesant, se precipită Panait. În SUA, cei mai mulți se sinucid prin împușcare...

— Păi, acolo oricine are voie să își cumpere armă! se indignează Dumitrache.

— Așa este, au legi permisive, deținerea unei arme a devenit o banalitate, îl aprobă doctorul Panait. În Hong Kong, de exemplu, sinucigașii preferă să se-arunce de pe cele mai înalte clădiri, iar în Germania să se-arunce în fața trenului.

— Și la noi spui că cei mai mulți se spânzură? Și apoi se otrăvesc? Ciudat...

— După cum știi, mie-mi plac statisticile de tot felul,

spune Panait, fluturând un zâmbet pe buze. Evident, ierarhia metodelor diferă de la an la an, însă în ultimii trei-patru, topul de la noi nu s-a schimbat.

— Când crezi că-mi poți face un raport, fie el și preliminar? vrea să știe Dumitrache, aruncând o ocheadă către doctor.

— Îl vei avea direct pe cel final, probabil undeva pe la miezul nopții. Poate puțin mai devreme, dacă avem noroc și nu găsim decât ceea ce trebuie să găsim. Adică multe pastile și mult alcool tare.

Râde înfundat, împreunând degetele pe burtă.

— Bine. Eu îl aștept pe senator, care-a zis că vine cu un elicopter pus la dispoziție de către un prieten apropiat.

— Bine, comisare, așa facem! Acum la treabă!

Panait se duce către cuier, prinde cu o singură mână haina din mijloc și o ridică în sus, în semn de salut. La ușă se intersectează cu Filimon, care-i spune „bună seara" și apoi îl invită cu un gest să iasă din camera de hotel.

— Avem o problemă, îi spune Filimon lui Dumitrache fără nicio introducere. Își scoate căciula îmblănită și chelia strălucitoare îi captează pentru câteva secunde atenția lui Dumitrache. Mașina domnului Matei Boghievici a fost implicată într-un accident rutier cu puțină vreme în urmă, de ordinul a câteva zile - o săptămână.

Sprânceana comisarului se arcuiește într-un semn de întrebare.

— Nu-mi spune că, odată cu această sinucidere, am rezolvat și crima noastră! ridică Dumitrache vocea.

Filimon ridică nepăsător din umeri. Aruncă haina și căciula pe scaunul de la birou, se apleacă să miroasă sticla de whisky, apoi îi dă replica lui Dumitrache:

— A iubit-o sau nu, acum e mai puțin important. A venit din nou aici, a văzut-o moartă la morgă, nu din goana mașinii. Când a dat peste ea, noaptea târziu, probabil n-a realizat ce-a făcut. La lumina zilei însă lucrurile stau altfel.

— Probabil era labil psihic, îşi trece Dumitrache mâna prin păr, dat fiind faptul că era lacheul mult mai bogatului său frate şi-al soţiei acestuia. N-avea realizări personale sau o viaţă interesantă, în plus era întreţinut de senator.

— Iar momentul în care s-a învârtit prin parc a fost hotărâtor, continuă Filimon.

Scoate o pereche de mănuşi verzi din buzunar şi le flutură pentru câteva secunde.

— Au adus verzi, albastre şi portocalii, zâmbeşte el în colţul gurii. Mi le-am luat pe toate.

Pune un genunchi în pământ şi se uită sub cele două scaune, apoi caută atent sub birou, lăsând la urmă fotoliile cu design retro, cu inserţii aurii pe fundal crem.

— Dacă Matei Boghievici o iubea pe Carmen Dincă şi ea l-a respins, atunci a avut un motiv bun, vorbeşte rar Dumitrache, urmărindu-l pe Filimon.

— O variantă… ca multe altele, şefu'…

— Dar sunt atât de multe necunoscute în joc, încât am în continuare senzaţia că suntem de-abia la începutul cazului! pufăie comisarul.

Mobilul lui Dumitrache începe să vibreze şi bărbatul se grăbeşte să răspundă. Filimon trece cu inspecţia în dormitor, unde îi salută pe cei trei colegi. Îl pune la curent pe Cazan cu descoperirea făcută în parcarea de la morgă, unde Land Rover-ul lui Matei Boghievici ar fi trebuit să rămână peste noapte.

— Cazan, vii cu mine la secţie, în zece minute aterizează senatorul, apare Dumitrache în dormitor.

— Cum a decurs zborul? întreabă într-o doară Cazan.

— Mi-a spus că este speriat de moarte de ninsoarea de afară şi de-abia aşteaptă să pună piciorul pe pământ.

— Îl cred şi eu! Brr! îşi scutură Cazan umerii într-un gest teatral. Am zburat de câteva ori cu elicopterul, însă nici măcar o dată nu m-am simţit în siguranţă în el. Zici că eşti într-un Matiz condus de Titi Aur.

— Filimon, tu rămâi și-aduni toate probele de-aici, apoi eu și Cazan te așteptăm la secție, aruncă Dumitrache ordinul. Mâine începi să cercetezi toate farmaciile de pe o rază de trei kilometri în jurul hotelului, cu precădere pe axa Parcul Muzeului - Hotel Continental, pentru a afla de unde a cumpărat Matei Boghievici pastilele.

— Da, așa voi face!

— Băieți, voi în ce stadiu sunteți? se uită Dumitrache la Mihai și la Ion.

— În maxim zece minute plecăm și noi către morgă, am cam terminat ce-aveam de făcut, răspunde Mihai fără să se uite la comisar. Pune apărătoarea pe capătul obiectivului foto și așază camera în geantă.

— Ne așteaptă o noapte lungă și grea. Am mai spus-o, nu? încheie Dumitrache.

Joi, 22 octombrie

Ceasul indică 4:29. Cifrele mari, verzi, sclipesc în semi-întunericul din cameră. Panait este la birou și scrie frenetic finalul celei de-a doua povestiri. Și-a propus ca autopsia să nu-i ia mai mult de trei ore și a reușit s-o termine în două ore și jumătate. Exact cum îi spusese comisarului la hotel, sinuciderile nu ridică în general probleme, iar cea a lui Matei Boghievici n-a ieșit din tipare. Cum Dumitrache n-a mai venit la morgă, Panait i-a pregătit raportul scris, iar Mihai i-a trimis un sms succint: „alcoolemie 1,3 mg, 200 ml whisky, 84 pastile de Feno și Diazepam, resuscitare imposibilă".

Doctorul se oprește din scris, respirând adânc. Câteva lacrimi îi gâdilă ochii și se șterge pe sub lentile, fără să-și scoată ochelarii. Lipsa de somn și concentrarea de a termina ce și-a propus, adică încă o povestire din cartea lui, i-au sensibilizat ochii. Simte nevoia să se-ntindă și se ridică obosit de pe scaun.

Plictiseala din ultima perioadă a fost înlocuită cu o tensiune pozitivă, care l-a ținut în priză și l-a făcut să rămână la morgă pentru a scrie. Ultimele ore și le-a petrecut așternând pagină după pagină, într-o agitație similară cu cea a dirijorului unei orchestre simfonice. A scuturat din cap, a tăiat paragraful nereușit, a băut două căni de cafea, a ieșit în gerul de afară pentru a fuma, s-a uitat în gol fără să vadă albul paginilor și-a fost fericit când totul a prins contur.

Se uită la foile răsfirate pe birou și respiră adânc. Face un pas în lateral și se sprijină în piciorul drept. Rotula trosnește dureros, piciorul îi fuge în gol și realizează că nu-și va putea susține corpul. Se prinde de birou și compensează astfel greutatea, reușind să prevină o cădere absurdă.

— Când te crezi de 20 de ani și 70 de kilograme, cam asta se întâmplă! vorbește el singur.

Își freacă genunchiul cu fermitate, fără să aline durerea internă a ligamentelor. Se prăbușește pe scaun, răsuflând greu. Strânge colile de hârtie aflate în fața sa, uitându-se mândru la ele. Cele nouă foi sunt acoperite pe ambele părți de un scris mărunt, pe alocuri ilizibil și plin de ștersături. Simte plăcerea de a fi *prins* două subiecte interesante, de parc-ar fi un reporter de investigații aflat la primele articole. Cele două povești care l-au inspirat, accidentul de mașină de la sfârșitul săptămânii trecute și sinuciderea de-aseară, au apărut într-un moment în care viața sa era plictisitoare și previzibilă. Două evenimente independente, fiecare cu începutul, intriga și finalul propriu, dar totodată înlănțuite. Una fără cealaltă n-ar fi existat.

Lasă capul pe spate și se uită la tavan. O pată de lumină ce răzbate din exterior aruncă umbre lungi pe pereți. Durerea din picior nu-l mai deranjează și gândul la o țigară îl ridică de pe scaun. Cu foile într-o mână, își aruncă haina pe umeri și iese pe balcon. Vântul îi stinge de mai multe ori flacăra de la brichetă și e nevoit să îndese hârtiile în buzunarul de la haină, pentru a avea ambele mâini libere. Reușește să aprindă țigara și mișcarea face ca aerul rece de-afară să-i electrocuteze corpul, înfiorându-l din cap până în picioare.

Se uită spre cer, trăgând adânc din țigară. Orașul e tăcut și lipsit de culoare. Nicio lumină nu pâlpâie la ferestrele clădirii din fața sa. Doar felinarul din curtea interioară aruncă fâșii galbene către dunele de zăpadă din mica grădină aflată în spatele caselor. Toată lumea doarme. În afară de el și probabil de comisarii de la Omoruri.

Scutură țigara în scrumiera improvizată dintr-un pahar din plastic, plin cu zăpadă.

Chiar dacă în urmă cu trei zile descoperirea cadavrului tinerei nu părea nimic altceva decât un accident, cazul s-a complicat, iar comisarii urmăresc mai multe piste. Sinuciderea fratelui senatorului a adăugat elemente noi în ecuație, întrebările concentrându-se pe motivația acestuia. O iubea Matei Boghievici în secret pe Carmen Dincă? Sau a ucis-o și regretele nu i-au dat pace? Era o fire empatică și s-a identificat cu trăirile tinerei? Sau conștiința l-a împins către acest sfârșit?

Dacă nu se va găsi un bilet de adio cu o explicație a acestui gest, probabil nu vor afla niciodată ce l-a împins pe Matei Boghievici să se sinucidă. Autopsia a arătat că nu suferea de nicio boală letală, deci motivul trebuie căutat în altă parte.

Panait intră la căldură și scoate povestirea scurtă din buzunarul hainei. Se uită cu admirație la foile răsfirate și inspiră adânc. *Pauza s-a terminat, prietene!* are Panait un dialog imaginar în minte. *Trebuie să afli dacă rândurile așternute pe hârtie în noaptea asta sunt bune de ceva.*

3
A treia păpușă Matrioșka

– Mănăstirea –

Drumul de pietriş este plin de gropi, băltoace și șanțuri de canalizare proaspăt săpate. Mașina se-avântă cu patruzeci de kilometri pe oră, aruncându-mă violent dintr-o parte într-alta, ca pe o păpușă dezarticulată. Capul îmi sare în toate părțile de parcă n-ar fi atașat de corp, ficatul e un ghem dureros care se izbeşte cu putere în stomac, aruncându-mi conținutul acid al acestuia direct în gât. Îmi vine să vomit, dar ştiu că e doar o senzație, pentru că n-am mâncat nimic în dimineața asta. Mașina sare pe un dâmb și când ajunge din nou pe drum, amortizoarele scrâşnesc din toate încheieturile, iar mie-mi vine să urlu de durere. Morții mă-sii de treabă, cine dracu' m-a pus să vin aici?

— Cât mai avem? întreb politicos, cu un glas care numai al meu nu e. Simt că lumea se-nvârte cu mine, iar cuvintele mi se amestecă în cap.

— Nu chiar așa de mult, domnișoară, zâmbeşte șoferul în timp ce-și aruncă brațul stâng pe geam, ca și cum de-abia acum ar fi început cursa, când de fapt au trecut mai bine de opt ore.

— Să tot fie vreo 20 de kilometri, îl aud ca prin vis.

— Cât? 20 de kilometri?! Ooo, Doamne, nu mai suport!

Sunt la dracu'-n praznic și drumul nu se mai termină. Mă las pe spate și capul mi se lovește de tetieră. Încă treizeci de minute de hurducăieli mi se par o eternitate. Tuşesc dureros din piept, ignorând cuțitul fierbinte din plămâni. Durerea aproape mă sufocă și deschid geamul, într-o încercare disperată de-a uita tot ce mi se-ntâmplă. Aerul răcoros de toamnă îmi gâdilă plăcut nările. Nu mai simt atât de acut senzația de metal în gură și respirația mi-a revenit la normal, iar ochii nu-mi mai sunt tulburi. Descopăr că peisajul e drăguț. Dacă mi-ar păsa cât negru sub unghie, aș putea spune că este chiar încântător. Dealuri împădurite, un râu limpede care a săpat o matcă șerpuitoare, case îngrijite, grădini de legume și pomi fructiferi.

— Și unde spuneați c-o să stați, domnișoară? La mănăstire? mă întreabă partenerul meu de drum.

Simt cum ochii îi râd, întorc capul și în colțul gurii întrevăd un început de zâmbet, ca o confirmare inutilă că omul se-amuză pe seama mea.

— Cum la mănăstire, am eu față de așa ceva? scuip cuvintele printre dinți.

— Păi în zonă nu prea aveți unde în altă parte...

— Habar n-am unde o să stau, nu mi s-au dat detalii! Mi s-a spus doar că voi avea casă și masă. Atât. Sper că nu voi locui la mănăstire, îi spun eu aproape șoptit, cu gândul doar la cele treizeci și unu de tatuaje de pe corp.

— Eeei, acum și dumneavoastră, că doar n-o fi foc! Mai citiți un psalm, mai mergeți la o slujbă, mai vedeți o pictură cu Isus...

Știu că mă ia peste picior, nu trebuie să-i aud râsul înfundat. Nu-l condamn, cu toate că-mi vine să-l pleznesc peste gură, să-și înghită ironiile. Probabil asta au vrut să-mi facă și mie alții de fiecare dată când le vorbeam în batjocură...

— Dar știți că la mănăstire se mănâncă doar legume, da? mă întreabă el. Niciun pic de carne, niciodată. Nici măcar pește.

— N-am nicio problemă cu legumele. Cu altele am, îi spun eu gâtuit.

Sunt din ce în ce mai tulburată de perspectiva de a coabita, chiar și pentru câteva zile, cu oameni care-au făcut un legământ sacru cu Dumnezeu. Îmi și imaginez cum o s-apar eu la poarta mănăstirii din Cuca Măcăii, în blugi negri, cu un tricou cu cap de mort pe spate și cu tot corpul acoperit de tatuaje drăcești. *Sunt făcute de mâna diavolului*, parcă îl aud pe tata, *ți-a luat mințile de tot!* Am omis să-i spun despre tigrul bengalez de pe sâni, surprins în mișcare, în timp ce se îndreaptă către o pradă neputincioasă, probabil un cerb rătăcit. Nu de alta, dar ar fi fost în stare să creadă că am avut și orgasm, având atâtea ore o mână pe sâni. Fie ea și diavolească.

— Aha, problemele tale se văd de la o poștă! spune șoferul în zeflemea, aruncând o privire către brațele mele.

— Căcat! îmi scapă cuvântul fără să mă gândesc prea mult.

Încerc să-mi acopăr tatuajele cu palmele și mă gândesc că va trebui să-mi pun un hanorac înainte să cobor din mașină. Oricum voi face notă discordantă prin felul meu de-a fi, nu mai e cazul să le și *arăt* că sunt diferită. Mă îndoiesc de faptul că cineva ca mine s-ar putea pierde în mulțimea de evlavioși. Păr rebel și nebun, vopsit în roșu, ochii conturați cu tuș negru, pe un umăr o geantă sport pentru laptop, două telefoane mobile care probabil vor suna când mi-e lumea mai dragă, o altă geantă mai mică pentru bani, acte și diverse mărunțișuri pe celălalt umăr.

— Cum să dorm la mănăstire?! murmur eu în timp ce despic aerul cu mâna dreaptă, într-un gest neputincios. Eu vorbesc tare, gesticulez ca un adevărat coleric, ascult rock, mănânc atunci când am chef și adorm după două noaptea, prăbușită pe canapeaua din sufragerie. Ce dracu' să caut eu acolo?

— Dar să știți că acolo se doarme excelent, fiindcă e liniște, mă asigură bărbatul. Și chiar dacă ei nu mănâncă decât legume, totul se gătește la cazan cu lemne. Mâncarea are alt gust, îmi face el cu ochiul.

— Este mănăstire de călugări sau de maici? mă aflu eu în treabă.

— De călugări. De ce întrebați?

Poate mă trezesc naibii într-o abație ca aia din *Numele Trandafirului!* Dar chiar și lui Umberto Eco i-ar fi dificil să portretizeze un personaj cu trăiri și sentimente antagonice, așa, ca mine, râd în sinea mea. Nu sunt frumoasă, poate doar interesantă, dar eman o senzualitate primitivă prin toți porii. Am un înveliș crud care acoperă un interior sălbatic și fierbinte, aproape animalic.

— Pe drumul de întoarcere voi sărbători trei milioane și o sută de mii de kilometri conduși, spune domnul din stânga mea, simțind că trebuie să aud și altceva în afară de propriile mele gânduri.

— De unde știți exact cât aveți, ați scris undeva?

— Normal, domnișoară, altfel cum? Conduc din '82 și permanent mi-am ținut o agendă. Am peste două mii cinci sute de drumuri.

— Interesant, ce să zic?! ridic din umeri, neștiind ce altceva să-i spun.

Traversăm un pod îngust, fără parapeți, peste albia unui râu secat. O fâșie de asfalt negru ia loc drumului ce părea rămas așa după bombardamentul din al doilea război mondial. Zgomotul scade în intensitate și mașina rulează normal. Închid ochii și gust fericirea. Apoi vomit toată fierea în punga de plastic dintre picioare.

##

— De fapt, aici este metoc, mi-a spus ea, aranjându-și baticul din pânză topită.

— Ce înseamnă metoc? am întrebat-o eu cu ochii cât cepele, înghițindu-mi cuvântul obscen care-mi venise în minte.

— Un fel de sucursală administrativă a unei mănăstiri, mi-a explicat ea ca la școală.

— Păi aici nu e mănăstire?

— Nu, e schit.

— Și care e diferența?

— Mănăstirea are stareț permanent, schitul, nu, mi-a zâmbit ea serafic. Are doar un fel de adjunct al starețului. Schitul este condus de același stareț, doar că nu locuiește acolo.

Acest dialog a fost purtat dimineață, pe vremea când eu îmi beam cafeaua făcută pe plită, nu apăsând pe buton, iar Atanasia, tânăra care mă iniția în tainele duhovnicești, curăța cartofi pentru masa de prânz. Atanasia vorbește egal, fără niciun pic de intonație, de simți că te ia somnul când ai un dialog cu ea. De fiecare dată când o aud vorbind, îmi amintesc de David, puștiul soră-mii. David recită poeziile în același stil molcom și tern, chiar dacă una e de dragoste de țara și alta despre schimbarea anotimpurilor.

Patru zile pline au trecut de când șoferul m-a adus în acest colț rupt de lume și deja viața mea s-a întors la 180 de grade. Adică exact ce-am sperat atunci când am hotărât să vin aici. Nu mi-am dorit să dorm însă la mănăstire (mă rog, *schit*), dar este exact cum se spune, de ce ți-e frică, de-aia nu scapi. Am primit o cameră la VIP, așa cum mi-a prezentat-o părintele care mi-a arătat împrejurimile. *Aveți baie în cameră și veți locui singură, chiar dacă sunt trei paturi. Nimeni nu vă va deranja aici.*

A avut dreptate, cu toate că nu-i tocmai chiar așa. Atanasia s-a lipit de mine ca marca de scrisoare și mă însoțește oriunde mă duc. Surprinzător, mă bucur de compania ei și îi pun multe întrebări. La început, exteriorul ei m-a izbit profund. Îmbrăcată numai în fuste lungi până la pământ, în culori șterse, cu bluze din pânză topită atât de drăguțe, de mi se strepezeau dinții de la atâta neîntinare, cu părul prins regulamentar în coadă și acoperit cu năframă albă, Atanasia mi-a părut din alte timpuri și acest lucru n-a fost neapărat unul măgulitor pentru ea. Cu chipul drăguț, lipsit complet de orice urmă de spoială feminină și părul blond, fantastic de lung, Atanasia mi-a adus aminte de Rapunzel și-a ei podoabă vrăjită. În prima seară am văzut-o accidental cu părul despletit și m-am holbat la ea din pragul ușii. Am șoptit necontrolat *să-mi fut una*, regretând pe loc ieșirea mea lipsită de educație aleasă. N-am întrebat-o dac-a auzit și nici ea n-a spus nimic. Probabil n-a auzit.

Odată cu venirea mea, am sperat să am parte de un mediu total nefamiliar, să mă rup de tot ce știam și-aveam acasă. Nu cred c-aș fi putut nimeri o persoană mai potrivită decât Atanasia, care să mă-ndrume atent în rânduiala religios-ascetică și să-mi ofere exemplul personal. Ea se trezește în fiecare dimineață la ora șase pentru a lua parte la slujbă, nu se culcă înainte de a-și spune rugăciunile de seară (*se pare că sunt mai multe, nu una, cum știam eu*), ascultă muzică religioasă pe internet și ține post două zile pe săptămână.

Este căsătorită de un an cu un bărbat pe care l-a cunoscut în 2004, într-una dintre taberele pe care ASCOR[1]-ul le organizează la diferite mănăstiri din țară. S-au văzut la o mănăstire izolată în munți câțiva ani de-a rândul, studenți fiind, apoi au tot povestit la telefon despre o posibilă relație între ei. Într-o zi au decis să meargă mai departe, să vadă dacă povestea lor poate avea o direcție comună. Și a avut. Au făcut nunta în sat, îmbrăcați în costume populare, într-o bisericuță fără lumină, veche de peste 300 de ani. Aproape toți nuntașii au venit îmbrăcați în straie populare, ceea ce-a sporit farmecul întregii adunări în ochii mei, în timp ce mă uitam pe albumul lor de nuntă.

— Voi locuiți aici? o întreb eu în fața dormitoarelor care ne-au fost repartizate.

— Ooo, nu, doar temporar, răspunde ea zâmbind discret. Mâine mergem la dințolog și după ce terminăm, vom viziona câteva apartamente care sunt de închiriat.

— La ce mergeți?! mă fac eu că n-am auzit bine.

— La dentist, are Cristian o carie de rezolvat, îmi spune ea netulburată. Cristian e *sosul, adică* soțul, ca să-nțelegi și tu.

Este oarecum amuzată de neștiința mea într-ale cuvintelor pocite, așa cum fac liceenii când vor să-și etaleze vocabularul suburban, de neînțeles pentru cei din afara grupului.

— Am atâtea întrebări să-ți pun!... Mă fascinează viața voastră.

1 Asociația Studenților Creștin-Ortodoxi din România

Aş fi vrut să spun că mă fascinează ea, dar nu ştiu cum ar fi interpretat acest lucru.

— No, păi avem timp, nu ne grăbim nicăieri, îmi răspunde ea candid.

No, poate tu, eu nu mai am timp, o maimuţăresc eu în gând.

— De ce te cheamă Atanasia?

— Sunt născută pe 20 ianuarie[1], îmi spune ea repede.

Dau din cap atotştiutoare, să nu par chiar atât de picată din lună. N-am nici cea mai vagă idee ce înseamnă această dată. N-am auzit niciodată numele ei. Mi se pare muzical, asemănător cu Anastasia, dar totuşi bizar. Cred că seamănă cu ea.

— Și câţi ani ai?

— 26, Doamne-ajută!

— La fel ca mine, să fii sănătoasă! *Ar trebui să zic şi eu Doamne-ajută?*

— Suntem deodată, deci, spune ea.

— Ce suntem? întreb a nu ştiu câta oară, nedumerită de limbajul ei.

— Avem aceeaşi vârstă. De ce, voi nu spuneţi tot aşa?

— Nu, noi spunem că suntem de-o seamă, răspund eu zâmbind superior.

— Vii la slujbă? mă întreabă ea brusc, ca şi cum discuţia noastră de-abia acum începea.

Nu ştiu de ce am senzaţia pregnantă că Atanasia nu poate crea fraze mai lungi de zece cuvinte. Este oarecum obositoare această cadenţă şi de multe ori a trebuit să mă concentrez pe dialogul dintre noi. Asta este a cincea zi, dar cred că mi-ar trebui cinci ani să mă obişnuiesc cu *rânduiala* lor.

— La ce oră e? întreb doar ca să-mi dea un motiv s-o refuz.

— Începe la trei dimineaţa şi ţine până la şapte. Apoi mâncăm.

1 Numele Atanasia provine din limba greacă şi înseamnă nemurire. Biserica Ortodoxă prăznuieşte Sf. Atanasie pe 18 Ianuarie

Ochii ei sunt mari și inexpresivi. Mă uit în ei și nu văd nicio sclipire, nicio scânteie, de parcă sufletul din spatele lor ar fi pustiit.

— Aaa, nuu, îmi pare rău, răsuflu eu ușurată. Eu sunt pe alt fus orar.

Aștept un râs spontan, sănătos, dar nu se aude nimic. Gluma fusese, ce-i drept, puțin forțată, ținând cont că locuim în aceeași țară, pe același fus orar, doar că ne despart 500 kilometri. Însă n-a venit nici măcar un zâmbet de complezență. Parcă femeia din fața mea n-a auzit ce i-am spus.

— Sunt extrem de obosită și mă doare capul îngrozitor, mă simt datoare să explic pe înțelesul ei.

— Ar fi fost frumos să descoperi profunzimea celor ce se întâmplă aici, mă dojenește ea. Nu știi când te vei mai întâlni cu ele. Sau unde.

În cer. Cât de curând. Acum vreau doar să mă scot pe ultima sută de metri, poate reușesc să intru pe ușa din dos a Raiului.

În loc de aceste gânduri total nepotrivite pentru locul în care ne aflăm, am ales să tac. Doar aici am simțit că limba română este săracă în cuvinte potrivite pentru a-mi exprima emoțiile și sentimentele. Mi-am reprimat reacții și vorbe pentru că n-am știut ce-aș fi putut spune care să nu fie ilegal, imoral sau indecent.

— Nu te supăra pe mine, Atanasia, poate mâine.

— Dar la 7 vii la micul dejun, da? întreabă ea așteptând doar un răspuns afirmativ.

— În niciun caz, ți-am spus doar că eu sunt pe alt fus orar, am repetat gluma. M-am gândit, totuși, că prima oară nu a înțeles-o. Mi s-a mai întâmplat și mie.

— Bine, atunci te voi trezi pe la 8, continuă ea netulburată.

Clar! Eu sunt nebuna!

— Noapte bună! îi spun eu protocolar.

— Doamne-ajută!

Nicio șansă să mă mai ajute pe mine! Poate pe tine!

Pentru că tu nu aștepți după fiecare colț întunecat privirea rânjită a doamnei cu coasa și nu te zbați în ghearele înghețate ale unei frici constante, aproape animalice. Tu nu te uiți dimineața în oglindă numai pentru a vedea că fiecare zi îți știrbește din farmecul tinereții, că boala care te macină iese triumfătoare, în frenezia ei de a-ți acapara fiecare centimetru de corp. Eu, una, sunt îngrozită de această degradare rapidă a ființei mele, de orele și minutele care-mi strigă în urechi că sunt ultimele din viața mea, de această infernală boală care n-are leac.

##

În baie sunt vreo cincișpe' grade și apa e rece ca gheața. Nu mă pot spăla ca lumea fără să șuier printre dinți cuvinte total impure, ceva cu draci bălțați și zone genitale feminine. Mă îmbrac gros, cu ciorapi roz cu îngerași, pe care mi i-am adus de-acasă. Dac-aș fi știut unde voi locui, mi-aș fi ales unii cu niște desene mai deocheate. Să fac frondă mută acestui loc, plin de bărbați care au decis că viața de lume nu e pentru ei. Bărbați care s-au călugărit la vârsta la care alții rup cluburile și adună femeile pe răbojuri mentale și fizice. Mai ales fizice.

Aici nici măcar Atanasia nu doarme în aceeași cameră cu soțul ei. De parcă le-ar fi trecut vreodată prin cap să încalce vreo poruncă! Nu știu care poruncă, pentru că n-am citit Biblia, dar sigur scrie pe undeva. Cristian mi-a spus că mirosul oamenilor căsătoriți emană ceva *(feromoni, poate?)* care îi atrage în ispită pe cei care se chinuie să se abțină de la cele lumești. Un fel de *nu discuta de frânghie în casa spânzuratului*, am tradus eu.

Ei, lasă, că vor avea ce discuta începând de luni, că doar duminica nu te sinucizi! Până și Dumnezeu s-a odihnit în această zi!

Îmi iau toate cele douăzeci și una de pastile prescrise de medicul oacheș de la oncologie, mult mai multe decât toate pastilele pe care le-am luat în viața mea scurtă, după cum se pare. Sau lungă. Depinde din ce unghi privești. M-am gândit de multe ori în ultimele zile de ce le mai iau, dacă tot m-am hotărât să-mi închei socotelile atunci când vreau eu, așa cum vreau eu, decât să-mi petrec ultimele luni prin spitale comuniste, pline de gândaci și studenți care te privesc ca pe un cobai. Cred că mi-a intrat în reflex să iau pastilele, ca un ritual demonic. Sau ca o rânduială divină, cum ar spune noii mei prieteni. Exact la ce mă gândeam: depinde unde te situezi atunci când analizezi o situație sau atunci când o interpretezi.

Am plecat departe de Bogdan, de părinții mei, de prietenii din copilărie, de orașul în care m-am născut; de toți și toate. Am fugit de oamenii pe care-i iubesc nespus, pentru a-i marca și pe alții cu moartea mea.

Nu, e o prostie! Delirez.

Nu știu de ce-am fugit. Chiar nu știu de ce n-am rămas să mor alături de cei dragi, atunci când m-o chema Dumnezeul acestor oameni cuvioși.

Poate ar fi fost mai bine să mor în brațele lui Bogdan? Să aibă o încheiere, chiar dacă una tragică?

Deja l-am marcat pe viață. Să-i mai las și această povară? A neputinței de a-și salva iubita? Să mă îmbrace ai mei în rochie de mireasă la înmormântare? Haida-de! În niciun caz! Așa se pare că, dacă te sinucizi, ești considerat o paria. Nu-ți fac nici slujbă. Te înmormântează în liniște, fără tam-tam și fără preoți care să cânte simandicos. Este un păcat capital să vrei să-ți iei viața. Și mai ales să reușești. Ce nu înțeleg ei este că nu *eu* am vrut să-mi pierd viața. Nu *eu* mi-o iau, ci Cel de Sus o face. Probabil a considerat că nu sunt suficient de recunoscătoare pentru ea.

Boala îmi roade toate organele în ritm alert și nu mai am mult. Încă stau pe picioare, chiar dacă mă simt rău 15 ore pe zi, încă mai gândesc limpede, însă în maxim o lună... la revedere; de tot. Vomit cu sânge, umărul drept mă doare și mă înțeapă în același timp, de cele mai multe ori până la lacrimi. Seara și dimineața, capul și gâtul îmi ard de o temperatură mult prea mare, iar respirația este dureros de îngreunată. Metastazele îmi cauzează dureri mari, deci perspectiva drăcească a unui cazan care fierbe cu mine înăuntru sună de-a dreptul apetisant.

Din cauza pastilelor luate cu toptanul, am devenit anorexică și numai gândul de-a avea o farfurie cu mâncare în față îmi provoacă repulsie necontrolată. Am slăbit atât de mult într-o lună, încât aș face invidios orice model care se chinuie cu silueta. Nu știu cum, dar parcă ficatul meu a absorbit o mare parte din această pierdere. La spital mi-au spus că are mărimea unui pepene galben.

Numele tuturor analizelor și investigațiilor, de la RMN la biopsie, trecând prin laparoscopie și ionograme, mă bulversau, iar rezultatele mă dărâmau psihic, lipsindu-mă de singurul sentiment de care mai eram capabilă: speranța. Zi de zi mă întorceam în același salon al spitalului, dorindu-mi să aud măcar o dată că s-a strecurat o greșeală undeva. Că cineva a pus o etichetă greșită pe eprubetele de sânge sau că ecograful este vechi și neperformant. Dar nu, lucrul ăsta nu s-a întâmplat. Diagnosticul a rămas același, angiosarcom. Îmi aduc aminte că l-am întrebat pe medic ce înseamnă acest cuvânt idiot și a început să-mi vorbească folosind termeni medicali complicați, din care am reținut că e cel mai rar tip de cancer la ficat, cauzat de expunerea repetată la clorura de vinil. Adică fix acel gaz cu care eu lucrez opt ore pe zi, fără ca doctorul să știe acest lucru la început.

Deci nu *eu* îmi iau viața. Ea nu mai este a mea. Poate nici n-a fost vreodată!

##

— 2, 4, 6, 8, 10, 12, 14, 16, 18, 20, 21, număr în șoaptă. Douăș'unu de căcaturi de pastile.

— Dar dac-aș lua o sută? îl întreb pe Sfântul Macarie[1] din poza atârnată deasupra patului.

1 Sfântul Macarie s-a născut în Egipt și este unul dintre întemeietorii monahismului

Nu cred că mai am o sută de pastile la mine, dar ia să văd, de curiozitate, câte sunt. Doar optzeci și patru. Știam eu!

— Auzi, dar unde dracu' mă grăbesc? Mult a fost, puțin a mai rămas! E duminică seară, mai pot aștepta câteva ore, să se facă luni. Tu ce zici, prietene? întreb din nou icoana. Îmi pui și mie covorul roșu la intrare?

Râd zgomotos. Un râs eliberator de energie, de gânduri și de morală, un râs cretin care se transformă într-o tuse convulsivă.

— Trebuie să beau ceva! icnesc printre lacrimi.

Scot din geantă o sticlă de votcă, ascunsă bine între două prosoape. Am cumpărat-o de la magazinul din colțul blocului lui Bogdan și am adus-o cu mine de-acasă. *Acasă*... Ce trist și gol sună acum acest cuvânt! Negarea pe care am simțit-o atunci când am aflat că am cancer s-a transformat în furie virulentă. Nu era doar o furie interioară. Țipam, vorbeam urât cu cei din jurul meu, eram permanent nervoasă. Într-o zi, chiar am aruncat o vază în peretele de la dormitor, iar motivul era unul banal. Ceva legat de administratorul blocului, care ne pusese o sumă mai mare pentru cheltuielile comune de pe scară.

Apoi, drumurile zilnice la spital, internările succesive, doctorii care mă consultau, m-au aruncat treptat într-o stare de apatie care a devenit, în scurt timp, depresie. De la indiferență față de propria-mi persoană și până la un total dezinteres față de Bogdan, de părinții mei, de prieteni. *Acasă* am ajuns doar de patru-cinci ori în ultimele luni. Nu știu cum, de la o vizită la alta, toate se schimbau și locul mi se părea străin. Obiectele pe care înainte le apreciam, erau lipsite de personalitate sau sens. Chiar și chitara de la tata, fără de care nu-mi concepeam existența de vreo zece ani încoace!

Tata... mama... Bogdan... Mă uitam în ochii lor și nu puteam citi decât milă, poate și ceva disperare. Nu voiam să-i urăsc tocmai pe ei, dar ceea ce citeam în ochii lor mă termina psihic, aruncându-mă spre alte întunecimi urâte ale depresiei. Recunosc, îmi venea uneori să urlu de nervi! Eu eram aia care muream și ei sufereau! Se uitau la mine de parc-aş fi fost deja un cadavru! Ce naiba, nu puteau să aştepte să mor, ca să mă plângă?!

Cu ani în urmă, ideea sinuciderii mi se părea monstruoasă, de neînțeles, un gest de-a dreptul abject. Nu înțelegeam de ce-ar vrea cineva să-și ia viața, când sunt atatea lucruri frumoase de trăit, de experimentat sau de savurat. Acum înțeleg și nu-mi place că sunt așa de deșteaptă. Aș fi vrut să rămân în lumea aceea naivă și să nu mă maturizez brusc, așa cum am făcut-o. Dar nu întotdeauna primim ceea ce ne dorim, nu-i așa?

...Înghit pastilele în pachete de câte cinci și reușesc să le beau pe toate cu două pahare de votcă. Inima-mi bate cu putere direct în urechi și palmele mi se inundă cu o transpirație rece. Alcoolul îmi arde gâtul și simt cum mă ia acea amețeală cauzatoare de greață. Mă așez pe pat, închid ochii și încep să număr oi, într-o încercare nereușită de a mă calma. Vreau să adorm, să scap de toate senzațiile, durerile și sentimentele pe care le-am avut în ultimele luni. Să simt cum mă cuprinde ultimul somn, cel mai adânc dintre ele.

Doamne-ajută, mă surprind gândind această mantră creștină, de altfel ultimul gând pe care-l mai am înainte să mor.

Joi, 22 octombrie

Dumitrache își desface nodul de la cravată, o trage din jurul gâtului și o aruncă pe masă.

— Înțeleg că sunteți istovit, și noi suntem la fel, dar haideți să recapitulăm discuția noastră, vreți?

Senatorul este obosit și trist. Ochii îngustați sunt roșiatici și câteva lacrimi i s-au uscat pe obraz. Neonul aruncă umbre ciudate sub nasul bărbatului, iar chipul său a îmbătrânit peste noapte cu zece ani.

Ușa se deschide și Cazan intră în cameră cu o tavă pe care are trei pahare din plastic pline-ochi cu cafea și alte trei pahare cu apă de la dozatorul din hol. Mirosul de transpirație din încăpere îl izbește, realizând în ce aer încins au stat în ultimele ore. E tentat să lase ușa deschisă, dar renunță repede și-o împinge cu piciorul în spate.

— Dacă n-ar fi atât de important, chiar vital, aș putea spune, subliniază Dumitrache, cuvintele izbindu-și degetele de cantul mesei, nu v-aș ruga să mai trecem încă o dată prin toată povestea. Realizați și singur, fără să fie nevoie să insist, că motivele sinuciderii fratelui dumneavoastră nu sunt elucidate, iar circumstanțele uciderii domnișoarei Dincă nici pe departe. Nu putem spune că suntem mai aproape de aflarea criminalului, chiar dacă au trecut trei zile.

Cazan îl aude pe comisar cum oftează lung și-i întinde un pahar cu cafea.

— N-am selectat nimic, nici zahăr, nici lapte. Aveți aici, pe tavă.

Vocea lui Cazan îl face să tresară pe senator, scoțându-l din amorțeală. Se uită mirat la comisar, uitând pentru câteva clipe de ce se află în Sibiu. Un val de căldură îi inundă corpul, amintirile declanșând sentimente contradictorii. Relația dintre el și Matei a fost ciudată încă de la început. Diferența mare dintre ei, de aproape opt ani, a fost o barieră constantă în viața lor. De-abia când Matei a împlinit 20 ani și l-a luat să lucreze pentru el, lucrurile au început să se așeze pe un făgaș cât de cât normal.

Dar Matei nu s-a maturizat niciodată. Momentele în care acesta greșea sau se purta enervant de copilărește erau dese și-l scoteau din sărite. Obișnuit să primească atenție din partea tuturor și să fie răsfățat de toată familia, Matei Boghievici a crescut cu sentimentul că totul i se cuvine.

Și-a iubit fratele de când ai lui l-au adus acasă de la

maternitate, dar trebuie să recunoască faptul că nu l-a înțeles niciodată. Așa cum nu-i înțelege nici ultima decizie, aceea de a-și lua viața.

— Ați ajuns la restaurantul unde s-a ținut petrecerea împreună cu soția, reia Dumitrache firul poveștii. Domnul Boghievici a venit singur în mașină, din București?

După ce vede aprobarea tacită a senatorului, comisarul continuă să întrebe detalii legate de locul unde au parcat mașinile, unde și-au schimbat hainele și orele la care au ajuns invitații la restaurant.

— Trebuie să înțelegeți, Matei nu avea niciun motiv s-o omoare pe Carmen! ridică senatorul vocea.

Stropi de salivă zboară spre comisar, duși de aerul expulzat din plămâni.

— Deocamdată nu înțeleg nimic, tocmai asta e problema, spune Dumitrache, ridicând din umeri. Noi ne facem treaba, punem întrebări, așteptăm răspunsuri, verificăm alibiuri și numai atunci când suntem siguri, mergem mai departe. Iar acum nu suntem siguri de firul evenimentelor, de aceea trebuie să avem această discuție.

Senatorul apucă cu două degete un pahar de apă de pe tavă și-l bea lacom. Cazan apucă pixul inscripționat cu numele unei tipografii din oraș și se uită atent la Cristian Boghievici.

— În timpul petrecerii, a avut altcineva acces la cheile mașinii dumneavoastră? întreabă Cazan.

— Nu prea este posibil acest lucru, spune cu tărie senatorul. Când sunt undeva, într-un restaurant, de exemplu, îmi scot doar telefoanele pe masă, niciodată cheile mașinii.

— Dar la cheile domnului Matei Boghievici? se uită Cazan pe deasupra ochelarilor. Aveți idee dacă avea cineva acces?

Cristian Boghievici ridică din umeri, având o privire pierdută. Încrucișează brațele pe piept, lipind interiorul palmelor de cămașa șifonată și transpirată. Culoarea galben-deschis îi accentuează paloarea tenului, iar cravata roșie atârnă strâmb. Senatorul are un aer neglijent, în contrast cu impresia pe care i-a lăsat-o prima oară lui Cazan, însă acesta se gândește că așa ar arăta orice om normal care în trei zile și-a pierdut fratele, o angajată de valoare și e interogat de poliție la ora cinci dimineața.

— Doamna Boghievici a fost auzită făcând o remarcă acidă la adresa unei femei care vă arunca priviri cu subînțeles, intră Dumitrache în scenă.

După buzele întredeschise și pleoapele ridicate, comisarul știe că senatorul aude pentru prima oară acest lucru.

— Mai precis, și citez… „m-am săturat s-o văd pe-aia că-i face ochi dulci lui Cristi".

Dumitrache bate cu pixul în carnet, exact în locul unde a scris paragraful.

— Eu înțeleg de-aici că nu a fost prima oară când femeia respectivă vă făcea ochi dulci, comentează comisarul. Având în vedere că domnișoara Dincă a fost omorâtă în acea noapte, primul meu gând a fost legat de faptul că aveați o relație chiar cu ea. Mă refer la un altfel de relație. Romantică, să spunem.

— Aceste acuzații mă revoltă de-a dreptul! străfulgeră ochii senatorului. Poate ar fi cazul să-mi chem avocatul, ce spuneți?

— Aveți acest drept, răspunde Dumitrache plat și senatorul îl privește triumfător. Dar dacă nu aveți nimic de ascuns, nu văd de ce-ați face-o, continuă comisarul cu un zâmbet șters.

Cristian Boghievici renunță la atitudinea superioară și răsuflă greu.

— Știu că este greu de conceput ca un cuplu să le aibă pe toate și să fie transparent. Să nu aibă secrete. Noi suntem unul dintre acele cupluri, să știți. Bianca este o femeie superbă, după cum probabil ați observat, pe care orice bărbat și-ar dori-o alături. N-am înțeles niciodată cum de m-a ales tocmai pe mine, dar sunt al naibii de fericit că a făcut-o. Nu am înșelat-o niciodată și nu văd rostul pentru care aş face-o.

— Admirabil din partea dumneavoastră, dar soția ştie aceste lucruri? zâmbeşte comisarul.

— Bianca este o femeie dintr-o bucată, îl asigură senatorul. Dacă avea să-mi spună ceva, mi-o arunca direct în față. De fapt, cred că mi-o striga.

Zâmbeşte cu ochii și ridurile îi dansează deasupra pometilor.

— Ce mi-ați citit mai devreme poate fi remarca oricărei femei, continuă senatorul, dar nu a Biancăi.

— E posibil să vă înșelați? insistă Dumitrache.

— Evident că este posibil, însă cel mai bine o întrebați pe ea. În continuare nu cred că Bianca a spus acele vorbe, mai ales că nu avea nicio prietenă apropiată la petrecere. Are două prietene din facultate, explică senatorul, dar niciuna nu a putut veni duminică. Mă îndoiesc că s-ar fi destăinuit oricui, în caz că avea probleme cu o femeie care-mi făcea ochi dulci.

— Că tot am vorbit despre doamna Boghievici, unde este acum? intervine Cazan în discuție, clipind des în spatele ochelarilor, ca și cum lumina neonului l-ar fi deranjat.

— A rămas acasă, lasă senatorul ochii în pământ.

— Să înțeleg că vă deranjează acest lucru... sesizează Cazan.

— Da și nu.

— În ce sens?

— Are o fobie cu elicopterele, peste care *poate* ar fi trecut dacă nu ningea ieri seară în Bucureşti. Va pleca mâine, ăăă, adică astăzi, cu mașina. O va aduce un prieten bun, care-l cunoştea și pe Matei. Vocea i se frânge într-o notă răgușită.

— Deci sunteți absolut sigur că domnișoara Dincă nu dorea o relație cu dumneavoastră? nu îl lasă Dumitrache să cadă din nou în melancolie, readucând discuția pe făgaşul inițial.

— Pot să bag mâna în foc! vine răspunsul rapid al senatorului.

Tot vorbeam despre intuiție... Intuiția mea de polițist îmi spune că are dreptate. O voi întreba și pe soție, pentru că, în acest caz, remarca fie este ciudată, fie doamna Boghievici se referea la altă femeie de la petrecere.

Dumitrache îi face un semn scurt, cu capul, lui Cazan, să preia el interogatoriul. Acesta ia o gură de apă, face o pauză de câteva secunde, timp în care se uită pe ultimele însemnări din carnetul de notițe. Ridică privirea și-l întreabă pe senator:

— De ce credeți că fratele dumneavoastră a condus 350 de kilometri, pe timp de iarnă, până în Sibiu?

Acesta nu răspunde, studiindu-și intens unghiile.

— Ieri dimineață ne-ați spus că nu știți dacă domnul Boghievici ar fi vrut mai mult de la relația cu domnișoara Dincă, continuă Cazan.

Senatorul aprobă din cap.

— Da, așa este.

— Dar chiar dac-ar fi plăcut-o pe domnișoara Dincă, nu ar fi continuat ideea pentru a vă proteja imaginea.

— Și pentru a-mi respecta decizia de a nu amesteca relațiile profesionale cu cele personale, întărește bărbatul afirmația, împingând un deget în aer către pieptul comisarului.

— Atunci nu înțeleg de ce-a venit încoace! ridică vocea Cazan. L-ați trimis dumneavoastră?

Cristian Boghievici se ridică fulgerător de pe scaun și se uită cu furie la Cazan.

— Sub nicio formă! spune senatorul, trecându-și mâna cu viteză prin păr. V-am spus deja că o apreciam pe Carmen pentru modul în care lucra, nu pentru modul în care arăta! Nu aveam nimic altceva de împărțit cu ea.

— Atunci de ce domnul Boghievici a venit în Sibiu și prima oprire a fost la morgă, apoi în parc, la locul accidentului?

— Dacă aş cunoaşte motivul, poate m-aş simţi mai bine, spune senatorul, sprijinindu-se de scaun. Aş înţelege de ce a venit Matei aici, de ce a făcut toate lucrurile pe care le-aţi spus şi, mai presus de toate, de ce şi-a luat viaţa.

Ochii i se umezesc şi i se tulbură în acelaşi timp.

— Puteţi să-mi arătaţi sms-ul pe care i l-aţi trimis? întinde Cazan coarda.

Senatorul caută mobilul în buzunarul hainei şi întinde braţul în jos, cu sms-ul deschis pe ecran. Cazan pune mâna pe telefonul de ultimă generaţie şi citeşte cu voce tare, pentru a auzi şi Dumitrache:

— *Carmen a avut un accident de maşină în Sibiu. A murit pe loc. Sună-mă când citeşti mesajul!*

Îi înapoiază aparatul şi se uită cu subînţeles la Dumitrache. Acesta aprobă scurt din cap.

— Domnule senator, poate după ce vă spunem ce ştim în acest moment, veţi înţelege poziţia noastră. Cazan îşi aranjează ochelarii pe nas cu un gest automat. Maşina fratelui dumneavoastră a fost implicată într-un accident în ultimele zile, maxim o săptămână. Şi ce nu v-am spus până acum... domnişoara Dincă a fost ucisă cu o maşină Land Rover roşie.

O umbră apare pe chipul senatorului. Îşi şterge palmele uscate de pantaloni, înghite în sec, apoi ia loc pe scaun, în faţa comisarilor.

— Ce vreţi să spuneţi?! se uită uluit când la unul, când la celălalt.

— Din motive necunoscute până la această oră şi pe care sperăm să le aflăm cât mai repede, domnul Matei Boghievici a omorât-o duminică pe domnişoara Dincă şi a vrut încă de la început să ne îngreuneze ancheta. I-a ascuns corpul într-o zonă izolată din parc, i-a luat actele şi mobilul. Am avut noroc s-o identificăm... spune Dumitrache cu voce scăzută.

— Nu înţeleg. Mă ţineţi aici de-atâta timp şi de-abia acum îmi spuneţi că-l bănuiţi pe fratele meu de... crimă?

Comisarul Dumitrache continuă explicaţiile:

— Când i-ați trimis sms-ul, la nici două zile de la crimă, a intrat în panică, a condus până aici și... urmarea o cunoașteți. A înțeles că, mai devreme sau mai târziu, vom ajunge la el și nu a vrut să suporte consecințele faptei sale. Sau poate nu a vrut să vă tragă și pe dumneavoastră în poveste.

— Este revoltător să insinuați aceste lucruri! Fratele meu nu a omorât pe nimeni! strigă senatorul, ridicându-se de pe scaun. În lumina neonului, ochii îi sunt transpirați și injectați.

— Din păcate, domnule senator, spune Dumitrache, în acest moment nu putem trage alte concluzii.

Asemeni unui actor de teatru care așteaptă după perdea semnalul regizorului pentru a intra în scenă, Filimon deschide ușa camerei de interogatorii și îi întinde șefului său un dosar subțire, cu copertă cartonată. Dumitrache se uită pentru câteva secunde pe prima pagină din dosar, apoi dă din cap către Filimon. Acesta se răsucește pe călcâie și iese din încăpere. Cazan și Boghievici așteaptă să afle în ce a constat dialogul mut și urmăresc atent mâinile comisarului.

— Am primit acum confirmarea oficială că cioburile găsite în buzunarul paltonului domnișoarei Dincă provin de la mașina domnului Matei Boghievici. Nu e niciun dubiu în acest sens, spune Dumitrache sec.

Închide cu un pocnet coperta albastră și pune ambele mâini peste dosar, pentru a proteja conținutul. Senatorul se prăbușește pe scaun și începe să plângă în surdină.

— Nu se poate, nu e adevărat, rostește printre suspine, cu capul în piept. Pur și simplu nu este adevărat.

##

Visează că participă la o cursă de baloane cu aer cald deasupra orașului și balonul pe care-l pilotează el se îndreaptă vertiginos către turla unei biserici de pe strada Dorobanților. Un semnal de alarmă începe să țiuie, de parcă ar avea nevoie ca un zgomot să-i confirme dezastrul. Întinde mâna deasupra capului și scoate bateria aparatului. Alarma se oprește și timp de două secunde răsuflă uşurat. Fără alt răgaz, țiuitul revine asurzitor. Simte o durere acută în tâmpla stângă, la fel de iritantă ca sunetul pe care-l aude. Crucea ruginită de pe clopotniță e la mai puțin de două sute de metri de nacelă. Știe că balonul va intra direct în ea, iar el va fi aruncat în gol de la o înălțime mult prea mare. Aparatul nu răspunde la comenzi așa cum ar trebui și e sigur că flacăra galbenă cu margini albastre se va stinge în curând.

Nervos că nu poate să iasă din această situație, deschide ochii. Albul ferestrei de lângă pat îi izbește retina și mii de ace îi atacă globii oculari. Lasă pleoapele să-i acopere lacrimile, iar una dintre ele se prelinge pe pernă. E conștient că totul n-a fost decât un vis. Cu toate că ar putea jura că va lovi crucea bisericii! Atât de real i s-a părut totul! Încă simte în nări mirosul respingător de ouă clocite, degajat de arderea butanului.

Aude soneria telefonului undeva în spatele lui. Se întoarce stânga-mprejur, pipăie noptiera și găsește mobilul. Răspunde mormăit, fără să deschidă ochii.

— Comisarul Dumitrache. Dacă nu arde, nu e inundație sau cutremur, toate la un loc în același timp, sunați-mă mai încolo!

— Salut, Ioane! aude vocea comisarului Marinescu. Știu că ați stat până dimineață la sediu, dar voiam să ne sfătuim în legătură cu următoarele mișcări.

— Salut, Vlade! Am o durere de cap de-mi vine să urlu la telefon, spune Dumitrache înăbușit.

— Du-te la baie, dă-ți cu apă pe față, ia două aspirine și sună-mă în zece minute! îi spune pe un ton imperativ comisarul Marinescu.

— Da, să trăiți! îl ia peste picior Dumitrache.

Lasă mâna cu mobilul să-i cadă pe lângă corp și cu cealaltă își masează ochii. Încearcă să se trezească, însă capul îi e atât de greu, încât nu reușește să-l ridice nici doi centimetri deasupra pernei. Tâmpla stângă îi zvâcnește ritmic, de data asta în realitate. Pulsațiile se împrăștie într-o durere difuză și totul devine la fel de iritant ca în visul cu baloane.

Aude un bipăit, înfundat de pilota cu care este învelit. *A venit un sms.* Ridică telefonul la nivelul feței și deschide ochiul stâng. *Ioane, nu adormi la loc! Știu că ești rupt. Sună-mă!* Pufnește pe nas și se ridică cu greu de pe pat. Își proptește picioarele pe covor și încearcă să domolească amețeala pe care o resimte.

Constată că a adormit îmbrăcat în aceleași haine pe care le-a purtat în ultimele 24 de ore. Acum știe de unde vine mirosul acru din dormitor! Ciorapii pe care i-a aruncat lângă pat emană săgeți fetide, iar cămașa de pe el împrăștie valuri de gudron, tutun și transpirație.

S-au întâmplat atât de multe lucruri în atât de puțin timp, încât are senzația că au trecut săptămâni, nu zile, de când a început totul. Își regăsește echilibrul și se îndreaptă gârbovit către baie.

A ajuns acasă după ce fetele plecaseră la școală și Angela la bazin, deci nu-și face griji că l-ar vedea vreuna dintre ele în starea asta. Liniștea din casă îl bucură, o găsește reconfortantă. Închide ușa de la baie după el, se dezbracă și intră în cabina de duș. Dă drumul la apa rece, o lasă să cadă pe corp timp de trei secunde, apoi mută robinetul pe fierbinte și-o lasă tot trei secunde. Continuă dușul scoțian timp de zece minute, pentru a-și elibera mintea și corpul de oboseală.

După alte 15 minute iese gol, proaspăt bărbierit, mirosind a after shave-ul Paco Rabanne primit cadou de ziua lui de la Cazan. Intră în dormitor și vede pe fotoliul de lângă ușă haine de schimb, pregătite de Angela. Zâmbește cu ochii și se îmbracă fără grabă. Telefonul sună din nou și răspunde fără să se uite la ecran.

— N-am adormit, râde el în telefon. Exact acum mi-am pus cea de-a doua șosetă și mă îndreptam către bucătărie, să-mi fac o cafea. Vezi că te pun pe speaker, să am mâinile libere. Nu e nimeni în casă, deci vorbim la liber.

— Bine, bătrâne, fii atent! Dobrițoiu a verificat aseară prima parte a alibiului domnului Popescu. Exact cum a declarat, sâmbătă a fost la prietenii săi. Dobrițoiu a văzut chiar și fotografii pe telefoanele acestora, cu data și intervalul orar în care a spus că era acolo.

— Același lucru și la restaurant, nu-i așa? întreabă Dumitrache punând telefonul pe masă.

— Da, exact, aude răspunsul sec al lui Marinescu. Se verifică și-acolo.

— Aha, spune Dumitrache, numărând trei linguri de cafea.

— Dar ce n-am bănuit e că domnul Popescu are un program automat care face chestii în locul lui. Ei? strigă încântat Marinescu.

— De-abia acum pun apa pentru cafea, deci încă nu m-am trezit! pufăie Dumitrache pe nas. Și am dormit vreo... se uită la ceas... două ore?! De-asta mă simt ca naiba! răbufnește el.

— Zi mersi că ai dormit și alea două ore! Dacă nu puteai să dormi, ce făceai?

— Stăteam treaz!

— Se pare că simți deja miros de cafea, ai început să redevii sarcastic, râde în hohote Marinescu.

— Ha-ha! îl maimuțărește colegul său.

— Să revenim la oile noastre... Domnul Popescu a activat un program pe calculatorul de acasă, care face diverse acțiuni automate atunci când, probabil, el lipsește.

— Ca de pildă? Scrie pe Facebook, desenează norișori și calculează radical din 1800?

— Nu ești departe de idee! Din ce mi-a explicat Dobrițoiu, acest program e setat să ruleze procese automate în anumite intervale orare. Tot Dobrițoiu mi-a spus că e un program cunoscut și că s-ar fi așteptat la mult mai mult din partea lui Popescu.

— Concret, ce face programul ăsta?

— Dacă cineva se uită în calculatorul său, vede doar că domnul Popescu a lucrat între orele cutare și cutare. Iar el poate fi în altă parte, făcând alte lucruri.

— Serios? întoarce capul către telefon Dumitrache, ca și cum s-ar uita în ochii lui Marinescu.

— După cum am vorbit, Dobrițoiu a intrat în calculatorul lui Popescu, coboară colegul său vocea. I-a luat ceva timp să afle, dar a reușit. Programul a fost activat și a rulat chiar duminică seară. Domnul Popescu ștersese regiștrii, doar că a avut o mică scăpare.

— Ce scăpare? întreabă Dumitrache din inerție, cu toate că știe că n-ar înțelege despre ce e vorba.

— Ei, nu știu să-ți explic mai departe! spune Marinescu înciudat. Dacă vrei alte amănunte, trebuie să-l întrebi pe Dobrițoiu. De-abia am reținut chestiile astea, parcă vorbea chineză!

Dumitrache ia loc pe un taburet de lângă masă și se uită în gol, în direcția dulapului de sub chiuvetă. De partea cealaltă, Marinescu face și el o pauză pentru a semna niște ordine de serviciu aduse de ofițerul de legătură.

— Cazul nostru nu s-a terminat, spune Marinescu. Nici pe departe, Ioane! Tu o știi foarte bine, fiindcă ai fost implicat de la început. Eu am mirosit-o întâmplător.

— Deci nu sunt singurul nebun? răsuflă ușurat Dumitrache, turnând cafea într-o cană pe care scrie *pentru cel mai bun tată din lume.*

— Nuu, suntem mai mulți! chicotește Marinescu.

Dumitrache ia cana între palme, rotind-o când în stânga, când în dreapta.

— Vlad, știu că nu vrei să te implici în această anchetă, dar acum cred că a venit momentul s-o faci, spune el, amânând să bea. Cazul se desfășoară pe două fronturi, iar eu nu pot alerga între București și Sibiu. Nici aici nu pot sta tot timpul, nici acolo. Ce zici, te ocupi de frontul de sud?

N-are dreptul să i-o ceară, dar în același timp știe că nu

se poate descurca fără el. Soarbe zgomotos din cafeaua fierbinte și plescăie nemulțumit când își frige vârful limbii.

— Am încredere în tine și în capacitatea ta de analiză, deci nu-ți fac niciun favor, să știi, îi spune Marinescu. Dar, într-adevăr, ar fi mai simplu ca noi să ne implicăm în București și voi în Sibiu.

— Cu ninsoarea de afară și cu domnul Popescu în București, cu mandatele și analiza de la Mina Minovici tot acolo, chiar mi-ai face câteva favoruri. Însă nu despre asta e vorba, știi bine. Pur și simplu împărțim munca pe din două, să nu alergăm toți nebunii după un singur iepure, ca la final să descoperim că e șchiop.

Îl aude pe Marinescu cum râde, se ridică să ia laptele din frigider pentru a-și răci cafeaua și strigă peste umăr:

— Profilul psihologic al lui Matei Boghievici nu corespunde unui criminal.

Telefonul pârâie din cauza zgomotului puternic.

— Chiar dac-ar fi trebuit să omoare pentru fratele său, căruia îi datora totul, tot n-ar fi putut. Cred că omul n-ar fi fost în stare să înece niciun pui de pisică în spatele casei.

— Deci am rămas cu senatorul, cu soția lui și cu fostul prieten! spune Marinescu.

— Deocamdată. Popescu este un suspect promițător, nu-i așa, Vlad? îl întreabă Dumitrache.

— Da, al naibii de promițător!

Marinescu tace câteva secunde pentru a-și ordona gândurile, apoi spune:

— Atunci îl trimit pe Dobrițoiu să ridice rezultatul analizei ADN de la Mina Minovici, eu aștept mandatele de la Victor Munteanu, procurorul de caz de-aici și când se întoarce Dobrițoiu, mergem împreună la domnul Popescu și la doamna Boghievici.

— Duceți-vă doar la Popescu. Senatorul ne-a spus că soția lui ajunge și ea astăzi în Sibiu, în jurul prânzului.

— Bine, atunci ne rămâne nouă Popescu! Tot nu-l plăcea Cazan… râde înfundat Marinescu.

— Să trăiești că m-ai trezit și mi-ai ținut companie la cafea! spune Dumitrache vesel. Plec la inspectorat și ne auzim mai încolo.

— Să ai o zi cu rezultate!

— Salut!

##

Iese din scara blocului și inspiră prelung aerul. Chiar dacă a dormit puțin peste două ore, cafeaua și discuția cu Marinescu l-au remontat și l-au readus cu mintea în mijlocul unuia dintre cele mai ciudate cazuri din ultima perioadă. Expiră zgomotos și rotocoale de abur se dispersează în jurul lui. Aleea din spatele blocului e neînsuflețită, toată lumea fiind deja la serviciu. Aude cu ecou cum zăpada scârțâie sub bocancii de munte pe care i-a încălțat în dimineața asta. Se uită în lungul străzii și vede parcarea plină de mașini. Toate sunt acoperite cu un strat gros de zăpadă, siluetele acestora fiind estompate de marea de alb.

Spre deosebire de bucureșteni, care își iau mașinile pe post de umbrelă, sibienii și le lasă pe-ale lor acasă.

Gândul răutăcios îi aduce un zâmbet în colțul buzelor. O creangă de pin atârnă deasupra trotuarului și Dumitrache o lovește cu capul. Zăpada care o ținea aplecată se răsfiră în toate direcțiile. Părul ondulat al comisarului se udă la vârfuri, iar mai mulți fulgi îi aterizează între haină și cămașă.

Ah, am detestat întotdeauna să-mi cadă zăpadă pe ceafă sau pe spate! Am fost pedepsit pentru vorbele urâte!

Își scutură capul și câteva picături de apă rămân suspendate în aer pentru câteva clipe.

— Domnule comisar! aude vocea gâfâită a lui Cazan.

Întoarce capul și-l vede pe adjunctul său alergând către el. Zăpada trosnește sub greutatea lui și Cazan ridică mâna în semn de salut.

— Arde ceva? își dezvelește Dumitrache dinții proaspăt periați. Incisivii de jos sunt ceva mai albi decât restul dinților, semn că dentistul i-a greșit culoarea atunci când i-a ales materialul pentru lucrarea dentară.

— Nu, dar am crezut că nu vă mai prind, se oprește tânărul lângă el. Am venit să vă iau cu mașina.

— Mulțumesc, băiete, m-ai scutit de dat zăpada cu mătura!

Întinde mâna pentru salut și-l întreabă unde a parcat.

— În fața blocului. Știu că numai pe aici ieșiți, dar când am văzut câtă zăpadă este și că plugul n-a intrat încă pe alee, am zis că e mai sigur s-o las în față și să vin după dumneavoastră.

— Ai auzit noutățile? pune Dumitrache întrebarea pe un ton obișnuit, de parc-ar fi întrebat cât este ceasul sau dacă afară plouă.

— Da, am vorbit cu Mugur. Adică cu comisarul Dobrițoiu, se corectează Cazan. Nu știm de ce s-a sinucis domnul Boghievici, dar nu el a ucis-o pe domnișoara Dincă. În acest moment, domnul Popescu este, probabil, cel mai bun suspect pe care-l avem.

— Nu te grăbi să închizi cazul, Cazane! aruncă Dumitrache cuvintele peste umăr, luând-o la dreapta, pe lângă colțul blocului.

— De ce, domnule comisar? Popescu avea motiv s-o ucidă - fusese părăsit - și să-i însceneze asta unuia dintre cei doi Boghievici. Împușca doi iepuri dintr-o lovitură! spune tare Cazan, străduindu-se să țină pasul cu Dumitrache.

— Hmm, nu știu ce să zic...

— Are mașină și carnet de conducere, deci putea să dea o fugă până-n Sibiu, continuă însuflețit Cazan. În plus, și-a activat programul automat pe calculator, să pară că lucrează de-acasă și ne-a mințit în față.

Tânărul scoate telecomanda din buzunar și dezactivează alarma de la mașină. Dumitrache vrea să deschidă portiera din dreapta, dar Cazan îi spune că închiderea centralizată s-a stricat și toate ușile sunt închise. Face doi pași și le deblochează manual, de la ușa șoferului. Comisarul îl privește intens, de parc-ar avea o revelație în materie de încuietori.

— Dar ce nu văd eu, Cazane, este când, și mai ales *cum* a făcut-o. Mașina nu a fost spartă, firele de la motor nu au fost tăiate, totul părea în ordine. Filimon mi-a spus că a fost pornită cu cheia originală sau cu dublura acesteia. Cum ar fi putut domnul Popescu să se apropie de masă fără ca domnișoara Dincă să-l recunoască, să fure cheia originală, să provoace accidentul și apoi s-o pună la loc?

Cazan se uită la Dumitrache pe deasupra mașinii. În lumina difuză, lentilele heliomate sunt aproape negre și nu i se văd ochii. Doar sprâncenele arcuite îi subliniază mirarea.

— Nu putea, nu-i așa? Nu putea... murmură el în barbă. La ce m-am gândit?

— Doar dacăăă... răsuflă comisarul când intră în mașină... cineva nu a sustras-o pentru el. Și acel cineva a devenit astfel complice la crimă și autor moral al unei sinucideri.

Dumitrache își scutură bocancii de marginea de jos a mașinii, apoi îi bate unul de altul și într-un final închide portiera după el.

— Urăsc să intru cu zăpadă în mașină, aruncă el explicația către Cazan.

— Da, și eu la fel, rânjește acesta, fiind deja instalat la volan, cu ghetele pline de zăpadă și nisip de pe trotuar.

Întinde mâna în spatele scaunului pe care stă Dumitrache și ridică de pe covorașul din cauciuc un cofrag gri, cu două pahare mari de cafea proptite în el.

— M-am gândit ca în drum spre sediu să bem o cafea, să fim siguri că-i facem față doamnei Boghievici, râde el mânzește în timp ce-i dă un pahar comisarului. Cu lapte și două pliculețe de zahăr, așa cum vă place.

— Mulțumesc, băiete! răspunde Dumitrache cu voce joasă, apucând paharul de cafea.

Cazan dă drumul la motor și semnalizează stânga. Străfulgerat de o idee, apasă pedala de frână și se pocnește peste picior.

— Doamna Boghievici putea sustrage cheia! spune Cazan cu glas ridicat.

Descoperirea îl face să arunce cuvintele unul după altul, cu o vervă incandescentă.

— De fapt, o putea lua de la cumnatul ei pur și simplu, fără să trezească suspiciuni. Toți știau că senatorul deține ambele mașini, așa că n-ar fi bătut la ochi. Și chiar dacă, prin absurd vorbind, i-ar fi trecut cuiva prin cap că ceva e nelalocul lui, doamna Boghievici ar fi putut spune că duce sau aduce ceva din mașină.

— Și ce motiv a avut? îl provoacă Dumitrache.

— Motivul poate fi gelozia, cu toate că senatorul neagă acest lucru. Vorbele auzite de către domnișoara de la restaurant…

— Miruna Diaconu, cea cu genele de mătase, îi amintește Dumitrache.

— Așa, da, Miruna Diaconu, dă Cazan din cap. Cum că doamna Boghievici nu mai suportă avansurile pe care o femeie i le face senatorului. Aceste vorbe pot fi adevărate.

— Stai, că nu mai înțeleg nimic! îl oprește comisarul. Doamna Boghievici e geloasă, sustrage cheia și i-o dă domnului Popescu, care, de fapt, o omoară pe domnișoara Dincă pentru că și el e gelos? Adică e un fel de asasin la comandă? Sau cum? De ce n-a făcut-o ea?

— Poate așa au plănuit. Ea organizează petrecerea, alege restaurantul, cheamă oamenii, fură cheia, își asigură un alibi consistent, iar el face restul muncii.

— Uiți că pe domnul Popescu ea ni l-a aruncat pe tavă, îl dojenește comisarul cu un deget.

— Poate vrea să se descotorosească de el și să scape basma curată.

— Nț! Ce l-ar împiedica pe Popescu s-o toarne pe doamna Boghievici? Ceva nu se leagă, spune Dumitrache.

— Nu știu ce să mai zic, recunoaște Cazan, coborând umerii.

Parchează mașina pe unul dintre locurile curățate de zăpadă, în curtea sediului poliției. În fața acestuia, acolo unde primăvara este o mică grădiniță cu flori, se vede o plăcuță albă pe care scrie *Comisar I. Dumitrache.*

— Locul tău de parcare ce are?

— Numele meu pe el, răspunde Cazan.

— Adică?

— Al meu nu e curățat, pentru că n-am avut când. De-al dumneavoastră s-a ocupat nea Pandele, ca de obicei.

— Ce om de treabă! Să nu uit să-i dau pungile alea cu haine și jucării pentru nepoțica lui! spune Dumitrache.

##

Aflat la adăpostul geamului-oglindă, în camera alăturată încăperii de interogatorii, Dumitrache o privește cu admirație amestecată cu o curiozitate firească. Alegerile vestimentare ale Biancăi Boghievici par a fi corelate cu locul, timpul și importanța evenimentului. Astăzi poartă un taior sobru, negru complet, singura pată de culoare fiind părul ei blond, lung până la jumătatea spatelui. Jacheta închisă în V lasă la vedere doar o mică parte din gât, iar fusta se termină cu o palmă deasupra genunchiului. Este machiată discret, doar cu creion dermatograf.

Încăperea de interogatorii nu are ferestre către exterior, pereții vopsiți într-o culoare gri-șobolan atemporală fiind deprimanți pentru nou-veniți. Singura lumină, ștearsă și galbenă, vine din centrul tavanului, de la o lampă cu sticla murdară. Bianca Boghievici nu pare să fie însă deranjată de aceste lucruri, comportându-se de parcă ar fi fost în living-ul somptuoasei ei vile.

Conform spuselor lui Cazan, alături de ea se află unul dintre cei mai râvniți burlaci de până-n 40 ani din București. Avocat de prestigiu, cu multe cazuri civile câștigate de când și-a deschis propriul cabinet, Bogdan Chiru ar putea trece drept fratele clientei sale. Dumitrache i-a remarcat alura ariană și părul blond înspicat, tuns periuță, de când a intrat în încăpere. Ochii albaştri, încadraţi de gene scurte şi rare, sunt într-o permanentă mişcare pe chipul Biancăi Boghievici. Croiala costumului gri deschis îi pune în evidenţă corpul înalt şi zvelt, mai mult slab decât lucrat în sălile de fitness. Pata lui de culoare este cravata turcoaz, cu un nod supradimensionat, exact ca în revistele de modă pentru bărbaţi, pe care Dumitrache le citeşte în anticamera cabinetului de stomatologie.

Aude un zgomot pe hol, se uită la ceasul de la încheietura mâinii şi deschide uşa. Îl vede pe Cazan la un birou şi-i face semn să se apropie. Acesta se ridică, dispare după un colţ, revenind câteva secunde mai târziu.

— Ce făceai la biroul lui Filimon? întreabă Dumitrache, arătând cu degetul mare în spate.

— Scoteam la imprimantă nişte fotografii pentru doamna Boghievici.

— Ce fotografii?

— Încuietorile şi farul spart de la maşina lui Matei Boghievici, plus cioburile găsite în paltonul domnişoarei Dincă, spune Cazan.

— Am înţeles. Intrăm?

Fără să aştepte răspunsul lui Cazan, Dumitrache apasă pe clanţă şi deschide uşa camerei de interogatorii. Rămâne însă blocat în prag, nereuşind să facă niciun pas în interior. Un parfum dulceag, primăvăratic, se năpusteşte către el şi un nod dureros i se pune în gât. După noaptea grea şi aproape albă, simte că stomacul lui nu poate suporta avalanşa florală de iasomie.

— Bună dimineaţa tuturor! spune Cazan din spatele lui.

Dumitrache prinde bucuros câteva note picante de scorţişoară şi cuişoare din direcţia avocatului, mulţumindu-i în gând că nu trebuie să facă stânga împrejur şi să-i paseze ştafeta lui Cazan. Reuşeşte să înainteze, iar Cazan îl urmează îndeaproape.

— Bună dimineaţa! spune avocatul, luându-şi rolul în primire încă de la început.

În jurul mesei metalice din centrul încăperii sunt patru scaune, așezate două câte două pe lungime. Polițiștii le aleg pe cele două libere. Cazan pune în fața lui fotografiile scoase la imprimantă și trage scaunul foarte aproape de masă. Dumitrache scoate un caiet cu foaie velină, îl deschide, zâmbindu-i avocatului:

— Având în vedere că în ultimele zile s-au întâmplat două evenimente de maxim interes pentru noi, iar doamna Boghievici are legătură cu ambele fapte, precizez că acesta nu este un interogatoriu, ci un interviu. Doamna Boghievici nu este suspectă, cel puțin pentru moment.

Lui Cazan i s-a părut că avocatul a răsuflat ușurat când a auzit ultima propoziție.

— Nu mai mult decât oricare altă persoană implicată, continuă Dumitrache.

Avocatul se uită la clienta sa cu o expresie neutră pe chip. Ochiul drept al acestuia are o mișcare de zbatere involuntară, pe care doar Dumitrache o remarcă. Bianca Boghievici strânge buzele într-un rictus și trage de marginea jachetei înspre fustă.

— De ce credeți că sunt implicată, domnule comisar? întreabă femeia. Pe Carmen n-am omorât-o eu, iar pe Matei…

Vocea i se frânge și tace. Numai simplul fapt că trebuie să se disculpe în legătură cu cele două morți îi provoacă silă și nu mai găsește cuvintele potrivite pentru a continua.

Dumitrache bate cu palma în masă. Sunetul verighetei lovită de metal o face pe femeie să tresară.

— Chiar și o sinucidere poate avea un autor moral! atacă Dumitrache încă de la început. Iar dacă doriți să vorbim despre domnișoara Dincă, atunci să vorbim!

Comisarul ia fotografiile din dreptul lui Cazan și le trântește pe masă. Bianca Boghievici își ferește privirea. Un fior îi cuprinde tot corpul la gândul că în fotografii îl va vedea pe cumnatul său, în ipostaze post-mortem.

— Încuietorile mașinii nu au fost forțate. Vă rog să vă uitați aici! bate Dumitrache cu arătătorul în fotografii. Mașina care a omorât-o pe domnișoara Dincă, adică mașina cu care numai dumneavoastră și domnul Matei Boghievici vă deplasați, a fost deschisă cu cheia originală. Sau cu dublura acesteia.

Imprimă o tonalitate înaltă vocii sale, asprimea venind de la noaptea scurtă și țigările fumate în plus. Se uită intens la femeie. Aceasta se relaxează când înțelege că fotografiile nu au legătură cu Matei Boghievici.

— Nu știu nimic despre acest lucru, răspunde ea.

— Mă credeți că m-am săturat? Nimeni nu știe nimic, toată lumea e nevinovată! Doar că eu am de rezolvat o crimă produsă cu sânge rece la noi în oraș.

Dumitrache lovește pentru a doua oară în masă, de data aceasta cu pumnul. Dacă nu l-ar cunoaște mai bine, Cazan ar crede că este nervos.

— Poate ar trebui să ne calmăm, strânge avocatul buzele. Doamna Boghievici a venit de bună voie aici, din dorința de a ajuta oamenii legii. Chiar dumneavoastră ați spus că acesta este un interviu, nu un interogatoriu!

Comisarul îl ignoră cu bună-știință și continuă să-i pună întrebări femeii:

— Unde se află, de obicei, dublura cheii? Cine are acces la ea?

— Acasă, cred, răspunde Bianca Boghievici. Nu știu, n-am avut niciodată nevoie de ea. Clipește des, în același ritm cu înșiruirea cuvintelor.

— Răspunsurile pe care mi le oferiți nu sunt revelatoare și în curând va trebui să formulăm niște acuzații oficiale, se încruntă Dumitrache. Cuta dintre sprâncene are forma literei U și adâncimea ei denotă sute de mișcări similare.

— De fapt, ce vreți de la doamna Boghievici? se face util avocatul. Până acum n-am auzit decât amenințări nefondate. Doamna nu are niciun amestec în cele două cazuri, în afară de faptul că le cunoștea pe victime.

— Doamna avea acces atât la dublura cheii, cât și la original, ridică comisarul degetul mare. Se uită cu ochi reci la femeia din fața sa. Doamna - face o pauză de efect - avea un motiv întemeiat, și anume gelozia. Ridică arătătorul pentru a continua numărătoarea. Tot doamna - accentuează cuvântul până la limita bunului-simț - putea lipsi de la petrecere pentru 20-30 minute, înarmată cu cheia mașinii în buzunar, cu gândul de-a o ucide pe Carmen Dincă.

Degetul mijlociu încheie enumerarea, însă comisarul nu se oprește.

— Nimeni n-ar fi întrebat unde este, poate ar fi presupus că se schimbă în camera din spate, așa cum o făcuse și înainte de petrecere. Nu există camere de supraveghere, nu există martori, dar eu cred că avem suficiente probe pentru a merge mai departe. Cred că doamna procuror de caz ar fi încântată să afle c-am reușit să aflăm criminalul în mai puțin de patru zile. Nu-i așa?

Se uită la Cazan și-i face cu ochiul fără ca ceilalți doi să observe mișcarea. Tânărul aprobă discret din cap. Dumitrache se întoarce cu fața către Bianca Boghievici și Bogdan Chiru. Nu găsește nicio fisură în logica prezentată și este satisfăcut de acest lucru. Se lasă pe spătarul scaunului, cu mâinile încrucișate pe piept. Marginea de sus îl înțeapă sub omoplați, iar partea de jos îl obligă să țină picioarele flexate într-un unghi dureros.

— Uitați care e problema! gesticulează larg avocatul. Doamna Boghievici nu are niciun amestec în această poveste. Regretă că domnișoara Dincă a avut un sfârșit nemeritat și violent, dar nu a fost implicată.

Cazan ridică din umeri și răspunde:

— Atunci a fost complicea domnului Matei Boghievici, iar acesta, cuprins de remușcări, s-a sinucis în același loc în care a comis crima.

— Dar…

— De ajuns, Bogdan! îi retează avântul femeia. Cu

mâna dreaptă descrie în aer o linie orizontală și se uită la avocat cu ochi îngustați, ca o lamă de ghilotină.

— Nu trebuie să declari nimic, Bianca, o privește avocatul.

Bianca Boghievici îl ignoră și se întoarce către polițiști.

— Vă înțeleg perfect, domnule comisar, spune ea. Ziceați mai devreme că v-ați săturat de situația creată și de faptul că nimeni nu spune nimic concret.

— Bianca, cred c-ar trebui... încearcă avocatul să o convingă.

— Am vorbit serios, Bogdan! Mulțumesc pentru tot ajutorul, dar de-acum încolo mă descurc. Trebuie să terminăm odată pentru totdeauna! O să te rog să pleci.

Vocea fermă, poziția țeapănă a femeii și maxilarul încleștat arată că nu așteaptă comentarii. Bogdan Chiru lasă umerii în jos, strânge hârtiile de pe masă și iese din încăpere fără să salute.

Comisarul își găsește de lucru cu cana de cafea, pentru a masca surpriza produsă de expedierea avocatului. Mișcarea degetelor pe toartă îi trădează neliniștea resimțită. Bianca Boghievici pare genul de femeie imprevizibilă. Spre est arată harta, spre vest se îndreaptă ea, doar pentru că așa i-a spus intuiția. *Sau poate doar încearcă să câștige credibilitate în ochii mei?*

— L-ați pus cu botul pe labe. Așa procedați cu toți? o întreabă Dumitrache.

— M-a adus de urgență în Sibiu și l-am rugat să mă însoțească până aici pentru a nu fi singură.

— Și l-ați expediat la hotel tocmai acum, când ne pregătim să vă acuzăm de crimă? copiază Cazan stilul lui Dumitrache.

— Nu sunt vinovată. Mai bine discutăm fără avocat, pentru a termina mai repede. Ei au un stil aparte de-a vorbi... în contradictoriu. Pierdere de vreme! ridică femeia din umeri.

Cazan vede că și-a recăpătat stăpânirea de sine. Nu se poate abține să n-o admire.

— Atunci haideți să ne povestiți întâmplările din perspectiva dumneavoastră! îi spune el. Să începem cu duminică seară. Își aranjează ochelarii pe nas cu un gest mașinal și trage o coală albă din mapa pe care o adusese cu el.

— Să vă povestesc totul pas cu pas?

— Nu neapărat! începe Dumitrache interviul încrucișat. Întâi am dori să aflăm la cine v-ați referit când ați făcut remarca cu ochii dulci.

Buze întredeschise și iris mărit. Surpriză totală! Nu m-am exprimat eu cum trebuie sau, exact cum a spus senatorul, nu ea a spus asta?

Dumitrache reformulează, pentru a fi sigur de presupunerea sa:

— La petrecere ați fost auzită spunând că nu mai suportați ca *acea* femeie să-i facă ochi dulci soțului dumneavoastră. Noi vrem să știm la care femeie v-ați referit.

— Domnule comisar, nu știu ce-ar trebui să fac mai mult pentru a avea o discuție normală. L-am rugat pe Bogdan să plece pentru a nu ne mai încurca și a încheia mai repede totul. Credeam că am terminat cu jocurile…

— Păi, am terminat cu jocurile, clipește Dumitrache. Acum am început interogatoriul adevărat. Ce femeie se uita galeș la domnul senator?

— În general se uită multe, surâde Bianca Boghievici. Cristian este un bărbat bine și întoarce priviri - galeșe, cum ați subliniat - mai tot timpul. Dar nu m-a deranjat treaba asta niciodată. Nu văd de ce m-ar deranja acum, după atâția ani împreună.

— Deci negați că ați spus acest lucru? vrea comisarul să fie sigur. Că v-ați săturat?

— Neg că am spus *vreodată* acest lucru. Oamenii frumoși trebuie să fie cu oameni frumoși, altfel nu vor înțelege niciodată viața partenerilor.

— La ce anume vă referiți? întreabă Dumitrache.

— Eu și Cristian suntem doi oameni frumoși, spune

femeia ridicând bărbia. Știm cum să trecem prin viață, amiciții sau legături profesionale fără ca privirile, vorbele și insinuările să ne afecteze viața de cuplu.

— Cine era prietena cu care discutați la toaletă? intervine Cazan.

Dumitrache zâmbește, făcându-și de lucru cu dosarul din fața sa. Rolul de polițist bun îl prinde excelent pe colegul său mai tânăr. Bianca Boghievici surâde, căzand pradă unei strategii vechi, care nu dă greș niciodată.

— Nu am decât două prietene. Niciuna dintre ele n-a putut veni la ziua lui Cristian.

— OK, bate darabana Cazan pe masă, atunci cu cine discutați la toaletă?

Femeia întoarce privirea către stânga și pare că analizează concentrată ușa.

— Am fost de două ori la toaletă. Prima dată am așteptat fiindcă era aglomerat, tocmai ajunseseră invitații după drumul din București. Dar nu era nimeni lângă mine care să aștepte, murmură contrariată. A doua oară... a, da! chiar înainte să plecăm. I-am lăsat geanta lui Matei.

O amintire dureroasă - mâna ei atingând-o pe a lui Matei - o obligă să se oprească pentru o clipă.

— El a stat chiar în fața ușii până am ieșit eu, continuă femeia. N-am văzut pe nimeni altcineva.

Dumitrache și Cazan își intersectează nedumeririle din gânduri. Amândoi simt că femeia spune adevărul, iar acest lucru nu-i ajută.

— În timpul petrecerii ați observat dacă domnul Boghievici a plecat pentru mai mult timp? schimbă comisarul registrul.

— Vă referiți la soțul sau la cumnatul meu? îl prinde femeia pe picior greșit.

— La ambii, nu renunță Dumitrache.

— Niciunul n-a lipsit atât de mult încât să justifice crima, dacă la asta vă gândiți. Soțul meu are o personalitate puternică, doar la exterior, însă. Dacă ar trebui să rănească pe cineva, ar da înapoi ca un cățeluș speriat. Despre crimă nici nu poate fi vorba! râde Bianca Boghievici.

— Iar cumnatul?

— Iubea oamenii și animalele deopotrivă, n-a omorât nici măcar o furnică pentru a chema ploaia când era mic. Nici eutanasierea câinelui familiei n-a putut s-o aprobe acum câțiva ani! Și ar fi trebuit s-o facă! Bietul animal nu mai putea mânca, avea dureri cumplite de la rănile din gură.

— Dumneavoastră ați putea ucide? întreabă Dumitrache, evitând să se uite la femeie.

Aerul s-a îngreunat în așteptarea răspunsului. Este un test, unul pentru care nu există sesiune de corijențe; toți din încăpere o știu.

— Până să-i cunosc pe frații Boghievici, aș fi răspuns că oricine poate ucide în anumite circumstanțe. Mi-am schimbat părerea: nu oricine poate omorî un om, dar eu cred că sunt una dintre acele persoane care ar putea lua viața cuiva.

— Adevărat? întreabă candid comisarul.

— Puteți să mă înțelegeți greșit și să interpretați cum doriți această afirmație.

Își aruncă părul pe spate și un val de parfum aleargă către bărbați. Dumitrache prinde o notă proaspătă de citrice și se agață de ea. Cazan o privește întrebător.

— Nu am copii încă, dar sunt convinsă sută la sută că aș ucide pentru ei.

— Doar pentru copii? nu renunță Dumitrache.

— Vreți să-mi spuneți că dumneavoastră n-ați face-o? ridică Bianca Boghievici capul spre Dumitrache, clipind des. N-ați ucide pentru a vă salva copiii? repetă femeia întrebarea, aruncând mingea în terenul lui.

Fără să-și dorească această pasă, comisarul simte cum un val de căldură îi inundă corpul. În fața ochilor i se perindă imaginile fetelor sale, ca diapozitivele cu povești pe care tatăl lui le proiecta când era în vacanța de vară.

— Aici nu e vorba despre mine sau despre copiii mei, ci despre o domnișoară care a fost omorâtă brutal, îi retează comisarul atacul. Motivul nu e atât de pur precum lăsați să se înțeleagă.

— Dacă sugerați că eram geloasă pe Carmen fiindcă îi făcea ochi dulci lui Cristian și de aceea am hotărât s-o omor... pot să vă informez că aș putea fi criminal în serie.

Râde eliberator, ușor strident și tensiunea din pieptul ei se spulberă.

— Doamnă Boghievici, îi vine lui Cazan o idee, ați observat ceva ciudat duminica trecută? La petrecere? Orice care să ne ajute?

Femeia își aranjează din nou jacheta și culege o scamă imaginară de pe fustă.

— Poate când au venit invitații? Sau la masă? o ajută Cazan.

Bianca Boghievici lasă capul în jos, gândindu-se la ziua aceea.

— Nimic?! întreabă Cazan și doi stropi de salivă îi aterizează pe mână.

— Nu, nimic. Totul a fost ca de obicei, răspunde Bianca Boghievici.

Trece în revistă cu ochii minții filmul petrecerii. Palmele stau în expectativă, în fața ei. Când realizează că a văzut ceva ieșit din comun, îngaimă șocată de perspectivă:

— Când ne-am suit în mașină... Oh, Doamne!

— Ce s-a întâmplat? se apleacă Dumitrache peste masă, cu antebrațele paralele.

— Eu am urcat în mașină, mi-am prins centura, dar Matei nu reușea să intre. L-am întrebat ce se întâmplă și mi-a spus că scaunul e tras la maxim în față. A trebuit să se aplece ca să apese clapeta pentru a-l muta mai în spate. El e subțirel, dar are picioare lungi, explică femeia.

Comisarul nu vrea să-i corecteze timpul verbal și să-i spună că domnul Boghievici *a fost* subțirel.

— Acest lucru vi s-a părut ieșit din comun? întreabă Cazan. Poate a scăpat ceva în spatele scaunului șoferului, l-a împins și a uitat să îl repună pe poziție. Mie mi se întâmplă din când în când.

— Posibil să se fi întâmplat așa, aprobă Bianca. Dar ăsta a fost singurul lucru neobișnuit. Nu știu dacă e relevant sau nu.

Își presează buzele una de cealaltă, ca și cum s-ar fi rujat în fața oglinzii. Comisarii se privesc scurt și încep să strângă hârtiile de pe masă.

— Vă mulțumim pentru amabilitate! încheie Cazan. Vă rugăm să ne stați la dispoziție și în zilele următoare. Cel mai probabil vom mai avea întrebări legate de unul sau de ambele cazuri.

— Nici nu va trebui să alergați după noi, îl liniștește femeia, fiindcă vom fi în Sibiu. Cristian vrea să-l înmormântăm pe Matei aici. Dacă ăsta e locul în care a ales să-și încheie viața… poate va fi liniștit… dincolo.

Iese din camera impersonală cu geanta agățată de mijlocul brațului. Dumitrache e convins că a văzut o lacrimă în colțul ochiului drept al femeii.

##

— Șefu', ședință în 5! strigă Cazan de la biroul său. Filimon, și tu! întinde două degete în aer către el, ca și cum ar ține un pistol în mână.

— Avem noutăți pe frontul de vest? i se alătură acesta, potrivindu-și pasul după al lui.

— Pe cel sudic, mai bine zis! M-a sunat Dobrițoiu, adjunctul comisarului Marinescu din București.

— Era și timpul, apare Dumitrache în cadrul ușii. Ce-a zis?

Cazan știe că șeful său oricum nu se va așeza pe scaun, așa că începe să vorbească abrupt.

— Pe la prânz au ajuns mandatele pentru convorbirile celor doi, Carmen Dincă și Matei Boghievici. Dobrițoiu și încă doi colegi de-ai lui au verificat apel după apel, număr de număr. La prima vedere, n-a ieșit nimic spectaculos la iveală. Însă ce credeți?...

Simte tensiunea din aer și se uită pe hârtia pe care o scosese la imprimantă cu zece minute în urmă.

— Chiar și după despărțirea de Carmen Dincă, Lucian Popescu a continuat s-o sune regulat! spune pe nerăsuflate Cazan. Convorbirile au fost scurte, în general de două-trei minute, iar de vreo câteva ori i-a trimis și sms-uri, noaptea, pe la 12-1.

— Interesant, fluieră Dumitrache. Mai ales că domnul Popescu ne-a declarat că, după despărțirea din vară, nu și-au mai vorbit deloc. Își freacă bărbia, încă rasă perfect. Pielea moale îl surprinde, fiind obișnuit să simtă mai mereu barba aspră.

— Poate la fel de interesant e că și domnișoara Dincă îl suna pe domnul Popescu, lovește Cazan cu arătătorul hârtia din mână. Nu știu cum vi se pare vouă, dar eu cred că puseseră doar *pauză,* nu *stop.* Momentan nu am alte argumente decât convorbirile telefonice. Alte probe nu știu dacă avem șanse să găsim. Dar cred că sunt suficiente pentru a-l confrunta cu minciuna pe domnul Popescu.

Se uită pe rând când la comisar, când la Filimon. Primul îl privește cu ochi avizi de informații, precum o nevăstuică agitată de zgomotele nocturne din pădure. Filimon are buzele întredeschise și Cazan realizează că sunt cărnoase și perfect conturate. Încadrate de două gropițe de expresie, pe un ten deschis la culoare, buzele lui Filimon ies în evidență la fel de mult ca pielea capului, perfect rasă.

— Dac-am fi avut mobilul domnișoarei Dincă, am fi aflat și ce-și scriau în acele sms-uri schimbate, intervine Filimon. Mă îndoiesc că domnul Popescu ne va împărtăși ceva nou.

— Omul ne-a ascuns continuarea relației, fie ea și la distanță, iar asta îmi ridică mai multe semne de întrebare, spune Cazan.

— Adăugând programul automat introdus în calculator chiar în ziua cu pricina, sinceritatea disimulată din timpul interogatoriului și...

— Schimbarea înfățișării, aruncă Cazan cuvintele, fără să-l lase pe Dumitrache să termine raționamentul. Nu uitați că pe mine m-a frapat acea răsucire la 180 de grade!

Comisarul scoate mobilul din buzunar, după ce aude două semnale sonore.

— Cum aș putea? murmură absent, cu ochii pe ecran.

Cazan ignoră comentariul lui Dumitrache și continuă:

— Domnul Popescu e un suspect excelent în acest moment și tare sunt curios ce va spune la al doilea interogatoriu! Îmi pare rău că nu voi lua parte la el.

— Dacă ne-am fi dorit o sincronizare mai bună ca asta, n-am fi primit! intră în discuție Dumitrache. Uneori viața bate filmul, nu-i așa?

Cazan și Filimon își privesc șeful, așteptând o explicație.

— Tocmai a venit un sms de la comisarul Marinescu. Zice-așa: *Ioane, n-ai noroc să te scap de treburi! Suspectul tău nr. 1, dl. Lucian Popescu, e în Brașov, trimis de firma la care lucrează. Am vorbit mai devreme cu el.*

— Și?... întreabă Cazan.

— Asta e tot, strâmbă Dumitrache din buze. Am eu probleme cu telefonul? Mesajul s-a oprit la mijlocul frazei. Apasă de câteva ori niște butoane, fără niciun rezultat, însă.

— Probabil s-au terminat caracterele, spune Filimon. Așteptați câteva minute, sigur vine și continuarea.

— Ce s-au terminat? ridică Dumitrache sprânceana stângă.

— Telefoanele pot trimite doar 160 de caractere printr-un sms. Dacă au fost scrise mai multe, atunci se trimit automat mai multe mesaje.

Cele două semnale sonore se aud din nou.

— Ai avut dreptate! A venit și continuarea. *Diseară sau*

mâine dimineață (nu știe când anume) va fi în Sibiu, special să se vadă cu voi. O să te sune cu o oră înainte să plece. Succes, să mă ții la curent!

— Deci nu vei rata ocazia de a-l interoga, îl lovește Filimon în antebraţ pe Cazan.

— Mi-ar plăcea să-i văd fața când îi voi spune că știm că n-a întrerupt contactul cu Carmen Dincă, așa cum ne-a declarat. Recunosc asta, spune Cazan. Dar ceva nu se leagă... Clatină din cap, mușcându-și buza de jos. Dacă ei se mai vedeau din când în când pentru o partidă de sex, de ce-ar fi vrut s-o omoare? Crimele pasionale sunt spontane, violente, personale. Un accident de mașină presupune cel puțin câteva zeci de minute de pregătire, deci de premeditare. Mai ales când trebuie să furi o mașină. Sau, mă rog, s-o împrumuți.

— Dumneavoastră ce părere aveți, domnule comisar? se răsucește Filimon către Dumitrache.

— Am avut aceeași discuție dimineață cu Cazan. Mașina a fost pornită cu o cheie originală, după cum ne-ai spus chiar tu. Dublura era acasă, după spusele doamnei Boghievici, iar cea pe care o folosea cumnatul senatorului era greu de furat de către Lucian Popescu. Dacă ar fi putut aștepta ca domnișoara Dincă să se ducă la toaletă pentru a acționa, tot l-ar fi recunoscut senatorul sau soția acestuia.

— Varianta cea mai plauzibilă e că ucigașul avea acces la victimă, dar nu un acces privat, să spunem așa, îl dublează Cazan pe Dumitrache. Eu cred că cei doi, domnișoara Dincă și domnul Popescu, au continuat relația, deci domnul Popescu ar fi avut multe ocazii s-o ucidă, dacă avea de gând acest lucru.

— A fost o crimă de oportunitate! spune ferm Dumitrache. Ca atunci când vezi o geantă burdușită aruncată pe bancheta din spate a unei mașini parcată pe o stradă lăturalnică. Nu te poți abține să nu spargi geamul, nu-i așa? le face comisarul cu ochiul, zâmbind în colțul buzelor.

Ridică un picior pe scaunul liber și se sprijină cu cotul

de el. Îi privește atent pe cei doi subalterni și stabilește planul de urmat pentru următoarele ore.

— Trebuie să așteptăm ca domnul Popescu să ajungă în Sibiu și să-i luăm cel de-al doilea interogatoriu. Bianca Boghievici a negat conversația de la toaletă, deci trebuie să mai vorbim încă o dată cu Miruna Diaconu, pentru a cere informații suplimentare de la ea.

Soneria telefonului se aude peste ultimele cuvinte ale comisarului. Acesta se uită la ecran și când vede cine-l sună, respinge apelul.

— Bun! Unde rămăsesem? întreabă el.

— Interogatorii Lucian Popescu și Miruna Diaconu, spune Cazan.

— Filimon, dacă de primele două acțiuni ne vom ocupa eu și cu Cazan, tu va trebui să vorbești cu senatorul, pentru a-l ruga să caute o eventuală scrisoare de adio de la fratele său. Desigur, presupunând că Matei Boghievici a lăsat așa ceva.

— Da, îl voi întreba.

— Apoi vorbește și cu Dobrițoiu în legătură cu profilul ADN al lichidului seminal. Marinescu mi-a spus că astăzi vor ridica rezultatul.

— Am înțeles, să trăiți!

— Întrebări? ridică Dumitrache vocea, uitându-se când la Cazan, când la Filimon. Nu? Atunci la treabă!

##

— Bună dimineața! lățește Mihai un zâmbet.

Panait mormăie în barbă ceva neinteligibil și bea cafea cu ochii aproape închiși. Mihai se scutură de zăpada de pe haină, își scoate căciula și-o lovește de cuier, apoi urmează mănușile, pe care le bate una de cealaltă. Nasul și pomeții sunt roșii de la frig și-l ard. Jambierele trase peste bocanci i-au menținut pantalonii uscați și se felicită în gând pentru ideea de a le folosi azi.

Se îndreaptă către dulapul cu cafetiera, aruncând o privire șefului său. Imaginea îl surprinde neplăcut. Panait are pleoapele roșii, tenul negricios, aproape cadaveric, buzele crăpate de vânt, iar bărbia dublă este revărsată peste gulerul puloverului.

— Ce-ați pățit, n-ați dormit azi-noapte? întreabă el. Că am terminat destul de repede treaba. Scoate un șervețel din buzunar și își suflă nasul.

— Am avut inspirație și-am scris până dimineață, spune Panait, sprijinindu-și capul în palme. Cred că am plecat de-aici pe la cinci jumate'.

Trage adânc aer în piept și soarbe din cafea.

— Serios? se întoarce Mihai către doctor, oprindu-se din numărat lingurițele de cafea pe care le pune în filtru. Mă uimiți!

— De ce? Doar ți-am spus că sunt hotărât să termin cartea! Am deja două povestiri scurte, inspirate de cele două cazuri de săptămâna aceasta. Iar după ce mă trezesc de-a binelea, voi reciti câteva pagini scrise acum doi ani. Poate le voi folosi și pe-alea.

— Și despre ce-ați scris azi-noapte? Despre o sinucidere?

— Îhî! Una premeditată, dar motivată.

— Actul care v-a inspirat n-a prea fost de nici unele, spune Mihai dând din cap. Nici elaborat, nici premeditat, nici prea mult gândit. Poate doar motivat. Mă gândesc că o justificare trebuie să fi avut și Matei Boghievici!

— Una bolnavă, îl întrerupe doctorul. N-avea probleme financiare, ținea legături strânse cu familia sa, era bine văzut în societate, de partenere nu ducea lipsă și nici criminal n-a fost. Ce l-a împins să facă un asemenea gest?

— Iubirea neîmpărtășită față de domnișoara Dincă, poate? trage Mihai aer în piept.

— Poate.

— Și, îmi dați să citesc noua povestire? își freacă Mihai palmele.

— Nu mă bate la cap, băiete! îl amenință Panait cu degetul.

— Sunt atât de curios, încât aș vrea să scrieți mult mai repede!

— Poveștile mele sunt caramelele cu lapte din copilăria ta, îl tempereazǎ Panait. Primești câte una pe zi dacă ești cuminte și una pe săptămână când punga e aproape goală.

— Dar am fost cuminte! protestează cu glas domol tânărul. De ce spuneți că n-am fost?

Doctorul îi întoarce spatele și pune mâna pe telefonul mobil, care vibrează pe masă. Ascultă atent introducerea persoanei care îl apelase, se uită la ceasul de pe perete și propune ora șaisprezece. Trimite asigurări ferme că totul va fi gata până atunci, sesizând o notă de neîncredere în vocea interlocutorului. La final aruncă printre dinți un „mulțumesc că v-ați gândit la noi", care în contextul dat pare aruncat de complezență. Închide convorbirea cu degetul strâmb, cel prins într-o menghină cu mulți ani în urmă, pe vremea când lucra, în vacanțe, în atelierul bunicului și se întoarce cu fața către asistentul său.

— M-am gândit că aveți nevoie de un *refill*[1], pune Mihai o cană plină cu cafea pe masă. Rămâne în picioare și adulmecă mirosul emanat de licoarea fierbinte.

— Domnul senator era la telefon. Va veni să ridice corpul fratelui său la ora patru. Mâine dimineață va fi înmormântarea, aici, în Cimitirul Municipal.

— Îl înmormântează în Sibiu? se miră tânărul.

— Da, spune doctorul indiferent. Și suntem invitați la ceremonie. Domnul senator a apreciat faptul că am lucrat rapid și n-am făcut vâlvă mai mult decât era cazul.

Mihai ridică din umeri.

— Mă rog, n-am făcut nimic special, așa lucrăm de fiecare dată. Dar dacă voia să ne mulțumească, putea să ne trimită o sticlă de whisky, nu o invitație la înmormântare.

1 To refill - a reumple (Trad. din limba engleză)

— Mai mult ca sigur că nu știe cine este Ana, c-o invita și pe ea! râde în hohote Panait. Burta i se ridică spasmodic și se revarsă peste curea.

— Lucrează mâine, flutură Mihai mâna, dar cred c-ar fi refuzat oricum. A fost destul de afectată de incidentul de aseară. În viața ei de adult n-a văzut niciun om mort până acum. O pereche de bunici a murit când Ana era copil și ceilalți doi încă trăiesc.

— Cum adică *încă*?

— Păi, sunt destul de bătrâni.

— Câți ani au, 70? se burzuluiește Panait.

— Spre 80, spune Mihai. Bunicul ei a fost al treișpelea copil.

— Așa e frumos, să ai familie numeroasă! bea doctorul din cana cu cafea și apoi aprobă din cap.

— Revenind la oile noastre... își pune Mihai mănușile chirurgicale și boneta. Ion a primit azi-dimineață un bărbat decedat într-un alt accident de mașină, i-a făcut formalitățile și l-a pregătit pentru noi.

— Aha, ceva deosebit?

— Victima era pe trecerea de pietoni, se ducea la muncă, îl informează Mihai. Șoferul a venit cu viteză, nici n-a mai apucat să pună frână. L-a lovit frontal.

— Raportul IML pe anul acesta, pe care îl voi preda undeva în martie-aprilie anul viitor, va arăta, pentru a treia oară consecutiv, că ai mai multe șanse să mori într-un accident de circulație, decât să te sinucizi. Unsprezece oameni la suta de mii mor pe șosea și doar nouă se sinucid.

— Noi într-o săptămână le-am văzut pe toate, își mușcă Mihai buza de jos.

— Este vorba despre sibieni, deci cei doi venetici nu intră în aceste calcule.

— Și la crime cum stăm? vrea să afle tânărul.

— Pe undeva pe la 1,50 - 1,60 crime la suta de mii de locuitori. Ca de obicei, la mijlocul clasamentului pe județe.

— Eu n-aş vrea să mor lovit de maşină, spune Mihai. Mi se pare o moarte violentă şi dureroasă.

— Eşti prea tânăr să te gândeşti la asta! îl apostrofează doctorul. Doar eu mă pot gândi la cum aş vrea să mor.

— Prostii! Nu sunteţi bătrân deloc!

— Nu sunt, ştiu, clipeşte Panait. Dar o moarte mai rapidă şi mai curată decât una prin împuşcare în cap, nu văd să existe.

Complet echipat, Mihai se îndreaptă către unul dintre frigidere. Îl deschide şi un val de abur inundă zona. Întoarce capul către Panait, îl vede zâmbind şi încearcă din nou, rânjind ca un copil:

— Începeţi dumneavoastră şi eu citesc povestirea scrisă azi-noapte?

— Se vede treaba că nu renunţi, băiete.

Mihai trage targa din metal pe care se află trupul bărbatului decedat pe trecerea de pietoni, o împinge în zona de lucru şi-i fixează roţile pe podea. Panait nu spune nimic cât se îmbracă, iar Mihai nu vrea să mai întindă coarda. A întrebat deja de două ori. Doctorul se echipează tacticos, făcând ca cele cinci minute de *silentio stampa* să treacă foarte greu. La final îşi aranjează boneta pe pielea capului, acoperind cele câteva zeci de fire de păr alb care încă mai rezistă.

— Pe cea de azi-noapte n-aş vrea s-o vezi încă… spune Panait.

Poate citi dezamăgirea în ochii lui Mihai şi continuă imediat:

— Dar mi-ar plăcea s-o citeşti pe cea scrisă acum doi ani.

Mihai nu-şi poate ascunde bucuria şi ţopăie într-un picior.

— Aş avea nevoie de părerea ta asupra povestirii, îl atenţionează Panait. Dacă tu crezi că merită să lucrez la ea, s-o modific.

Alege un prosop alb sterilizat şi-l pune peste organele genitale ale bărbatului de pe masă.

— N-aş vrea să pierd timpul degeaba, dacă n-are potențial. Ți-am spus, încă n-am apucat s-o recitesc. Îmi aduc aminte că ideea mi-a plăcut atunci și am scris-o pe nerăsuflate. Însă au trecut totuși câțiva ani.

Mihai alege din tava de instrumente un bisturiu cu lama lată și i-l întinde lui Panait.

— Puteți conta pe mine! zâmbește tânărul.

4
A patra păpușă Matrioșka

– Intrusul –

Ajung în fața blocului, deschid ușa de la intrare și urc treptele două câte două până la etajul unu. Deschid geanta, caut de zor cheile în ea. Nu le găsesc. Mă caut în buzunare, nimic. Caut din nou în geantă, le găsesc ascunse sub niște hârtii, probabil facturi neplătite. Descui ușa și intru în apartament. Mă izbește mirosul stătut de fum de țigară și, ca de fiecare dată când intru în casă, hotărăsc să mă las de fumat. Îmi pun geanta pe jos, arunc haina în cuier, desfac fermoarul ghetelor și mă descalț în drum spre sufragerie.

Deschid calculatorul și apoi radioul. Sunt extrem de obosită și nu pot mânca. N-am chef de nimic, dar totuși aș vrea să-i scriu Ioanei. Mi-a trimis un e-mail cu câteva zile în urmă, după ce m-a sunat într-o disperare, de vreo zece ori. Mă ruga să-i dau un răspuns la propunerea ei de a ne vedea în patru. Ea cu Dan, iar eu cu un tip pe care nu-l cunosc, dar pe care vrea să mi-l prezinte. Și acum eu ce să-i spun? Că n-am chef de niciun *blind date*[1]? Că mă simt bine singură? Sau că mă simt ciudat să-mi aranjeze prietenele mele întâlniri, ca și cum eu n-aș fi în stare?

Mi-este foarte somn, dar sunt prea agitată să pot dormi acum. Parcă aș bea ceva calmant. Mă duc în bucătărie, scot ginul și sticla de apă tonică din frigider, iau un pahar din dulap și îmi torn o porție generoasă din ambele lichide. Las sticlele pe blat, cu intenția clară să mai beau și un al doilea pahar.

Intru din nou în sufragerie și mă așez la calculator. Scrumiera și pachetul de țigări din casă sunt lângă tastatură.

1 Întâlnire pe nevăzute. În context, întâlnire aranjată de o altă persoană, fără ca cei doi protagoniști să se fi cunoscut. (Trad. din limba engleză)

Îmi aprind o țigară în timp ce mă loghez în contul de e-mail. Mă gândesc febril ce motiv aș putea să-i ofer Ioanei, astfel încât să nu pară c-o refuz, dar nici să-i spun că mi se pare o idee proastă ca ea să-mi aranjeze întâlniri.

Internetul merge încet, ca de obicei, așa că dau drumul și la televizor. Să fie acolo, poate mai aud o știre. Scot rotocoale de fum din gură și rămân cu ochii în televizor, fără să văd nimic. La radio este numai muzică.

Sau... să mă duc? *Coyote* nu este, totuși, un loc romantic, potrivit pentru o primă întâlnire, așa că probabilitatea de a mă simți prost este mică. Plus c-aș asculta o muzică bună, într-o atmosferă care-mi place. Și aș putea pleca oricând, ținând cont că n-ar fi o întâlnire numai în doi.

Nu știu ce să fac... Sunt între ciocan și nicovală. Iau o gură de gin cu apă tonică și mai trag din țigara uitată între degete.

Mă întorc spre monitor și vorbesc în timp ce tastez în motorul de căutare: www.sapunnatural.ro[1]. Până mă hotărăsc dacă să mă duc sau nu la întâlnirea organizată de către Ioana, mă mai uit la niște săpunuri și poate o cremă hidratantă. A, mi-ar trebui și ceva care să elimine mirosul de țigară! Producătorii ăștia sunt *cool*! Toate naturale, fără nicio chimicală! Pe deasupra, sunt și români.

Aud ceva, dar nu știu ce. Parc-ar fi fost niște chei scăpate pe gresie. Săraca vecina de la doi, iar nu și-a luat ochelarii înainte să plece la piață și probabil a scăpat cheile pe palier.

Adaug câteva produse în coșul de cumpărături și cu o ureche sunt la televizor. Vorbește Tatulici, cu timbrul lui grav, de i-aș recunoaște vocea dintr-o mie. Îmi place omul ăsta! Le spune pe bune, fără să se sinchisească de nimeni.

1 SăpunNatural este una dintre cele două mărci de produse cosmetice 100% naturale pe care le-am creat și dezvoltat. Cum spun „publicitarii", aici am introdus un <product placement>, adică o plasare de produs, dar acest lucru doar pentru că produsul îmi aparține. Și pentru simplul motiv că am fost primul producător român de săpunuri naturale (septembrie 2009), de cosmetice naturale (ianuarie 2010) și primul producător român de cosmetice certificat bio (februarie 2011). (Nota autorului)

Aleg curier rapid la modalitatea de expediere și am un total de 176 lei. Mult mai ieftin decât înainte, când îmi comandam de pe site-uri din Germania. Cu tot cu transport depășeam 90-100 de euro.

Un scârțâit prelung îmi zgârie timpanele și-mi aduce aminte că trebuie să ung ușa de la bucătărie, cea care dă în holul de la intrare. Am folosit niște ulei de măsline și-a mers perfect o perioadă, dar acum trebuie să dau din nou. Să-i dau și vecinei de sus, că și ea are probleme.

Sting țigara fumată pe jumătate și iau ultima gură de alcool din pahar. Înainte de a mă apuca de mail-ul către Ioana, mi-aș mai aprinde o țigară, dar de data asta chiar aș fuma-o! Un zgomot înăbușit, parcă de sticlă căzută pe gresie, îmi amintește că am paharul gol, iar o sete cumplită îmi dă târcoale. Vecina mea trebuie să-și schimbe neapărat ochelarii. Mă duc să-mi pun un alt pahar cu gin, să mă ajute să iau o decizie. Ăăă, pardon, să-mi ostoiască setea.

Intru în bucătărie pe cea de-a doua ușă și văd sticla de apă tonică pe gresie, lângă dulapul cu găleata de gunoi. A explodat dopul sau ce naiba? Nu de alta, dar mi s-a mai întâmplat treaba asta. Și nu o dată, de mai multe ori. Cum o fi ajuns pe jos? mă întreb în timp ce ridic sticla și-o pun pe blat. O iau, în schimb, pe cea cu gin, pregătindu-mă să-mi prepar încă un cocktail.

Simt că sunt privită. Întorc capul și văd că am dreptate. Un bărbat cu cagulă neagră mă privește din cadrul celeilalte uși din bucătărie. Anii de antrenamente ies la iveală, făcându-mă să acționez instinctiv și să mă mișc spre el. Surprins probabil, nu schițează niciun gest. Nici măcar nu ridică mâinile în semn de apărare. Sau se gândește că o femeie singură, șocată să găsească un străin în casă, e incapabilă să facă ceva. Ghinionul lui că s-a pus cu cine nu trebuie! Fără să spun ceva, ridic mâna și-i dau cu sticla de gin fix în creștetul capului, ca și cum ar fi avut o țintă desenată cu cretă pe cagulă, iar eu ar fi trebuit s-o nimeresc. Se prăbușește pe gresie cu zgomotul unui trup bine clădit, pe la vreo 90-100 kilograme și se revarsă pe podeaua mea. Picioarele i se încovoaie de la genunchi, semn că bucătăria e prea mică să te poți întinde în voie pe gresie. Dar el nu s-a întins chiar *de voie*.

Îi verific pulsul la gât, trăiește. Răsuflu ușurată, pentru că n-aș vrea să fie primul om pe care-l omor în propria casă. Trag o sfoară din dulapul de deasupra chiuvetei, îi leg mâinile fedeleș și apoi ies pe unde am venit. Ocolesc bucătăria prin sufragerie și intru în hol. O manevră suplimentară, generată de prezența unui trup în cadrul ușii care dă direct în hol. Iau geanta de pe jos, caut mobilul în ea. Îl găsesc mai repede decât am găsit cheile, formez 112 și aștept cu un nod în gât. Mă recomand complet, cu număr de legitimație și grad, îi explic dispecerei situația și ea îmi spune pe un ton profesional că în cel mai scurt timp va veni o ambulanță. Îi mulțumesc frumos, cu o curtoazie camaraderească.

Mă întorc pe scena dramatică a incidentului, cum ar descrie-o Esca. Sunt atentă să nu calc în sângele care se scurge domol din capul intrusului. Deja s-a format o baltă vâscoasă până aproape de umerii lui. Iar cagula probabil că reține cea mai mare cantitate de sânge, acționând ca un pansament. Din obișnuință, îi mai verific încă o dată pulsul. Slab, foarte slab. Știu că lovitura a fost bine executată pentru un act spontan, numai că acum mă îngrijorează starea lui. Cagula aia chiar nu a atenuat deloc impactul? Că doar nu era un ciorap!

Mă uit la ceas. Ambulanța ar cam trebui s-ajungă. Îi pun mâna din nou la gât și de data asta nu mai simt nimic. Nu-i mai bate inima. Las mobilul pe pardoseală și îi scot cagula cu atenție. Este îmbibată cu sânge parțial coagulat, parțial proaspăt. Mă uit la rana de la cap; pare serioasă. Încep manevra de resuscitare. Îi apăs pieptul ritmic și-i suflu aer direct în plămâni. Nu se întâmplă nimic. Reiau presarea cutiei toracice, dar degeaba. Încerc din nou, mânată de acel spirit profund uman, prin care nu poţi lăsa providenţa să-şi facă de cap la tine în bucătărie şi mai ales la tine în braţe. Verific din nou pulsul, tot nu simt nimic. Începe să mă cuprindă panica, urechile încep să-mi ţiuie şi pulsul îmi creşte vertiginos. Reiau masajul cardiac, menţinând ritmul pulsat. Aud zgomote pe scară şi ridic capul, aşteptând salvarea. Şi la propriu, şi la figurat. Mă uit din nou la intrus şi o picătură de transpiraţie desprinsă de pe tâmpla mea cade pe barba lui. Unu, doi, trei, patru, cinci şi restul cifrelor mi se pierd în gând.

Pentru a doua oară pe ziua de astăzi, sunt surprinsă de apariţia unui bărbat în casa mea. De fapt, sunt doi paramedici care se îndreaptă în şir indian către mine. Primul, slăbănog şi înalt, îmi spune să mă dau la o parte şi se lasă în genunchi, cu o pompă de oxigen deja pregătită. Cel de-al doilea, parcă frate geamăn cu primul, preia resuscitarea de la mine, în timp ce eu mă simt oarecum neputincioasă. N-am reuşit să îl readuc la viaţă pe intrus, cu tot efortul pe care l-am depus.

Mă ridic în picioare, fac doi paşi în spate şi privesc scena care se derulează în faţa ochilor mei. Simt că mă sufoc, aşa că ies teleghidată din bucătărie, apuc pachetul de ţigări de pe birou şi scot agitată una. A murit. Eu l-am omorât. Pun ţigara neaprinsă înapoi în pachet şi mă întorc de unde am plecat cu treizeci de secunde înainte. Mă aşez turceşte pe gresia rece, la mică distanţă de trio-ul din bucătăria mea.

Mă uit la faţa intrusului şi expresia de uimire pe care o are întipărită pe chip mi se fixează direct în suflet. Are ochii larg deschişi şi parcă admiră neonul din tavan. Ce naiba ai căutat tu aici? îl întreb retoric.

Nu ştiu cine e... Nu l-am mai văzut niciodată până acum, de-asta sunt sigură. Am o memorie fantastică atunci când vine vorba de chipuri! Cred că este defect profesional. Habar n-am ce-avea de gând să facă, odată intrat în casă. O intrare prin efracţie de oportunitate nu explică prezenţa cagulei. Dacă ideea i-a venit spontan, ar fi trebuit să fie cu capul descoperit sau să aibă o căciulă subțire de toamnă. Cine naiba umblă cu cagula în buzunar, chiar hoț fiind? Nimeni! Cagula semnifică premeditare, planificare, urmărire, pândă, scop precis. Dacă scopul unei asemenea persoane este evident, furtul, nu știu cum ai putea să-ți planifici o lovitură bazată pe un program haotic, ca acela al unui inspector de poliție. Și trebuie să fii foarte bun ca să pândești pe cineva cu experiență, fără să-i trezești suspiciuni.

Mișcările *gemenilor* în costume portocalii sunt desprinse parcă dintr-un film. Precise, directe, sigure. Nu le văd fețele, doar mâinile, însă simt concentrarea lor. Câți morți au avut numai în tura de azi? Omul din fața noastră oare este primul? Pentru că nu vreau să le stric eu feng shui-ul. Aberant, îmi spun, am un mort în casă, pe care eu l-am adus în starea asta, iar mie-mi arde de glume!

Cu ochii la bărbia proeminentă a intrusului, îmi reiau deducțiile logice și încerc să găsesc un punct de plecare pentru ancheta care va avea loc. Prea multe necunoscute în joc, prea multe variabile, dar o singură constantă: omul e mort și eu l-am omorât. Efectul adrenalinei începe să treacă și mă cuprinde moleșeala. Îmi ridic genunchii la piept, închid ochii și-mi las capul pe picioare.

Sună telefonul fix și ridic bulversată capul. Mă uit în stânga, mă uit în dreapta, dar n-am de gând să mă ridic. Nu poate fi nimic atât de important. După trei apeluri intră robotul telefonic. Nu aud ce spun, dar e ceva cu *nu am chef să răspund acum sau nu sunt acasă, alegeți voi ce vă convine. Oricare ar fi adevărul, trebuie să lăsați un mesaj!* După un declic, vocea Ioanei se aude cu putere în sufragerie. *Hello, sweetie! Vezi că am rezervat o masă pentru patru persoane, pentru seara asta. De-aia te sunam într-o disperare, să știi că se-ntâmplă astăzi! Ora 9, la Coyote, rezervarea e pe numele meu. Te puuup, ne vedem acolo!*

Uite și motivul meu! Am scăpat! *Ioana, iubita mea prietenă, n-am venit aseară pentru că efectiv n-am putut. A fost o chestiune de viață și moarte. Eu, vie. Celălalt n-a scăpat, însă. Am tendința să omor toți bărbații din viața mea, așa cum «l-am omorât» și pe răposatul soț, decedat prin divorț.*

Îmi dau seama că e liniște. Adică nu chiar liniște, fiindcă din sufragerie se aud zgomote combinate, de la televizor și de la radio; liniște în sensul că *frații* s-au oprit din ce făceau. Primul întoarce capul spre mine și-l clatină trist. Al doilea rostește cu o voce mai gravă decât aș fi crezut: *ora decesului 15:42.*

Dau din cap mecanic și mă uit la ceas, pentru a confirma spusele lui. Al meu arată 15:43 și aproape că nu-mi vine să cred. Am ațipit 38 de minute cu capul pe genunchi, iar asistenții au încercat resuscitarea toate cele 45 de minute obligatorii. Clipesc des și mă mai uit încă o dată la ceas. Tot 15:43. Adică începutul unei după-amieze extrem de lungi.

Iau telefonul de pe gresie și formez numărul partenerului meu. Cred că vocea o să-mi sune spart, de parcă n-ar fi a mea, dar alta n-am în acest moment!

Ora decesului 15:42, aud din nou în cap. Ce tâmpenie!

Vineri, 23 octombrie

— ... sprijinul fiecărui actor în acest caz, în mod deosebit al unui actor principal, aude Dumitrache când intră în camera de interogatorii.

Privirea îi alunecă întâi pe adjunctul său. Nu-i vede ochii. Lumina de la unicul bec al lămpii se reflectă în ochelarii lui Cazan și comisarul își dă seama că e nervos doar după pulsațiile maxilarului. În fața lui se află un nou Lucian Popescu, care îl surprinde de data aceasta și pe Dumitrache. Bărbatul a renunțat la coada de cal care-i atârna data trecută pe spate, având o tunsoare modernă, à la David Beckham.

Bună dimineața, domnule comisar.

Dumitrache mai mult intuiește cuvintele, decât le aude.

— Îmi cer scuze pentru întârziere, alege să răspundă Dumitrache, nefiind sigur dacă Popescu l-a salutat sau l-a întrebat ce face.

— Tocmai îi mulțumeam pentru vizită și pentru faptul că ne-a scutit de un drum la Bucureşti, întoarce Cazan capul fără să se ridice.

— Recunosc, m-a surprins dorința dumneavoastră de a veni la noi. Dacă noi nu reușeam să ajungem în capitală, comisarul Marinescu, cel cu care ați vorbit la telefon și pe care l-ați cunoscut alaltăieri, ar fi preluat corvoada unei discuții nu prea plăcute, dar necesare.

— Voi fi sincer...

— Ar fi poate pentru prima oară, nu ratează ocazia Cazan.

Răceala din glas nu le scapă celorlalți bărbați. Dumitrache zâmbește, iar Popescu se mișcă pe scaun, fără să-și găsească locul.

— Da, știu ce spuneți... șuieră din piept.

Trage aer în plămâni și expiră cu zgomot, ca un oftat prelung. Lipește palmele de masa din inox, se lasă pe cele două picioare din spate ale scaunului și coboară ochii.

— Se poartă și la noi ca masa să fie bătută în cuie de podea?

— Investigații Criminale, CID[1] sau FBI[2] nu contează ce nume are și în ce țară activează, îl informează cu răceală Cazan. Toți suntem la fel de buni și mergem la aceleași cursuri. Așa că da, se poartă și la noi ca picioarele meselor din sălile de interogatorii să fie prinse în șuruburi de podeaua betonată.

— Mda, m-a surprins acest lucru, revine Popescu pe toate cele patru picioare ale scaunului.

Dumitrache se uită cu atenție la el. Față de ultima oară când l-a văzut, Popescu este mai obosit și trist. Ochii sunt

1 Criminal Investigation Department (engleză) - Departamentul de Investigații Criminale din Marea Britanie

2 Federal Bureau Of Investigation (engleză) - Biroul Federal de Investigații din Statele Unite ale Americii

înfundați în orbite, liniile de expresie dintre nas și gură sunt accentuate în carne, iar pomeții colțuroși împung aerul. Tânărul din fața sa pare mai mult un copil maturizat brusc, care nu știe cum să se comporte, decât un bărbat care și-a pierdut iubita. Cămașa neagră, fără stil, este lipită de pieptul lui, într-o încercare de a fi în pas cu moda *slim fit*. Atât culoarea, cât și modelul îl fac pe Popescu deșirat și foarte slab.

— Vreți să facem o nouă încercare, ca și cum ne-am vedea pentru prima oară? nu se lasă Cazan, ignorând ruperea de ritm.

— Cu ce anume?

— Cu interogatoriul. Cu discuția. Cu tot ce ne-ați spus și nu era adevărat.

Popescu aprobă din cap, evitând privirea lui Cazan.

— De exemplu, am putea începe cu relația pe care o aveați cu domnișoara Dincă, îi răspunde Cazan, apucând ochelarii de ramă și împingându-i în sus pe nas.

— I-am promis că o să păstrez secretul, de aceea v-am ascuns… anumite lucruri.

— Ea nu mai este printre noi, deci nu mai aveți de ce să vă ascundeți. Cu siguranță nu vă veți încălca promisiunea, îl liniștește Cazan.

— Bine, fie! De fapt, mi-a fost frică și că mă veți bănui de crimă, recunoaște Popescu. Ați început cu insinuările cu bătaia sau alte violențe, apoi că am lăsat-o gravidă și ați continuat cu crima. M-am speriat… ridică din umeri… și-am mințit. Da, așa am făcut! Îmi pare rău, dar este prima oară când am de-a face cu poliția.

Se uită la paharul cu apă de pe masă, îl întreabă din priviri pe Dumitrache dacă poate să bea și când primește acordul îl golește însetat.

— Deci, de fapt, ați continuat relația până în ziua când a murit.

— Da. Nu! se repede Popescu. De fapt, am luat o pauză de o lună poate. Dar am fost împreună până duminică.

Vocea i se frânge, se îneacă uscat și tușește, iar în colțul ochiului îi apare o lacrimă. Observator atent și mut, Dumitrache o privește cum alunecă pe obraz și cade pe masă, între coate.

— Ați fost împreună *și duminică*? vrea să știe Cazan.

Lucian Popescu aprobă din nou din cap, incapabil să scoată un sunet. Se uită în gol, printre bărbații din fața sa.

— Vorbim și despre un contact sexual, nu-l așa? presează Cazan. Cu câteva ore înainte să moară.

Același gest de aprobare cu capul îl determină pe Cazan să-l roage iritat să folosească vorbe, pentru a nu exista neînțelegeri ulterioare.

— Da, am făcut dragoste înainte de petrecere. Uitasem să cumpăr prezervativ, se justifică Popescu fâstâcit, trecându-și mâna prin părul scurt de la ceafă.

— Și ce altceva ați mai uitat? îl ia peste picior Cazan.

Dumitrache mâzgălește câteva cuvinte pe blocnotes: *bărbat imatur emoțional.* Le subliniază cu două linii. Adaugă *relativ asocial*, pune semnul egal alături și scrie *specialist calculatoare și programare.*

— Când a murit și Matei Boghievici, am realizat de fapt cât de grav e ce-am făcut. Îmi pare rău, atât pot să spun... Vă răspund la toate întrebările acum.

Lucian Popescu își freacă palmele una de cealaltă și privește scurt când la Cazan, când la Dumitrache. Nu este pregătit să accepte neîncrederea comisarilor, de aceea cuvintele sună ca rugămintea unui copil prins cu cartea deschisă în bancă, în timpul examenului de bacalaureat.

— Să începem cu programul pe care l-ați avut duminică, recapitulează Cazan. După ce ați fost la restaurant, v-ați întors acasă și v-ați culcat, așa cum ne-ați declarat alaltăieri?

— Nu chiar. Am plecat direct spre Sibiu, evită bărbatul să se uite în sus. Am făcut un duș, mi-am schimbat hainele, apoi m-am suit în mașină.

— V-ați dus direct la hotelul unde era cazată domnișoara Dincă?

— Da, am ajuns pe la șase, confirmă Popescu. Petrecerea începea la șapte, dar de-abia pe la șapte jumate' ne-am oprit din...

Face o pauză și continuă cu povestea:

— Pân-am intrat la duș, tot împreună, s-a mai scurs cam jumătate de oră.

— Care era starea voastră de spirit? Exceptând partida de sex ce tocmai se consumase, își drege Cazan vocea.

— Carmen întârziase deja mai bine de-o oră, dar era veselă și nu părea că se grăbește. Eu eram euforic, ca de fiecare dată când ne întâlneam.

— Apoi? îl face Cazan atent.

— Ne-am suit amândoi în mașina mea și-am condus-o. Hotelul era foarte aproape de restaurant și niciun taxi n-ar fi dus-o. Am oprit înainte de parcare, am pus avariile și ne-am sărutat. A coborât și-atunci a fost ultima oară când am văzut-o.

O umbră dureroasă îi acoperă ochii și broboane de transpirație îi inundă buza superioară.

— Sunteți de acord să ne oferiți un specimen ADN, pentru a-l compara cu cel găsit în vagi..., asupra domnișoarei Dincă? se corectează în ultimul moment Cazan.

— Absolut, fac orice pentru a-mi dovedi nevinovăția! Am iubit-o. Încă o mai iubesc, oftează prelung. N-aveam de ce s-o omor.

Lasă capul între mâini, își desface degetele și trage de firele de păr de parc-ar vrea să le smulgă din rădăcină. Plânge încet, cu suspine, învăluind camera cu tristețea sa. Cazan plescăie zgomotos și sunetul se sparge în colțuri, făcându-l pe Lucian Popescu să tresară. Umerii i se mișcă violent, zguduiți de frisoane care îi ridică părul de pe brațe.

Comisarii se privesc în liniște, amândoi fiind conștienți că nu Popescu este criminalul. Dumitrache clipește de două ori și se ridică de pe scaun.

— Mă duc să aduc kit-ul de prelevare al ADN-ului. Cel din cavitatea bucală este ok? Sau preferați din sânge?

Ecranul telefonului lui Popescu se aprinde. Dumitrache nu apucă să vadă decât parțial numele celui care sunase, înainte ca bărbatul să îl acopere complet cu palma, pentru a îl închide de pe lateral. *Mi—*.

Mihai, Mihnea, Mircea? Sau poate Mihaela. Mirela? Dar, de fapt, de ce-mi bat capul?

— Ăăă, nu contează, cum preferați dumneavoastră, spune Popescu fără să ridice ochii din telefon.

— Trebuie să răspundeți?

— Ce? A, nu, am închis! Nu era nimic urgent. Își ascunde nervozitatea din glas cu o tuse din piept.

— Nimeni important? insistă Dumitrache.

— Cam așa ceva…

— Bine, atunci revin în zece minute cu kit-ul ADN. Comisarul Cazan mai are câteva întrebări să vă pună, prelevăm mostrele de salivă și-am terminat pe ziua de astăzi.

— Vă mulțumesc!

Dumitrache se îndreaptă către ușă, dar din cadrul ei se întoarce către Popescu:

— Ce program aveți în continuare? Mai rămâneți în Sibiu, plecați acasă sau vă întoarceți în Brașov?

— Astăzi, cel puțin, rămân în Sibiu. Domnul Boghievici m-a rugat să ajung la înmormântarea fratelui său. Probabil înainte voi mânca ceva, pentru a pleca imediat după ce se termină.

— Participați la înmormântare? se miră polițiștii.

— Cred că tragedia comună prin care trecem l-a determinat să mă invite, răspunde Popescu. Ne cunoșteam, dar nu eram amici sau ceva de genul. N-aveam cum. Eu eram iubitul unei angajate de-ale sale. Nu știu… își trece mâna prin păr… mă gândesc că ambele morți s-au petrecut aici și sunt oarecum legate. Ieri, la telefon, mi s-a părut logică invitația. Zâmbește încurcat.

— Și noi vom merge, dar nu vă propunem să plecăm împreună, pentru a nu se interpreta faptul că debarcați dintr-o mașină de poliție.

— Nu e nicio problemă, nu vă faceți griji!

— Am o curiozitate: de ce v-ați tuns? îl întreabă Cazan.

Popescu se uită pe deasupra lui, în stânga. Amintirea acelei zile este vie în suflet. Ca multe alte momente, care doar acolo vor rămâne de acum înainte, în interior.

— Carmen îmi spunea din când în când să mă tund. *Acum ești bărbat în toată firea, nu mai ești rocker*, erau cuvintele ei preferate.

Surâde la final, uitând pentru câteva clipe trista realitate.

— N-am vrut să mă duc la înmormântare cu plete, pentru că știam că nu-i plac, scutură din cap când se întoarce în prezent. Chiar, aveți idee când va fi înmormântarea?

— N-ați vorbit cu părinții ei?

— Nu, n-am fost în stare. Plus că nici ei nu știau că ne-am împăcat. Nimeni nu știa.

— Corpul încă nu a fost eliberat de la morga orașului, îl înștiințează Cazan. Nu cred că doctorul Panait va semna certificatul de deces mai devreme de săptămâna viitoare.

— Ah, am înțeles.

— După ce vine comisarul Dumitrache și terminăm cu proba pentru analize, sunteți liber. Ne vom vedea la cimitir. Dacă vă aduceți aminte de alte lucruri pe care ați omis să ni le spuneți, vă rog să ne sunați la orice oră din zi sau din noapte. Pentru noi este o prioritate să-l găsim pe criminalul domnișoarei Dincă.

Cazan închide caietul pe care nu a scris nimic în timpul interogatoriului. Știa încă de dimineață că dovezile nu conduc spre Lucian Popescu, dar a vrut să fie sigur că bărbatul nu și-a omorât iubita. Acum are această convingere, dar totodată înseamnă că trebuie să ia totul de la capăt, fiindcă acum nu mai au niciun suspect.

##

Dumitrache conduce mașina foarte încet de-a lungul bulevardului, căutând un loc de parcare liber, ceea ce pare o misiune imposibilă. Bate în volan, nervos că utilajele de deszăpezire aruncă pe margine zăpada adunată de pe asfalt.

Se uită la cazematele îngheţate, imposibil de demolat cu o maşină obişnuită, apoi se gândeşte că în fiecare an e la fel. Ninge foarte mult, primarul e pe străzi şi dirijează operaţiunile de deszăpezire, drumurile sunt curăţate, dar nimeni nu se preocupă să ridice blocurile de zăpadă de pe laterale, care blochează spaţiile de parcare şi reduc dramatic numărul acestora.

La naiba cu toate astea! O s-o las pe avarii, în mijlocul drumului! Sunt plin de draci, domnişoara nu mi-a răspuns la telefon, habar n-am dacă e la restaurant, trebuie să ajung şi la înmormântare...

Vede o femeie în dreptul unui Matiz, la douăzeci de metri depărtare de el. Încetineşte şi opreşte în dreptul ei. O întreabă ca un surdo-mut, fără să deschidă geamul, dacă pleacă din parcare. Aceasta ridică degetul mare în sus, într-un ok la fel de tăcut.

E groaznic să te sinucizi înainte de sărbători, pe un frig năprasnic, într-un oraş care nu e al tău! Dar şi mai groaznic e să lucrezi la criminalistică şi să n-ai o pistă promiţătoare.

Parchează în locul eliberat de Matiz şi ia telefonul de pe scaunul din dreapta. Când să formeze din nou numărul Mirunei Diaconu, telefonul îi sună strident în mână. Tresare, închide sonorul cd player-ului şi răspunde.

— Bună ziua, mulţumesc că m-aţi sunat înapoi! Sunt comisarul Dumitrache, ne-am cunoscut la începutul săptămânii acesteia.

— Da, bună ziua! aude glasul moale al Mirunei Diaconu.

— Aş fi vrut să ne vedem astăzi, să vă mai pun câteva întrebări, începe comisarul. Vă sunasem mai devreme, dar acum sunt într-o oarecare întârziere, trebuie să ajung la o înmormântare, la Cimitirul Municipal.

— Încă n-am ajuns la restaurant, dar vin pe jos spre muncă. Aş putea face un mic ocol şi, dacă vreţi, ne putem vedea chiar la poarta cimitirului. Sau mai încolo, cum preferaţi...

Dumitrache parcă îi vede genele fluturând în aerul rece.

— Eu parcasem aproape de restaurant, în speranța că erați aici. În cât timp credeți că ați ajunge în zona cimitirului? întreabă Dumitrache, pornind mașina.

— Cred că în 10-15 minute, cam așa. Este prea târziu? Vreți să ne vedem mai pe seară, la restaurant? Lucrez până la opt.

— E în regulă, și eu tot într-un sfert de oră cred c-ajung! Oricum nu vă rețin mult, trebuie doar să-mi clarific niște aspecte, așa că nici dumneavoastră nu veți întârzia.

— Bine, atunci. Rămâne să ne vedem în fața cimitirului!

##

Țiganca rotofeie scuipă în palmă și apucă un celofan cu dungi albe. Întinde crinul pe masă, îi pune o bucată de folie de aluminiu pe coadă, leagă bine buchetul lipsit de eleganță și spune gâjâit:

— 50 de lei pentru 'mneata. Iote-l, frumos ca un boboc de primăvară! Îl întinde drept, de parcă ține în mână o umbrelă.

— Și la fel de scump ca un boboc de primăvară în miezul iernii! mormăie femeia. Paltonul ei este vechi și miroase a naftalină, iar mănușile din piele neagră sunt roase de vreme și purtare.

— Să fie sănătos ăla micu', mai treceți pe la mine! o expediază țiganca după ce primește banii. Cu ce vă servesc, domnu' polițist? se întoarce spre Cazan.

— De unde ați știut că sunt polițist?

Femeia îi aruncă o privire plină de reproș. Își pune mâinile în șolduri și se apleacă spre el.

— Dacă nici eu nu-mi cunosc marfa, atunci nu știu cine-o mai știe!

Cazan mustăcește discret.

— Deci ce îți dau, până la urmă? întreabă țiganca.

— Aș dori și eu cinci flori, dar nu știu ce să iau, spune Cazan descumpănit, uitându-se în jur. Gerbera sunt frumoase, îmi plac. Ați putea să-mi faceți un buchet?

— Te duci la mort, maică?

Cazan se uită în dreapta, pe trotuar, apoi în stânga. Singura tonetă cu flori de pe stradă este cea a femeii din fața sa, iar intrarea în cimitir este la cinci metri în dreapta. *Unde-aş putea să mă duc?* gândește el încurcat.

— Da, la o înmormântare, alege în schimb să spună.

N-are chef de polemici acum, cu câteva zeci de minute înainte să înceapă procesiunea pentru Matei Boghievici.

— Păi atunci ori cumperi patru, ori cumperi șase! Cinci nu se duce la mort, așa să știi! Doar număr par.

— Bine, atunci vreau șase, vă rog.

— Io te învăț de bine, maică, să nu te faci de rușine acolo, răzbate căldura maternală în vocea femeii. Ești băiat tânăr, frumos, curând o să te-așezi la casa ta și trebuie să știi ce și cum.

— Dar nu vreau nimic pe flori. Adică nu le vreau împachetate.

— Nici ciolofan nu vrei? ridică țiganca vocea.

Îl măsoară din cap până-n picioare pe Cazan, încruntată. Buzele sunt țuguiate, iar șanțurile adânci de pe frunte par și mai negre. Strânge mai bine nodul de la basma, scoțând câteva sunete de nemulțumire asupra gusturilor tânărului din fața sa.

— Nici celofan, nici pânză, spune comisarul. Le vreau așa... libere.

— Cum vrei tu, boierule! O să-ți fac un buchet așa frumos, c-o să mă pomenești!

— Pe mine cât mă costă?

— Voi aveți bani, nu ca femeia aia prăpădită de dinainte. Voi și pe vremea lu' Ceașcă o duceați bine.

Cazan încearcă să protesteze și țiganca îi retează cuvintele cu o bătaie în aer.

— Lasă, boierule, că știm și noi cum merge lucrurile. Nu s-a schimbat nimic, să știi. Iară noi, ăștia de jos, muncim de ne spetim, tot la fel ca înainte. Phuuu!

— Nu voiam să vă contrazic, doar să vă spun că eu sunt tânăr, n-am prins vremurile acelea. În plus, lucrez la criminalistică.

— Aaa, de-aia te duci la mort azi! Să descoperi criminalul, nu-i așa? i se luminează ochii țigăncii. De ce n-ai zis așa? Ia la mama Tanța florile astea frumoase! Dacă îl bunghești, să mă anunți și pe mine. Dă și tu un pol, acolo, să nu ți le dau pe degeaba.

— Ce înseamnă un pol? se uită Cazan încurcat la banii din mână.

— Am uitat, ești tânăr. Douăj'de lei. Să nu zici că-s a dracu'! Unde mai găsești tu gerbera așa frumoase, la patru lei bucata, în plină iarnă?

— Nicăieri, săru' mâna.

Îi întinde două hârtii de zece lei. Țiganca le pune în buzunarul larg al șorțului murdar, prins pe deasupra unei canadiene îmblănite.

— Dumnezeu să-l ierte pe mort, mai treceți pe la mine!

Bucuros că a scăpat de flecăreala femeii, Cazan își pune mănușile, apucă florile de cotorul prins în staniol și intră grăbit în cimitir. Aleea principală e plină de mașini cu numere de București și Ilfov, iar oamenii care coboară din ele au fețe triste, opace. Nu vorbesc între ei și merg cu capul plecat. Bărbații strâng mânerul câte unei coroane cu trandafiri sau cale, iar femeile își ascund fețele nemachiate în spatele unor ochelari cu lentile mari, negre.

Făcând slalom printre oameni, lucrătorii de la întreținere adună nesinchisiți zăpada depusă peste noapte. Se aude doar zgomotul lopeților mari, care lovesc marginea ruginită a roabei.

Cazan ridică ochii. Copacii golași înțeapă cerul cu crengi uscate, profilându-se pe cerul tulbure ca într-un tablou de Camil Ressu. Incomodat de un lucrător îmbrăcat într-o salopetă verde, se mută pe trotuarul ce trece prin fața primului rând de morminte. Talpa stângă îi alunecă pe o porțiune de polei, mâna cu florile zboară prin aer ca cea a unei marionete prost mânuită de păpuşar, iar cealaltă caută un punct de sprijin. Se învârte în aer şi se prinde cu degetele de o cruce din marmură neagră, reuşind în ultimul moment să se redreseze şi astfel să evite o cădere de-a lungul unui mormânt recent.

Respiră lacom aerul rece, lăsând broboanele de transpirație să-i invadeze fruntea. Se uită în jur pentru a vedea dacă s-a făcut de râs, dar nimeni nu pare să fi observat piruieta pe care a făcut-o. Bătăile inimii îi revin la normal şi îşi desprinde mâna de pe cruce. Îl caută din ochi pe senator. Îl remarcă printre mormintele înghețate, la nici douăzeci de metri distanță.

Cristian Boghievici este alb şi tras la față, iar paltonul negru, tăiat cu o palmă deasupra genunchiului, îl maturizează neplăcut. Fularul, negru şi acesta, îi acoperă gâtul şi pieptul, compensând lipsa unei pălării sau a unei căciuli. Acceptă condoleanțele persoanelor care ajung în fața sa, dar expresia formală din ochi, zâmbetul chinuit şi buzele care murmură aceleaşi cuvinte, îl plasează pe senator departe de Sibiu, de cimitir şi de sinuciderea fratelui său.

Prin comparație, soția senatorului pare desprinsă dintr-un film imperial. Cizmele scurte, rochia midi şi mantoul din lână fabricat în Italia o situează deasupra acestei adunări ce denotă o totală lipsă de simț estetic în materie de vestimentație. Strângerile sale de mână sunt cordiale, iar zâmbetele sincere şi directe. Când nu este nimeni în preajma lor dornic să îşi prezinte condoleanțele, Bianca Boghievici îşi strânge de antebraț soțul, într-o încercare de a-l îmbărbăta şi susține.

— Sper să nu dureze mult evenimentul, fiindcă mai avem o groază de lucru!

Surprins de vocea baritonală, Cazan întoarce capul. În spatele său îl vede pe Panait, congestionat şi transpirat. Mai are câțiva metri până să ajungă lângă comisar, însă deplasarea prin zăpada bătătorită pare dificilă. Gâfâie la fiecare pas şi bombăne în barbă, nemulțumit de invitația de a participa la înmormântare. În spate îl recunoaște cu greu pe Mihai Fieraru, căciula militară cu urechi acoperindu-i jumătate din cap.

— Știți că au cumpărat un loc de veci lângă cavoul lui Viktor Hess? îi întreabă Panait pe cei doi tineri, coborând vocea.

Cazan și Fieraru se uită încurcați la el, apoi unul la altul.

— Cine este Viktor Hess? se încumetă comisarul să întrebe.

— Cum, nu știți?... De fapt, nu prea aveți cum să știți, că sunteți tineri, se șterge doctorul pe frunte cu o batistă de mătase. Familia Hess a înființat, la începutul anilor 1900, aici, în Sibiu, prima fabrică de cântare din România. Se numea simplu „Fabrica de cântare Hess". A avut mai multe nume, ultimul dat în '47 de către comuniștii care au naționalizat-o, nume cu care a rămas până azi, „Uzina Balanța Sibiu". Iar Viktor Hess este cel care a ridicat-o la rang de companie importantă la nivel european.

— Interesant, spune Cazan. Și de ce este special locul în care va fi înmormântat Matei Boghievici?

— Fiindcă se află pe aleea principală, pe la mijlocul acesteia, într-o zonă excelentă. Cred că a costat o avere! face Panait ochii mari. Dar chiar și dacă ai bani, e atât de dificil să obții un asemenea loc de veci, încât sunt convins că senatorul a tras foarte multe sfori.

Cazan începe să șteargă tacticos ochelarii cu o piele de căprioară scoasă din buzunarul pantalonilor. Mijește ochii în timp ce vorbește.

— Pe de o parte pot să înțeleg de ce-a ales să îl înmormânteze aici, pe de altă parte, nu. Mi se pare că, într-un oraș mic, o sinucidere face vâlvă mai mare decât în... București, de exemplu.

Panait ridică din umeri, iar Mihai îl aprobă din cap. Lateralele căciulii nu sunt legate și se mișcă precum urechile unui cocker spaniel.

— Ce părere aveți despre cuplul Boghievici? împinge Cazan bărbia proeminentă către cei doi soți.

— Brangelina sau Kate și William, la o scară muuult mai mică de popularitate, dar de o frumusețe comparabilă, îi răspunde Mihai fără să stea prea mult pe gânduri.

— Acum este rândul meu să întreb cine sunt acești distinși domni de care-ai pomenit, spune doctorul.

— Vă explică Mihai la sediu, spune Cazan, ridicând o sprânceană, neatent la discuție.

În timp ce Mihai vorbea, privirea lui Cazan alunecase pe Lucian Popescu, aflat la vreo 50 de metri în stânga lor, mai în spate. În fața acestuia, o femeie cu trăsături ascunse de o căciulă de blană și de un fular supradimensionat gesticulează violent și probabil ridică vocea. Bărbatul se uită cu coada ochiului în jur, încurcat de scena a cărui protagonist este. Încearcă să tempereze situația, aparent calm și îi pune mâna pe cot. Reacția femeii este brutală; își smulge brațul din prindere și-l rotește între ei, desenând un arc de cerc. Mâna nu se oprește din mișcare și Cazan mai mult aude, decât vede, palma ce lovește obrazul lui Popescu.

— Ce ciudat, murmură Cazan, fără să-și poată lua ochii de la cei doi.

Ia hotărârea să se îndrepte către Popescu, să afle despre ce este vorba. Lipește cu o lovitură buchetul de flori de pieptul lui Mihai, se uită la Panait întrebător și pleacă cu pași mari. Sare câteva gărdulețe, ocolește două cavouri, scurtând distanța dintre el și tineri. Când mai are doar câțiva metri de parcurs, alunecă pe o pojghiță de gheață. Își pierde echilibrul și genunchiul stâng îi aterizează în noroiul amestecat cu zăpadă, într-o semi-sfoară ce îi solicită dureros ligamentele. Se sprijină cu un umăr de o cruce din lemn și cu o mână pe o coroană de garoafe înghețate.

Niculina Precupeț, n. 1921 - m. 2014, citește Cazan pe cruce. Face rapid calculul mental. *93 de ani. A trăit ceva, nu glumă!*

Înciudat de propria greșeală, își mușcă buza superioară și se ridică în picioare, sprijinindu-se în continuare de cruce. Pantalonul este ud și murdar, în degetul mare de la mâna dreaptă i-a intrat o așchie din împletitura de brad a coroanei, iar ochelarii nu mai sunt la locul lor, atârnând ciudat pe nas. Își scutură hainele cu mișcări rapide, îndreaptă crucea și aranjează panglica de pe coroană. Condoleanțele scrise în grabă de un vânzător de la pompe funebre nu se mai văd. Îi pare rău că a alunecat lângă mormântul proaspăt, dar își aduce aminte de cuplul spre care se îndrepta înainte să cadă. Se uită spre locul unde se aflau cei doi. Niciunul dintre ei nu mai este acolo.

La dracu' cu toate astea!

Mușchii maxilarului îi pulsează ritmic și inima îi ține isonul. Scrutează cu privirea zone largi din cimitir, întorcând capul în toate direcțiile. Îl vede pe Lucian Popescu la câțiva metri depărtare, cu capul plecat și mâinile atârnând pe lângă corp, dar nici urmă de femeie. Se răsucește către Panait și Mihai și îi întreabă cu palmele dacă au văzut unde s-a dus femeia. Tânărul neagă rar cu capul, strângând din buze până nu se mai vede decât o linie fină între nas și bărbie. Doctorul ridică din umeri și se uită la ceas.

##

— Tot comisarul Dumitrache sunt. Acum am parcat, în 30 de secunde voi fi în fața porții.

— Ajung și eu imediat, aude vocea Mirunei Diaconu. *Diafană ca și genele ei.*

Dumitrache trântește portiera și bucăți de gheață de sub pragul mașinii cad pe asfaltul curățat de zăpadă. O rază de soare timidă luminează intrarea în cimitir și încălzește copacii desfrunziți care mărginesc aleea principală.

Bărbatul inspiră adânc pe nas și aerul expulzat condensează imediat cum iese din gură. Se așază cu spatele la poarta masivă din fier forjat a cimitirului, așteptând să apară Miruna Diaconu. În dreapta vede o potecă îngustă de pași prin zăpadă. În stânga, de unde-ar trebui să vină tânăra în drumul ei spre Chez Lucille, trotuarul e umed, toată zăpada fiind aruncată lângă gardul din beton al cimitirului.

— Bună dimineața, domnule comisar! spune Miruna Diaconu.

Surprins de vocea venită din spatele său, din cimitir, Dumitrache se întoarce pe călcâie și-o privește pe tânără cu ochi mari.

— Am aprins o lumânare pentru bunicul meu, arată femeia cu mâna în spate, către lumânărarul cu capac negru pe care scrie *Morți*.

— Îmi pare rău, spune comisarul.

— Mda, păi toți avem pe cineva drag care nu mai e printre noi, nu-i așa? ridică din umeri Miruna.

Trece cu mâna înmănușată pe marginea căciulii și o aranjează ca pe un breton.

— La telefon ați spus că mai aveți niște întrebări. Nu știu cu ce vă mai pot ajuta, pentru că v-am povestit tot ce s-a întâmplat în acea seară. Chiar nu-mi dau seama ce-aş putea să vă spun mai mult.

Dumitrache scoate carnetul de notițe, de a cărui copertă e prins un pix cu gel.

— Pe de o parte aveți dreptate, pe de alta nu aveți de unde să știți, dar în anchete mereu apar elemente noi, care cer confirmări sau detalii suplimentare. Niciun caz nu este static, chiar dacă din exterior așa pare.

Miruna ridică ochii către comisar și genele lungi îi ating sprâncenele.

— Voi intra direct în subiect, spune comisarul. Ați afirmat că soția sărbătoritului, pe care am aflat între timp că o cheamă Bianca Boghievici, ar fi spus că s-a săturat să vadă cum o femeie îi face ochi dulci soțului ei.

— Probabil că așa am spus, surâde tânăra, nu-mi aduc aminte exact.

— Mi-ați povestit că era nevoie de un sul de hârtie igienică la toaletă, dumneavoastră ați dus unul acolo și atunci ați auzit-o, îi aduce aminte Dumitrache.

— Știu împrejurările, dar am avut senzația că mă citați, spune Miruna.

— Da, aveți dreptate, era un citat. Dumitrache zâmbește și închide carnetul. Doamna Boghievici neagă că ar fi spus așa ceva și voiam să dăm de capătul acestei povești.

— Păi, și ce legătură are scena aia cu accidentul de mașină?!

— Probabil niciuna. Doar că mie îmi place să despic firul în patru, să aflu tot, să văd tot și să descopăr adevărul. Nu pot face acest lucru dacă cineva mă minte, nu-i așa? se apleacă comisarul către femeie, invadându-i spațiul personal.

Miruna Diaconu face câțiva pași înapoi, speriată de tonul vocii comisarului și de mișcarea către ea.

— Eu asta am auzit, asta v-am spus! Poate doamna n-a acordat importanță discuției fiindcă n-a fost prima oară când afirma acel lucru, poate pur și simplu a uitat sau poate îi este rușine că nu are o căsnicie perfectă, așa cum lasă să se înțeleagă.

— Deci sunteți sigură că a spus acele cuvinte? Erați chiar lângă ea?

Tânăra aprobă din gene, aruncând marginea fularului pe un umăr.

— Nu este posibil să fi auzit greșit? insistă Dumitrache.

— Mda, este cuvântul meu împotriva cuvântului unei soții de senator, răspunde Miruna Diaconu, încrucișând mâinile pe piept. Oare care dintre noi va fi crezută?

Dumitrache vrea să spună ceva, dar tânăra nu îl lasă.

— Eu știu ce-am auzit, spațiul la toaletă este mic, nu puteam să înțeleg greșit. Nu știu de ce doamna neagă...

Lasă capul în jos, apasă un buton de pe laterala telefonului mobil și se uită la ceas.

— Sper să nu vă supărați că întreb, dar credeți că mai durează mult? Trebuie să ajung la restaurant și nu vreau să întârzii.

— Nu, mulţumesc. Momentan doar atât aveam de gând să vă întreb. Se uită pe deasupra capului femeii, în curtea cimitirului. Și eu trebuie să plec.

— A, da, înmormântarea.

— Vă mulţumesc că v-aţi abătut din drum pentru a sta de vorbă cu mine! spune Dumitrache.

— N-a fost o abatere mare, flutură Miruna mâna într-un salut. La revedere!

##

— Mă deprimă înmormântările, șoptește Mihai, urmărind din ochi o bătrână ce trece prin fața lor. Mai ales înmormântările celor tineri, continuă el.

Bătrâna se sprijină într-un baston din lemn de fag și merge greoi. Are fața ridată și aspră, încadrată de un batic negru, din lână. Pe sub fusta groasă, Mihai vede că femeia are pantaloni strânși pe picior și cizme fără toc. În mâna liberă ține o lumânare în suport roșu și o cutie de chibrituri.

— Ce-o fi fost cu comisarul Cazan, de era așa de agitat mai devreme? îl întreabă doctorul Panait pe asistentul său. A căzut, nu-i așa?

— Da, aprobă Mihai. Probabil a alunecat.

— N-am înțeles ce semne ne-a făcut. Ai idee ce-a vrut?

— Nu prea, spune Mihai întorcând capul către un grup mare de oameni. Se adună lumea la groapă. Să mergem și noi?

— Un' te grăbești? se rățoiește doctorul. Preotul nici măcar n-a ajuns!

Încearcă să mai spună ceva, dar nu reușește. O tuse care-l chinuie din când în când în ultima perioadă îl lasă fără aer. Mihai se uită îngrijorat la doctor. Roșu și transpirat ca în mijlocul verii, acesta încearcă să se calmeze, fără succes însă. Pieptul și burta proeminentă îi tresaltă la fiecare acces de tuse, iar pălăria elegantă i se mișcă din față în spate.

— Să vă aduc niște apă? întreabă Mihai, cu gândul că doctorul s-a înecat.

Panait mişcă arătătorul în semn de „nu”, respirând lacom aerul rece. Cu mâna cealaltă își îndeasă pălăria pe cap, de frică să nu-i cadă în zăpadă.

— O să-mi revin, stai liniştit! E foarte multă umezeală în aer, spune răgușit.

— Ar trebui să vă vadă un doctor... îngaimă Mihai.

Panait își acordează vocea, ca un tenor care face vocalize în culise și face câțiva pași spre stânga.

— Da' eu ce sunt? întreabă el cu ochii larg deschiși.

— Tusea asta nu se aude bine deloc și cred că trebuie să mergeți un doctor adevărat.

— Asta ar fi culmea! Auzi, să mă vadă un doctor adevărat! pufnește Panait pe nas.

— De când n-ați mai examinat un om viu, nu un cadavru? zâmbește Mihai, proptindu-și mâinile în șolduri.

— Ești amuzant, măi băiete, serios! Tu crezi că miile de ore de învățat sau de practică în spital se uită doar pentru că acum disec cadavre? vrea doctorul să râdă, dar tușește din nou. Nu am nimic, stai liniștit! continuă Panait, văzând privirea îngrijorată a asistentului său.

— Eu stau liniștit, dar ce aud nu-mi place deloc.

— E doar o tuse seacă, nimic mai mult, îl bate Panait pe umăr. Sunt sănătos tun pentru vârsta mea. Ai văzut tu drac mort și rață înecată?

Mihai râde înfundat în gulerul hainei și ochii i se umplu de lacrimi. Se uită în jur să vadă dacă-i pasă cuiva că are o atitudine nepotrivită cu locul în care se află. Lângă ei nu e nimeni. Bătrâna a ajuns în dreptul unei gherete de pază aflată la mijlocul aleii. Tânărul răsuflă ușurat, ștergându-și lacrimile din colțul ochilor.

— Ia zi-mi, ai reușit să citești povestirea pe care ți-am dat-o? își revine Panait. Cu polițista, hoțul și sticla de votcă?

— De gin. Sticla de gin, îl corectează Mihai.

— Mă rog, doar ți-am spus că au trecut vreo doi ani de când am scris-o, ridică Panait din umeri.

Face o pauză lungă, în așteptarea unui nou acces de tuse.

— Deci ai citit-o, continuă el când realizează că s-a liniștit.

— După ce-am ajuns aseară acasă, Ana a vrut să se uite la o comedie siropoasă la televizor, pe care nu-și amintea dacă o mai văzuse sau nu. Eu n-am avut chef, așa că m-am apucat să citesc povestea.

Doctorul bătătorește zăpada de sub picioare, călcând apăsat pe loc.

— Măi băiete, trebuie să-ți trag cuvintele cu cleștele din gură? Nu vezi că mă fierbi aici?

— A, nu asta a fost intenția mea! spune Mihai. Am crezut că doriți povestea din spatele poveștii.

— În mod normal, mi-ar fi plăcut s-o aflu, dar acum suntem presați de timp. Dintr-o clipă într-alta începe înmormântarea și tu tot nu mi-ai spus cum ți s-a părut.

— Am văzut că ați ales din nou ca personajul principal să fie tot o femeie. Pe deasupra și polițistă. Mă gândesc că e mult mai dificil să scrieți din perspectiva unei femei, decât a unui bărbat.

— Eu cred că așa se măsoară talentul, zâmbește Panait. Să scrii despre ceva ce n-ai habar și să inventezi atât de bine totul, încât personajele, locurile și situațiile să pară verosimile oricui.

— Mie mi-a plăcut! exclamă Mihai. La noi în apartament, radioul din bucătărie e permanent deschis, iar când Ana ajunge acasă, dă drumul la televizor și la calculator. Deci scena descrisă de dumneavoastră mi s-a părut foarte-foarte reală. De parcă ați fi intrat în casa noastră pe furiș și ne-ați fi spionat.

Râde discret și rememorează rândurile pe care le-a citit cu o seară înainte.

— Fraza aceea cu Esca și scena dramatică a incidentului a fost tare faină și amuzantă. Ceea ce e surprinzător, fiindcă povestirea nu e veselă. Un om moare, altul îl va avea pe conștiință toată viața. Nimic de râs aici. Dar ați împletit frumos cele două planuri, cu mici accente non-macabre.

Mihai se uită la doctor, zâmbind încrezător în analiza sa. Panait inspiră adânc și expiră în liniște. Găsește reconfortant sprijinul verbal pe care-l primește de la Mihai. Când începe să vorbească, o face cu emfază, punctând cu mișcări largi ale brațelor:

— Am muncit mult la această nuveletă. Am disecat fiecare cuvânt pe care l-am pus acolo, i-am căutat înlocuitor dacă nu suna bine, am respirat în locul eroinei, am plâns și-am încercat s-o fac credibilă. Mă bucur c-am reușit!

— Da, ați reușit, felicitări! spune Mihai. Cu siguranță trebuie să o luați în considerare pentru colecția de povestiri!

Deschide geanta care-i atârnă pe umăr, scoate un plic maro închis și întinde mâna către Panait.

— Am făcut câteva sugestii pe margine și-am corectat niște greșeli.

— Probabil mă luase valul...

— Bineînțeles, îmi dau seama cum este! Uitați că am scris și eu? rânjește Mihai. Nu mă așteptam să spun acest lucru, dar chiar aveți talent la scris! Ați construit un fir epic pe care l-am putut urmări ușor, cu un început în care am văzut-o pe Ana a mea, după cum v-am spus, am ajuns la punctul culminant, când îi dă cu sticla-n cap, ați continuat cu *frații* de pe ambulanță și-ați încheiat cu un deznodământ cinico-amuzant.

— Iar tu ai făcut o analiză pe text de zici că te-ai născut critic!

— Deh, poate ar trebui să ne reconsiderăm amândoi carierele!

##

Cazan scrutează poate pentru a zecea oară aleile din cimitir, în speranța că femeia misterioasă se va întoarce. Scena derulată cu câteva minute în urmă a generat multe întrebări în mintea lui. Cine era tânăra? De unde-l cunoștea pe Popescu? De unde știa că acesta e în Sibiu, la înmormântarea lui Matei Boghievici? Ce-avea de-mpărțit cu bărbatul și era atât de grav încât să recurgă la gestul acela, de a-i da o palmă în public, într-un moment total nepotrivit?

Cu gândul de a afla răspunsurile la toate întrebările care-l frământă, Cazan arborează un zâmbet de circumstanță și se îndreaptă către Lucian Popescu.

— Bună ziua, domnule Popescu! îl salută Cazan înclinând capul.

— Bună ziua, domnule comisar! răspunde acesta, plecând ochii.

Cazan vrea să-l întrebe direct, fără menajamente, cine e femeia care l-a pălmuit, însă pantalonul începe să vibreze insistent.

— Un moment, vă rog! își maschează comisarul nervozitatea în spatele unui rictus. Se întoarce cu spatele, căutând febril aparatul în buzunar. Telefonul de serviciu nu poate aștepta, discuția cu Popescu însă da.

— Unde ești? aude vocea comisarului Dumitrache, bruiată de păcănituri intermitente. Acum am intrat în cimitir, spune acesta.

— Sunt aproape de poarta principală, răspunde Cazan. Mergeți vreo 25-30 de metri până în dreptul unei aripi de avion. Este albastră, n-aveți cum s-o ratați!

— Crucea aviatorului Șerbănescu? întreabă Dumitrache.

— Nu știu a cui este, e singura din zonă, spune Cazan. Când ajungeți acolo, vă uitați în stânga și o să mă vedeți alături de domnul Popescu.

— Gata, te văd! închide Dumitrache apelul.

Cazan zâmbește în colțul gurii, uitându-se la Popescu.

— Ajunge acum și comisarul Dumitrache!

— Aha, își îndeasă Popescu mâinile în buzunarele de la pantaloni.

Capul descoperit al comisarului Dumitrache se distinge deasupra crucilor. Călit de antrenamentele în apa rece a lacului Cibin pe vremea când era doar în școala primară, Dumitrache pare imun la ger, vânt sau umezeală. Pășește drept, fără prea multe mișcări ale umerilor sau brațelor. Doar ochii i se mișcă în permanență, analizând și catalogând fiecare om întâlnit.

— Ce bine că n-a început încă! exclamă Dumitrache când ajunge lângă Cazan și Popescu.

— Probabil n-au ajuns toți oamenii din București și de-asta începe cu întârziere, spune Cazan, uitându-se la ceasul de la mână.

— Bună ziua din nou! îl salută înfrigurat Lucian Popescu.

— Mă bucur că sunteți împreună, rânjește Dumitrache, fiindcă am venit încoace cu gândul de a-l invita pe domnul Popescu la masă. După înmormântare, dacă amândoi sunteți de acord, putem merge la Papi.

— O? nu reușește Cazan să exclame altceva. Se uită cu ochi mari la Dumitrache, întrebându-se în gând despre ce este vorba.

— Papi face cea mai bună ciorbă de burtă din Sibiu, îi explică Dumitrache lui Popescu, coborând vocea și fixându-l cu privirea.

Tânărul nu pare să fi auzit propunerea comisarului. Alb la față, cu ochii înfundați în orbite și pierduți, Lucian Popescu arată din ce în ce mai rău. Pe obrazul stâng, în locul unde a primit palma, i-au „înflorit" patru dungi roșiatice.

Cazan se holbează la șeful său și încearcă să-i cuprindă dimensiunea cuvintelor. *Ce v-a apucat?* îi vine să strige. Alege, în schimb, să tacă, simțind că e un moment pe care nu trebuie să-l strice cu întrebări.

— Vezi tu, domnule comisar, se uită Dumitrache la Cazan, această întâlnire va fi cântecul lebedei pentru domnul Popescu. Ultima ciorbă de burtă în libertate.

— Ce spuneți acolo? întreabă Lucian Popescu. Un foc lăuntric îi luminează ochii și un frison îl eliberează din starea vegetativă în care intrase. Cum adică ultima ciorbă? Mă arestați?

— Asta facem? îl secondează Cazan. Îl arestăm?

— Nu vreau să facem o scenă acum și aici, coboară comisarul și mai mult vocea. Senatorul și soția acestuia au trecut deja prin foarte multe săptămâna asta, încât nu vreau să le pricinuiesc alte dureri.

— Despre ce vorbiți acolo? se burzuluiește Popescu.

— După înmormântare vă vom aresta, înclină Dumitrache capul către Popescu, pentru a ajunge la aceeași înălțime cu el.

— Nu înțeleg nimic, domnule comisar!

— Cu vreo zece minute înainte să plec spre cimitir, am primit un telefon de la laborator, îl informează Dumitrache. Până vom avea rezultatul analizei genetice, care se realizează în București, am primit rezultatul analizei antigenelor sistemului ABO[1].

— Dac-ați fi vorbit în chineză, aș fi avut mai multe șanse să-nțeleg ceva, îl ia Popescu peste picior. Nu știu ce e acela sistem ABOR sau cum se cheamă. Știu ce înseamnă gene, nu și antigene.

— Domnișoara Dincă a mai avut un contact sexual în seara morții ei cu un alt bărbat, șuieră comisarul printre dinți. La concluzia asta a ajuns această analiză!

Frazele cad ca un iatagan asupra lui Lucian Popescu. Întoarce capul împotriva vântului și ochii i se umplu de lacrimi. Comisarul Dumitrache nu-l slăbește și continuă:

— Așa am aflat și noi care a fost motivul crimei! Gelozia. N-ați suportat ideea să fiți înșelat de către domnișoara Dincă, la câte sacrificii ați făcut pentru ea. A trebuit s-o omorâți! punctează Dumitrache.

— Ce răsturnare de situație! rămâne Cazan cu gura deschisă.

##

— Domnule comisar, vă mulțumesc foarte mult că ați venit! se apropie senatorul de cei trei bărbați.

1 Sistemul ABO sau AB0 (în unele țări, printre care și România) este folosit atât în practica medicală, cât și în anatomia patologică. Analiza antigenelor este precursoarea analizei ADN

Secundele trec fără ca vreunul dintre ei să schițeze o mișcare. Primul care își revine din surprindere este comisarul Dumitrache, cel căruia Cristian Boghievici îi adresase cuvintele. Întoarce capul către senator și-i baleiază cu privirea chipul. Tonul grav, cu accente răgușite, paloarea și lacrimile respinse bărbătește îl determină pe Dumitrache să-i acorde toată atenția, ignorându-l pe Lucian Popescu.

— Domnule senator... vă rog să primiți încă o dată condoleanțele noastre. Îmi pare rău că nu l-am cunoscut pe fratele dumneavoastră, dar și mai rău îmi pare că a ales să termine așa cu viața. Cu siguranță ar mai fi avut multe de spus, de realizat. Nu cred că totul era atât de negru precum i s-a părut.

— N-aveți idee ce-a fost în sufletul lui, spune senatorul, oftând prelung. Nici eu nu am știut ce simțea sau ce gândea. Și mă simt vinovat.

Își trece mâna prin păr și se uită la Bianca Boghievici, care rămăsese în urmă.

— Comisarul Filimon mi-a spus aseară să caut o explicație a gestului său, să găsesc o confesiune, fie ea și electronică. Să aflu ce era în sufletul lui. Am găsit-o.

Dumitrache ridică din sprâncene.

— A scris un e-mail, nu cu mult... se îneacă Cristian Boghievici. Nu cu mult timp înainte să se sinucidă. S-a salvat automat în dosarul de ciorne și de-abia în dimineața asta am verificat și acolo.

Scoate din buzunarul drept al paltonului o hârtie și i-o întinde comisarului, însoțind mișcarea cu un nou oftat.

— E o scrisoare de adio care explică multe. Are greșeli de scriere și litere lipsă, dar m-am gândit să o vedeți exact așa cum a scris-o Matei.

Dumitrache apucă scrisoarea, se uită la Cazan și despăturește coala. Citește apăsat, făcând pauze între cuvinte. Din când în când trage cu ochiul către ceilalți, urmărindu-le reacțiile.

„Uneori zilele sunt pline, ciudat de pline. Și se grăbesc spre noapte, sărind peste hopuri, ajungînd în abis, urcînd către stele, apoi schimbînd pentru a suta oară decorul. Altoeri ele curg atît de încet încît ai senzația că te-ai putea tîrî și tot ai ține pasul cu ele.

Cînd te trezești într-o zi ca aceasta de astăzi, nu poți deci să zîmbești cu gura pînă la urechi. Pentru că dacă această zi nu ar fi existat, știi că viața ta nu ar fi avut nici un sens în ultimii ani. După ce zîmbești, însă, îți vine să plîngi de durere. Simplu, domol, în liniște, dar cu lacrimi mari, amare și care îți împăienjenesc privirea de dor.

Apoi îți aduci aminte de ce te-ai trezit zîmbind. Pentru că ai avut un vis fericit, care ți-a așternut flori în suflet. Un vis care știi că este real, la fel de real precum totul din jurul tău, doar că nu face parte și din realitatea celorlați.

Îți vorbește în somn pentru că doar atunci o poți auzi; doar atunci nu ești asurzit de întrebările al căror răspuns nu mai vine. Și te tulbură lipsa multor cîntece - tocmai acum, cînd ai mai mare nevoie de ele. Tocmai ție, căruia ți se așterneau comorile sufletului ei la picioare, de fiecare dată cînd aveai nevoie.

Carmen, iubirea mea, astăzi ar fi trebuit să fie o zi rubinie, strălucitare și veselă, ca și cei 3 ani de dragoste pe care ar fi trebuit să îi vestim în eter. În schimb ți-am adus un trandafir alb, am cumpărat o cafea așa cum îți place ție și am plîns amar pe mormîntul tău.

Este o zi bună. Pentru că în vis mă așteptai și erai fericită că vin. Aș fi vrut să spun erai fericită pînă la cer și napoi, dar ești deja acolo, în ceruri. Sau poate nu. Pentru că nu poți fi acolo dacă eu știu că ești lîngă mine. Ieri ai stat întinsă pe pat lîngă mine, de ziua lui Cristi, și am rămas în nări cu parfumul tău toată seara. Acel ieri este chiar în fața mea, îl pot atinge. Nu poate fi ieriul diavolesc care mi te-a luat. Eu sunt același, la fel și durerea mea vie și dorul meu neostoit de vocea ta.

Vin la tine, dragostea mea neîmpărtășită!"

Tabloul uman de la finalul scrisorii este parcă desprins din filmele mute. Cazan e nevoit să-l susțină de cot pe Popescu, care de-abia își ține echilibrul, Cristian Boghievici are o privire pierdută și fața prelungă, iar Dumitrache a rămas cu ochii pironiți în scrisoare, recitind anumite pasaje.

De când Carmen Dincă a fost ucisă, Lucian Popescu a supraviețuit cu gândul că ea l-a iubit, consolarea venindu-i din timpul petrecut împreună. Cu câteva minute înainte, când Dumitrache i-a spus fără menajamente că n-a fost singurul bărbat din viața lui Carmen, totul s-a năruit în jurul lui. A aflat că relația lor n-a fost decât o minciună împachetată frumos cu cine-știe-ce scop. Începând din acel moment, lumea lui a devenit aridă, lăsându-i sufletul uscat și fierbinte. Mai multe explicații i-au trecut cu repeziciune prin cap. Putea fi o relație pasageră cu cineva din politică, un act de oportunitate cu cineva de la petrecere sau pur și simplu o partidă de sex după două-trei pahare de whisky în plus. Însă odată cu această scrisoare, a realizat că *întreaga relație* pe care a avut-o cu Carmen Dincă a fost o minciună.

Cazan îl privește pe furiș pe Lucian Popescu, intrigat fiind de atitudinea pasivă a acestuia. Tot sângele din obraji i s-a scurs și pielea are acum o culoare cadaverică. Cutele din jurul gurii sunt pronunțate și ochii sunt goi de substanță. Ascultându-l pe Dumitrache, Cazan a fost uimit de profunzimea trăirilor lui Matei Boghievici și de măiestria cu care, timp de trei ani, a păstrat secretul relației cu Carmen Dincă.

De cealaltă parte, Cristian Boghievici poartă în suflet o povară grea, senatorul rămânând în minte doar cu strigătul de iubire al fratelui său. Auzind gândurile lui Matei cu vocea altui bărbat, și-a adus aminte de o întâmplare petrecută cu multă vreme în urmă. El avea 11 ani, iar fratele său aproape 3. Mama lor îi spusese să aibă grijă de Matei pentru zece minute, cât își face un duș. A ignorat-o complet, mormăind ceva în barbă. După ce mama lor a intrat în baie, nu i-a acordat nicio atenție fratelui său și-a continuat să se joace cu mașina cu telecomandă pe care o primise cadou de ziua lui. Dacă mașina nu ajungea lângă ușa de la balcon, el nu l-ar fi văzut pe Matei aplecat peste balustradă, pentru a prinde păsările din copac, și viața lui ar fi fost curmată chiar atunci. L-a prins de picior în ultima secundă, înainte să cadă în gol de la etajul cinci. Nu i-a spus niciodată mamei ce se întâmplase, dar din acel moment i-a promis fratelui său că va avea toată viața grijă de el. Ceea ce-a și făcut până ieri, când totul s-a terminat.

Comisarul Dumitrache împăturește hârtia cu atenție, rememorând anumite pasaje din ea. În ultimele zile s-a gândit de câteva ori la posibilitatea ca Matei Boghievici să nutrească sentimente pentru Carmen Dincă, însă în lipsa unor certitudini, a păstrat ideile pentru sine. Dezvăluirea scrisorii de adio schimbă scenariul în care sunt angrenați toți, știe acest lucru.

— Doamna Boghievici se îndreaptă către noi, își drege Dumitrache vocea, văzând cocul elegant al acesteia.

— Bună ziua, domnilor comisari, domnule Popescu! spune Bianca Boghievici când ajunge lângă ei.

Ochelarii retro cu rame negre îi acoperă jumătate din față, contrastând cu rujul roșu-carmin și dinții albi.

— V-am văzut cu Cristian și am vrut să vă mulțumesc fiindcă sunteți astăzi aici, își scoate femeia ochelarii și se uită la comisarul Dumitrache. Înseamnă foarte mult pentru noi.

Când a pronunțat cuvântul *noi*, ochii ei i-au căutat pe cei ai soțului său. Durerea profundă din spatele lor a întristat-o.

— Ne pare rău de pierderea suferită, spune Dumitrache, plecând privirea.

— După cum probabil știți, sinucigașilor nu li se face slujbă religioasă de înmormântare decât dacă biserica își dă acordul. Chiar și-atunci, slujba trebuie să fie una discretă. De aceea, prezența fiecărei persoane este importantă, atât pentru mine, dar mai ales pentru Cristian.

— Din păcate pentru familie și prieteni, sinuciderea este considerată păcatul suprem și niciun motiv nu e suficient de bun pentru a primi dispensă, comentează senatorul.

— Nu am vrut să abuzăm de poziția lui Cristian pentru a face presiuni pe lângă episcopie, rostește femeia cu o undă de regret în glas. Inițial așa am vrut să fac, apoi m-am gândit că Matei ar fi urât lucrul acesta.

— Oricum, cred că e mai bine să nu ieșiți în evidență în aceste momente, spune Dumitrache.

Bianca Boghievici se uită la comisar cu pleoapele pe jumătate închise.

— Aici se va termina în curând, își pune ea ochelarii la ochi… Mai trebuie doar să fie coborât sicriul în pământ.

O lacrimă singuratică îi apare lângă nas și o șterge cu un gest aproape invizibil.

— Mă simt bizar fiindcă trebuie să fac pe organizatorul înmormântării, însă toată viața m-am ocupat cu organizarea evenimentelor. Și cine să fie mai potrivit decât mine?

Bianca Boghievici surâde trist și lui Cazan îi pare rău că femeia trece prin aceste momente.

— Așa că vă așteptăm pe toți la restaurantul unde a avut loc petrecerea lui Cristi, duminica trecută, continuă femeia hotărât. Acolo unde a început totul.

Masca de gheață se sparge în mii de bucăți și lacrimile îi inundă obrajii. Bianca Boghievici este pentru prima oară vulnerabilă în public. Își ia soțul de mână și șoptește:

— Hai să mergem, dragule!

Bărbatul nu a auzit nimic din conversația purtată, dar atingerea îl aduce în prezent. Se lasă tras ca un copil către aleea principală. După câțiva pași, întoarce capul către Dumitrache și-i spune pierdut:

— Puteți să păstrați hârtia. Vă mulțumesc pentru tot!

##

Niciunul dintre cei trei bărbați nu se mișcă. Dumitrache pune scrisoarea în buzunarul interior al hainei, Popescu clipește des pentru a atenua înțepăturile din ochi, iar Cazan e hotărât să deschidă discuția amânată de două ori până acum.

— Domnule Popescu, înainte să vină domnul comisar Dumitrache, mă îndreptam către dumneavoastră fiindcă am vazut o scenă ieșită din comun. Vă certați cu o domnișoară și ea a recurs la un gest nu tocmai frumos. V-a dat o palmă peste obraz.

Popescu tace, neavând de gând să nege evidența. Dumitrache ridică o sprânceană, uimit de ce a auzit. Cazan continuă să vorbească, după ce împinge ochelarii spre baza nasului:

— La început ați fost suspect de uciderea domnișoarei Dincă, apoi lucrurile s-au schimbat. Ne-am dat seama că o iubeați și v-am văzut incapabil de crimă. Acum aflăm că prietena vă înșela. Și nu de azi, de ieri… ci dintotdeauna.

Incapabil să articuleze vreun cuvânt, Popescu strânge din dinți și se uită în jos, la pantofii lui Cazan. Are buzele albe, umede de salivă și încadrate de broboane de sudoare. Bolborosește ceva, fără să fie înțeles. Avântat în monolog, Cazan gesticulează larg.

— Reacția de mai devreme a domnișoarei cu fularul lung ridică multe semne de întrebare, pe care vreau să le lămurim chiar acum. Totul a părut mult prea personal și, sincer să fiu, cred că dumneavoastră și domnișoara Dincă vă înșelați reciproc.

Cazan se uită la Lucian Popescu, surprins de lipsa de ripostă verbală a acestuia. În continuare tăcut, bărbatul duce mâna în dreptul stomacului, încleștând-o pe haină. Picioarele îi tremură necontrolat, se apleacă până ajunge cu capul aproape de genunchi și vomită pe mormântul de lângă el.

— Domnule Popescu! înalță Cazan vocea și face un pas în față.

Îl apucă de braț pe Lucian Popescu și se uită cu ochi speriați la Dumitrache. Acesta din urmă ocolește zona murdară de vomă, apropiindu-se și el de Popescu. Îi pune o mână pe frunte și constată că tânărul are temperatură. Îi suflecă mâneca hainei și prinde pulsul de la încheietură. Așteaptă zece secunde, înmulțește cu șase și mișcă din cap:

— Are temperatură, iar pulsul este galopant, peste 150! tresare Dumitrache. Du-te și cheamă-l pe Panait, dar fără să alertezi alți oameni, apoi sună la 112!

Cazan se desprinde de ei, îi caută din priviri pe Panait și Mihai și pleacă în pas alert către ei. Aruncă priviri îngrijorate în urmă, dar menține ritmul.

Dumitrache se așază în fața lui Popescu, îi prinde obrajii între degete, ridicându-i capul forțat și obligându-l să îl privească.

— Domnule Popescu… Lucian! renunță Dumitrache la formalisme. M-auzi? Uită-te la mine!

Niciun răspuns nu vine din partea bărbatului. Genele lui Popescu tremură într-un ritm nebunesc și irișii dispar în sus, lăsând albul ochilor în loc. Capul lui Popescu e din ce în ce mai greu și înțeapă cu bărbia podul palmei lui Dumitrache. Picioarele tânărului se frâng de la mijloc și comisarul îl prinde cu o smucitură de subsuori.

— Nu leșina, băiete! Nu cu mine!

Dumitrache îl lipește de corpul său, pentru a susține greutatea suplimentară. Capul lui Popescu cade pe spate și se clatină alarmant. Comisarul îi dă două palme peste față, dar nu vede nicio reacție. Nu știe ce să facă în continuare. Îi vede pe Cazan și Panait că se apropie și îl liniștește pe Popescu.

— Vine doctorul acum! Ține-te tare, băiete!

Simte cum un lichid fierbinte i se prelinge pe picior, dar nu se poate uita în jos, fără să schimbe poziția lui Popescu.

— Ce naiba se-ntâmplă? întreabă retoric comisarul.

— A urinat pe tine, îi răspunde Panait, care tocmai ajunsese lângă ei.

— Ce?! Augustine, ce-a pățit băiatul ăsta?! îl întreabă Dumitrache.

Doctorul se uită la Popescu din cap până în picioare, atent să nu-i scape vreun indiciu asupra stării sale. Ridică una dintre pleoape, îi ia pulsul, apoi spune grav:

Ioane, băiatul ăsta a murit.

— Cum dracu'?! strigă Dumitrache. Hai să-i facem masaj cardiac!

— Nu mai poate fi readus la viață. Masajul cardiac ar fi inutil, spune Panait.

— Nu-mi vine să cred! exclamă Dumitrache.

— Da, prietene, îi pune doctorul mâna pe umăr, clătinând din cap.

— Dar nu înțeleg, se apropie Cazan de ei. Cum de sunteți atât de sigur?

— Când ai venit lângă noi, mi-ai spus că Popescu tocmai a vomitat, că are temperatură și tremură, se întoarce Panait spre Cazan. Toate simptomele au apărut în câteva minute, corect?

— Da. În două-trei minute, răspunde Cazan.

— Cel mai probabil auzea tot felul de zgomote în ureche și avea pulsații la nivelul gâtului, fiindcă i-a crescut tensiunea nepermis de mult, apreciază doctorul Panait. E posibil chiar să fi avut dureri de tip angios în piept și stări de leșin.

— A leșinat imediat cum a plecat Cazan către tine, confirmă încet Dumitrache, ținând încă strâns trupul lui Popescu.

— Toate astea, plus fața lividă, saliva în exces și urinatul involuntar, mă duc către o concluzie de care sunt sută la sută convins: a fost otrăvit.

Timpul îngheață în jurul lor, zgomotele dispar și cuvintele lui Panait răsună cu ecou.

— Nu sunt expert în otrăvuri, trebuie să fac analize, însă pot pune pariu că este cucută. Iar după violența manifestării, aş zice că a mâncat sau a băut ceva ce conținea cucută proaspătă, nu cu multă vreme în urmă.

Doctorul își mută greutatea de pe un picior pe altul, îndesând pălăria pe cap. Cazan se întreabă în gând de unde știe doctorul Panait că e vorba tocmai despre cucută, dintre toate otrăvurile posibile. De parcă i-ar fi citit gândurile, doctorul începe să explice:

— Până în clasa a opta, am locuit la țară, cu bunicii mei. Acolo munca era grea și ziua lungă. Copiii plecau cu bărbații la câmp și ajutau cu ce puteau, potrivit vârstei lor. În zona aia, cucuta acoperea suprafețe întinse și înflorea înainte să-ncepem noi școala. A fost odată un caz de otrăvire accidentală… un băiat a mâncat niște frunze de cucută, crezând că este pătrunjel. Am aflat cum arată și cât de periculoasă e cucuta, înainte să învăț să aduc apă fără să sparg ulciorul.

— Mă simt atât de neputincios, recunoaște Dumitrache. N-am putut să fac nimic.

— Nici n-aveai ce să faci, Ioane! îl consolează Panait. Ai văzut și tu cât de repede a murit! Nu mi-a mai rămas nimic altceva de făcut decât să declar decesul. Îmi pare rău! oftează doctorul.

— Și mie îmi pare rău! Nici nu-ți imaginezi cât de rău îmi pare! spune Dumitrache.

Privirea cenușie a lui Panait se fixează pe chipul lui și Dumitrache lasă capul în piept.

— Mihai s-a dus să aștepte ambulanța pe care a chemat-o Cazan, spune doctorul în timp ce arată cu degetul către Cazan. Hai să te ajutăm să-l culci pe zăpadă!

— Trebuie să anulăm ambulanța și tu să-l chemi pe Ion, spune comisarul.

— M-am gândit să-i lăsăm pe cei de pe ambulanță să vină până aici, să-l pună pe targă și să plece. Dacă întreabă cineva ce s-a întâmplat, zicem că i s-a făcut rău și trebuie dus la spital.

— Bine gândit, Augustine!

Doctorul ascunde un zâmbet modest după mâna cu care își aranjează ochelarii pe nas.

— Doar că ei se vor duce către morgă, nu către spitalul județean, continuă el. Îi face cu ochiul lui Dumitrache, mulțumit de ideea pe care a avut-o.

— Să sperăm că vor înțelege de ce facem această mascaradă, spune precaut Cazan.

— Eu cred că nici nu trebuie să le explicăm situația, îl liniștește Panait. Au fost chemați într-un cimitir, la o înmormântare în desfășurare, pentru un tânăr cu simptome de otrăvire.

— Haideți atunci să-l întindem! se hotărăște Dumitrache. Cazan, tu ia-l de umeri și eu îl susțin de mijloc. Augustin, tu uită-te în jur, să nu vină cineva.

Panait face câțiva pași lateral, gâfâie obosit și se sprijină cu umărul de un copac golaș. Întoarce capul către locul unde va fi înmormântat Matei Boghievici.

— Oamenii sunt adunați în jurul gropii, nu ne bagă pe noi în seamă. Dar cum nu se face slujbă, nu știu cât va dura totul.

Cazan își scoate mănușile, prinde omoplații lui Popescu în palme și lasă cu precauție torsul în spațiul dintre două morminte. Dumitrache pune un genunchi în pământ și-l ajută cu restul corpului. Întinde picioarele lui Popescu și îi aranjează haina, apoi își aduce aminte că pantalonii săi sunt uzi și miros urât. Ia zăpadă în mâini și freacă materialul îmbibat cu urină, pentru a păstra aparențele. Se îndreaptă de spate și aruncă priviri în jur. Nimeni nu le dă atenție și răsuflă ușurat că totul s-a terminat.

— Bună treabă! spune Panait. Acum să ne facem comozi și să așteptăm ambulanța.

Fără să-i pese de bunele maniere, Dumitrache scoate un pachet de Kent lung din buzunar, rupe sigiliul și folia din plastic, scoate doi centimetri dintr-o țigară și întinde mâna către doctor. Acesta nu refuză invitația și își aprinde țigara cu o brichetă ieftină.

— Am văzut atâtea crime, accidente și sinucideri la viața mea, încât credeam că nu mă mai impresionează nimic, spune Dumitrache cu vocea răgușită și gura uscată. Dar m-am înșelat.

Comisarul simte cum efectele adrenalinei dispar și pulsul îi revine la normal. Doar respirația accelerată cu miros de tutun trădează tensiunea la care a fost supus în ultimele minute.

— Nu știu dacă moartea lui Lucian Popescu are legătură cu cazul vostru sau nu, va trebui să aflați lucrul ăsta... Dar e foarte ciudat, nu vi se pare?

Panait se uită pe rând la polițiști, cu o sprânceană ridicată și pălăria într-o parte. Vede cum fumul expirat de către Dumitrache ajunge în părul său vâlvoi și cum frigul nu pare să-l deranjeze niciodată într-atât de tare încât să poarte căciulă. Fața lui Cazan exprimă nedumerire tinerească și un soi de teamă. *Probabil a fost confruntat pentru prima oară cu decesul unei persoane de aceeași vârstă cu el*, gândește patern doctorul și trage ultimul fum din țigară.

— Am toate motivele să cred că are legătură cu cazul nostru, spune Dumitrache, trecându-și mâna prin păr. Nu știu încă în ce măsură, am de gând să aflu acest lucru...

Termină și el țigara, o aruncă pe pământ și o stinge cu călcâiul. Întoarce capul către intrarea în cimitir. Acolo e doar portarul care bate din picioare pe loc, pentru a se încălzi. Dumitrache se uită gânditor la Panait. Acesta scoate o batistă din pânză cu chenar maro, își dă jos ochelarii și-și șterge fruntea asudată.

— Hai c-au ajuns ambulanțierii! exclamă ușurat Cazan, când îl vede pe Mihai intrând pe poarta cimitirului. Acesta gesticulează larg și explică situația celor doi bărbați care-l însoțesc.

Panait se mută în fața lui Dumitrache și îi prinde privirea întunecată.

— Noi ne ducem la morgă, n-are rost să veniți și voi.

Vom lucra rapid autopsia, iar când vom avea rezultatele preliminare, îți dau un telefon. Voi ar fi bine să vă duceți la înmormântare.

— Te descurci aici? întreabă Dumitrache, arătând cu bărbia către cadavrul de la picioarele lor. Știu că-l ai pe Mihai, vă ajută și băieții de pe salvare, dar dacă ai nevoie, rămânem și noi.

— Nu ți face griji de mine, sunt obișnuit să am cadavre în preajmă, râde Panait în barbă. În plus, mă gândesc că ar da de bănuit dacă am dispărea cu toții. Soții Boghievici nu prea au avut contact cu noi, probabil nici nu vor observa că am plecat. Dar lipsa voastră ar remarca-o.

— Așa e, ai dreptate! Ne auzim mai încolo!

Comisarul îi face un semn lui Cazan cu capul și pleacă amândoi către oamenii strânși în fața mormântului, așteptând ca sicriul să fie coborât în groapă. Liniștea e întreruptă din când în când de șuieratul vântului și de zgomotele pe care le fac angajații cimitirului. Un fior înghețat trece adunarea atunci când un bărbat cu păr alb scoate din trusa de scule o bormașină și prinde capacul coșciugului în șuruburi.

Câteva suspine se aud din stânga lui Dumitrache. Acesta întoarce capul către locul celeilalte drame. Patru bărbați sunt strânși în jurul corpului lui Popescu. Doctorul gesticulează rar și indică cu mâna în jos, povestind cum a decurs totul, iar Mihai și ambulanțierii se uită la el, ascultând explicațiile.

— Arpad, apucă frânghiile! strigă un gropar mai în vârstă către unul mai tânăr, aruncând trei suluri gri de pe un mal pe celălalt al mormântului. După ce băieții aduc coșciugul, fiecare apucă de câte un capăt și tragem frânghiile pe dedesubt, apoi îl lăsăm ușor în groapă. S-a-nțeles?

Împărțit pe două scene, Dumitrache încearcă să țină pasul cu ambele. Aude monologul groparului și respirația lui Cazan; în același timp, vede cum corpul lui Popescu e ridicat pe targă și scos din cimitir.

Senatorul se clatină pe marginea gropii ca o frunză în

bătaia vântului. Crezând că nu-și va putea ține echilibrul, Bianca Boghievici își înfige unghiile în haina soțului său și-l obligă să se dea câțiva pași înapoi. Când coșciugul trece prin dreapta sa, Cristian Boghievici mângâie crucifixul de pe capac și murmură cuvinte al căror înțeles doar el îl știe.

— Acum nu te grăbi, spune groparul în vârstă. Așa, dă drumul ușor la frânghie. Ține-o strâns, n-o lăsa de izbeliște! E bine, e bine, continuă el.

Coșciugul se oprește cu o bufnitură pe pământul reavăn de la baza gropii.

— Duamnă, vreți să mai faceți ceva sau începem să aruncăm pământ pe el?

Femeia tresare și chiar dacă Dumitrache îi vede doar spatele, știe că Bianca Boghievici are lacrimi în ochi. Încearcă să spună ceva, tușește și-o ia de la capăt.

— Aș vrea să spun o poezie, spune ea grav. „Epitaf”, de Bacovia. Neavând parte de slujbă religioasă, mi s-a părut potrivit să spunem, totuși, câteva cuvinte.

Se uită la persoanele din preajma sa, pentru a vedea ce părere au despre acest gest. Văzând aprobare în ochii lor, recită din memorie, cu o voce ce nu pare fi a ei:

— Aici sunt eu, un solitar, ce-a râs amar și-a plâns mereu. U-al meu aspect făcea să mor căci tuturor păream suspect.

Emoționată până la lacrimi, vocea Biancăi Boghievici se împrăștie odată cu ultimele cuvinte. Lasă capul pe umărul soțului său. Acesta o mângâie pe față și pe păr.

— Dumnezeu să-l ierte, spune el tare și toată adunarea repetă în cor aceleași cuvinte.

— Acum puteți arunca pământul pe coșciug și puteți acoperi groapa, îi spune senatorul groparului. Noi plecăm la parastas și în două ore ne întoarcem să punem coroanele deasupra.

— Să trăiți, așa facem! O s-aranjăm frumos mormântul, să nu plecați cu inima-ndoită acasă, îi spune bărbatul.

Dumitrache și Cazan rămân în urmă și privesc oamenii care se îndreaptă abătuți către poarta cimitirului.

— Ce sfârșit trist pentru un om atât de tânăr, spune Cazan. De fapt, pentru amândoi, își aduce aminte și de moartea lui Lucian Popescu.

— Dacă pe unul nu avem cum să-l ajutăm, pe-al doilea suntem obligați! spune Dumitrache. Moartea ciudată a lui Popescu cred că are legătură cu cazul nostru, rămâne doar să aflăm cum anume.

— Mergem și noi, da?

Comisarul Dumitrache se uită în jur. Groparii aruncă lopeți pline cu pământ peste coșciug, iar soții Boghievici discută cu câțiva oameni pe alee.

— Da, mergem și noi.

5
A cincea păpușă Matrioșka

– Amețeală dulce-acrișoară –

Bărbatul intră în magazin, ia un coș din plastic roșu și se duce direct la vitrina cu spirtoase. Vrea să cumpere un gin, dar nu crede că-i ajung banii. De-abia săptămâna viitoare îi vor plăti americanii ultimele schițe realizate. Frumusețea de a fi pe propriile picioare e că într-una din zile poți fi pe terasă la Hilton, cu un cocktail exotic în față, iar în următoarea zi poți căuta ceva spirtos mai ieftin decât ginul. Ca astăzi, de exemplu.

— O grămadă de bani, își spune încet în barbă, citind etichetele cu prețuri.

Se uită pe un raft mai jos, apoi pe unul și mai jos. Când e pe punctul să renunțe, găsește o sticlă care arată promițător.

— Votcă superioară de cea mai bună calitate, realizată din alcool de cereale românești, murmură el, cu un genunchi în pământ. Superioară pe naiba!

Pune sticla în coș și se îndreaptă către casa de marcat. Casă e impropriu spus, pentru că e o tejghea în spatele căreia stă o doamnă în vârstă, fostă vânzătoare la „Alimentara” din cartier, pe care o știe de când era în liceu.

— Săru’ mana, tanti Niculina! Ce mai faceți? întreabă el de complezență, fără să aștepte un răspuns.

— Să trăiești, Ionele! răspunde femeia vesel.

Doamne, urăsc când îmi spune așa! Parcă aș mai avea 16 ani, pantaloni scurți și genunchii juliți. Ce-o fi așa de greu să-mi spună Ionuț?

— Ai petrecere diseară? Vine vreo fată la tine? Ar fi cazul, măi băiete, să te așezi și tu la casa ta! Ești mare deja… Să faci și tu un copil, doi! Să te țină femeia curat și călcat, nu cu aceleași haine în care te văd mereu.

Femeia clatină din cap și-i aruncă priviri materne, arătând cu degetul spre pantalonii care arătau necălcați și erau și pătați. Continuă netulburată, fără să aștepte răspunsul bărbatului.

— Cum să te ia, maică, cineva, dacă tu nu poți nici măcar să-ți cumperi o pereche de pantaloni mai acătării?! Nţ, nţ, nţ! Ar trebui măcar să-nveți să calci, dacă însurătoare nu vrei!

Bărbatul stă în fața ei nemișcat, cu o expresie imobilă pe chip, și se gândește la prăpastia dintre generații.

Cum să-i explici cuiva care nu știe ce e ăla calculator, n-are casă de marcat și face facturi de mână, că pe blugii ăștia am dat o groază de bani? Și că sunt ultimul răcnet în materie de haine?

— Da, tanti Niculina, așa am să fac. O să-mi găsesc o fată frumoasă și deșteaptă, care să-mi calce și să-mi spele. N-aveți vreo nepoată? rânjește bărbatul. Că mă cunoașteți de mic, știți ce-mi poate pielea.

Femeia nu sesizează accentele ironice ale lui *Ionel* și cade pe gânduri.

— Acum, că m-ai luat așa, din scurt, nu știe mama ce să-ți zică, spune femeia făcându-și de lucru cu pungile aflate la îndemână. Dar îți promit c-o să mă gândesc serios la treaba asta. Numai dacă ești și tu serios. Nu pot să-ți prezint pe cineva și tu să dai cu piciorul la o partidă bună.

— Nu e grabă, tanti Niculina, când aveți dumneavoastră timp să vă gândiți. Io mai trec pe-aici.

— Ești serios? întreabă ea circumspect, ridicând o sprânceană. Că nu vreau să mă faci de râs!

— Dacă matale îmi găsești o fată bună, îți promit că sunt serios! Numai să fie blondă, tanti Niculina! începe bărbatul să râdă cu poftă. Mie-mi plac blondele!

— Și zi așa, fătuca asta de azi tot blondă e? îl descoase femeia.

— Ei, nu, cum vă puteți gândi că-i dau să bea votcă? Nooo, vine un prieten bun la mine, să mai povestim. Așaaa, ca între bărbați, tărăgănează el vorba și-i face complice cu ochiul.

— Am înțeles. Voi, așa, ca-ntre bărbați... Și vorbiți despre femei, mașini și fotbal.

Auzind râsul bărbatului din fața ei, răspunde repede:

— Ce, maică, crezi că dacă sunt bătrână, nu știu ce fac tinerii din ziua de azi? I-auzi la el, râde de un om bătrân!

Femeia scoate sticla de votcă din coș, se uită la codul de bare, apoi o caută pe un caiet aflat pe tejgheaua de lângă ea.

— 16 lei. Scriu acum factura, nu durează mult! spune femeia și trage un facturier în fața ei.

— Mă grăbesc, săru' mâna! Nu vă supărați, dar nu mai stau. Trec eu mâine s-o iau. Sau poimâine.

Tânărul îi întinde douăzeci de lei și așteaptă ca femeia să caute restul într-un sertar plin de hârtii, elastice colorate și pixuri fără mină. Se preface că uită un leu pe masă, apucă sticla de alcool și o împachetează într-o sacoșă din plastic scoasă din buzunar. Înainte să iasă din micul magazin de cartier, femeia îi spune că până mâine se gândește ce fată să-i recomande pentru însurat.

Ooo, da, asta-mi mai lipsea! O duduie, eventual cu nume de floare, gen Narcisa sau Margareta. Nuuu, mai bine Căprioara! Ei, da, ar fi ceva! Căprioara și Ionel și-au unit destinele în fața lui Dumnezeu.

Chicotește înfundat și o salută pe femeie, apoi se îndreaptă agale către strada lui. Se uită la ceas. *Șapte fără un sfert.* Zece minute mai târziu deschide televizorul și se trântește pe canapea. Pe ecran se derulează imagini cu inundațiile de-acum doi ani. O bătrână fără dinți povestește cum a auzit zgomote ciudate în noaptea anterioară și s-a speriat *ca de moarte.* La nici zece minute, apa i-a dărâmat ușa de la intrare, s-a năpustit în casă și i-a luat agoniseala pe sus. Dimineață a văzut că toate animalele din curte erau moarte. *Nici măcar o găină nu scăpase, domnule reporter!*

Ionuț desface o pungă cu alune și le-aruncă într-un bol. Se uită din nou la ceas. *Șapte și opt minute.* Ia o revistă de arhitectură de pe masă și-o răsfoiește cu mintea în altă parte.

Un sunet strident de la televizor îl face să ridice capul și ochii îi pică pe sticla de alcool.

Oare cum o fi porcăria asta de votcă? O fi ceva de capul ei? Mă îndoiesc profund, la cât a costat.

Zâmbește în colțul gurii și citește încă o dată eticheta: votcă superioară din cereale.

E deja șapte jumate' și Vlad n-a ajuns. Unde o fi? Că parc-aș beu un pahar, dar nu-mi vine să beau singur.

Renunță la ideea de a desface sticla și se întoarce la revistă. Studiază cu atenție o clădire guvernamentală din Filipine. Timpul se scurge și bărbatului i se face sete.

Opt fix. Fie ce-o fi, eu îmi pun un pahar! Când o veni și nebunu' ăla, îi dau și lui.

Aduce din bucătărie o sticlă cu apă minerală. Într-unul dintre paharele de pe masă toarnă două degete de vodcă, iar în celălalt apă chiar până la buza paharului. Apucă paharul cu alcool și-l duce la gură. Miroase precaut lichidul, strâmbă din nas și închină în aer, ca și cum ar ciocni paharul cu prietenul său. *Noroc!* Miroase încă o dată votca, se-ncumetă și-o aruncă pe gât dintr-o mișcare. Un val de căldură îi invadează stomacul, coboară către picioare și-i urcă și la cap. Plescăie rar, face schimb de pahare și bea toată apa minerală.

E bună prostia asta de votcă! Mă așteptam să aibă un gust mai nasol, da' n-are!

Privirea îi e atrasă de-o mișcare violentă la televizor. Un bărbat lovește între coarne, cu o bâtă din lemn, o vacă. Un reporter aflat într-o barcă pneumatică militară îl întreabă de ce vrea s-o omoare. Primește un răspuns pe care nu-l înțelege, așa că repetă întrebarea. *Pentru că nu pot s-o salvez de la înec, idiotule, de-aia!* Reporterul tace câteva secunde, înghite în sec, apoi îndreaptă microfonul către unul dintre militarii din barcă. *Așa se întâmplă de obicei la inundații?* gafează bărbatul în continuare.

Ionuț ridică mecanic sticla de votcă și-o proptește pe buza paharului, fără să desprindă ochii de la televizor.

Drama oamenilor rămași fără agoniseala de-o viață îl răscolește. Toarnă din nou în pahar, dar de data aceasta renunță la apa minerală. Miroase din nou lichidul incolor și are senzația că miroase mai bine. Trimite și-al doilea pahar pe gât.

Tanti Niculina să trăiască, c-a adus o votcă așa de bună în magazin! Și-așa de ieftină!

Ridică picioarele și se întinde pe canapea. Capul greu, ca o minge de plumb, se lovește de brațul dur al canapelei. Fixează un punct de pe tavan, dar punctul se mișcă haotic. Nu-l poate urmări. Închide ochii, cu gândul nerostit de-a adormi și-o amețeală dulce-acrișoară îl învăluie. Gândurile sunt bule de săpun care se sparg fără zgomot, iar picăturile îi invadează nările. Imagini colorate apar și dispar cu o moliciune străină lui.

Se simte slăbit, fără energie, de parcă toată vlaga i s-a prelins din corp. O stare de greață îi invadează gâtul și plescăie pentru a îndepărta gustul metalic. Are limba uscată și i-e sete, cumplit de sete. Vrea să se ridice de pe canapea și deschide ochii, însă punctul de pe tavan dansează frenetic. Îi vine să vomite și încearcă să se întoarcă pe o parte. Corpul nu-l ascultă. Picioarele sunt lipite de canapea, mâinile îl dor, iar durerea din piept îl lasă fără aer.

Își adună toată puterea într-o mișcare pe care o vrea firească și reușește să se întoarcă pe partea dreaptă. Fericit ca un copil mic, clipește des pentru a alunga lacrimile apărute în colțul ochilor. Se uită spre peretele din fața lui și, cu toate că el l-a vopsit alb cu doi ani în urmă, acum vede dungi verticale de un roșu aprins. Un lichid vâscos curge din tavan și creează jocuri de lumini și umbre. Picioarele de plumb i s-au transformat în aripi și-l ridică ca pe un fulg de pe canapea, până la câțiva centimetri de perete. Apropie nasul și adulmecă aerul. Un miros ușor amărui, înecăcios, îi inundă nările. Nu înțelege ce se întâmplă și întoarce, buimac, capul către canapea. Mirosul devine mult mai înțepător și i-aduce aminte de beciul plin de pământ și țevi din fier săpat de bunicul său sub bucătăria de vară. Se uită în sus, apoi în jos, dar nu reușește să-și dea seama de unde curge lichidul. Parcă însuși zidul transpiră acest lichid roșu ca sângele.

Stai puțin, chiar este sânge!

Un frison îl străbate din cap până în picioare, de parcă sângele de pe perete s-ar scurge, de fapt, din corpul său. Fereastra este deschisă. Un val de aer înghețat se năpustește către el și îi lovește obrazul fierbinte. Îl doare capul îngrozitor și nu știe dacă visează sau lucrurile se întâmplă cu adevărat. Ca la comandă, pulsațiile ritmice din urechi îl anunță că totul e cât se poate de real.

Închide ochii și-un miros sărat îi invadează nările. O frică animalică, dureroasă, îi cuprinde sufletul cu gheare nevăzute. Pune palma pe piept și strânge tricoul între degete. Simte cum un lichid fierbinte se prelinge din încheietură către cot. *Ce naiba e asta?* se întreabă înfricoșat și deschide ochii. Își vede antebrațul plin de tăieturi adânci, din care curge sânge arămiu. Venele pulsează ritmic și e fascinat de spectacol.

Își mută privirea pe zidul de lângă el. E din nou alb strălucitor. Se freacă la ochi nedumerit, clipește de câteva ori și clatină din cap, pentru a alunga coșmarul în care de-abia respira. Lipește obrazul de perete, apoi pieptul și mângâie suprafața albă. Mâna trasează urme roșii, elipsoidale, unele subțiri și aproape portocalii, iar altele închise la culoare, ca niște vișine putrede.

Broboane de transpirație rece îi invadează fruntea. Se desprinde de perete și se uită buimac pe fereastră, pentru a alunga visul urât. Revine în realitate și se uită la ceas. Timpul s-a dilatat cu un șuierat, dar au trecut doar zece minute de când a verificat ultima oară ceasul. Pipăie precaut mâna ce fusese însângerată, o întoarce pe ambele părți, o miroase. Mâna e curată, peretele la fel. Totul e neschimbat.

Mintea încețoșată îi aruncă săgeți din realitate. Copacul din fața ferestrei se mișcă într-un ritm sinistru, oamenii de la televizor dezbat aceeaşi problemă, a asigurărilor locuinţelor în caz de inundaţii, însă el trăieşte într-o existenţă paralelă, în care imaginile sunt alterate neverosimil. Nu ştie cum a reuşit să călătorească în această dimensiune şi tulburarea care-l cuprinde e reală. Asudat, cu faţa crispată, întinde mâna după votcă, dar nu reuşeşte să ajungă la masă. Face câţiva paşi, ia sticla de gât şi o apasă pe frunte. Se aşază cu spatele drept pe marginea canapelei, încercând să-şi revină. Sticla rece îi face bine, iar lichidul îi va face şi mai bine.

Doar două degete, că până vine Vlad mă îmbăt criţă, murmură Ionuţ în timp ce toarnă alcool în pahar. *De fapt, să mă pupe undeva, trebuia să ajungă de-o grămadă de timp!*

Cu gura uscată şi însetat ca un beduin în mijlocul deşertului, umple paharul până la refuz. Bea şi cel de-al treilea pahar pe nerăsuflate, iar saliva cu gust metalic îi revine în gură. Pleoapele îi vibrează ca aripile unui colibri şi genele scurte se chinuie să ţină pasul. Simte o sărutare pe gât şi întoarce capul molatec. Cu ochii întredeschişi vede o femeie care-i zâmbeşte afectuos, iar lui i se pare cel mai firesc lucru de până acum.

— Hey, baby, unde ai fost până acum? întreabă el. O să vină Vlad pe la noi.

— Avem timp de un sex rapid? îşi scutură femeia pletele blonde care-i cad pe umeri. Îl mângâie provocator pe picior, în timp ce-i atinge cu limba lobul urechii.

— Nu... nu ştiu.

— Te vreau acum... să te fac să ţipi de plăcere... să uiţi de tine şi de toate, îi şopteşte ea.

Mai mult simte decât vede o mână fierbinte pe piept. Inelul negru antracit de pe arătător îl zgârie plăcut şi se simte în al nouălea cer.

— Vreau să mă doreşti şi tu la fel de mult! şopteşte iar blonda, plină de dorinţă.

— Eşti ca o căprioară, graţioasă şi delicată, îi spune bărbatul excitat, ridicând privirea spre ea.

Doi ochi rotunzi, mari și negri, îl privesc galeș, iar un bot umed i se lipește de obraz.

— Ce mama mă-sii e asta? Ești chiar o căprioară! urlă către arătarea de lângă el și împinge panicat spatele în canapea, într-o încercare inutilă de-a scăpa.

Scutură capul de câteva ori, se lovește cu ambele mâini peste tâmple, dar imaginea animalului cu urechile ciulite e tot acolo. Părul e ud de transpirație, pulsul îi răsună alarmant în urechi, iar stomacul îl strânge dureros. Amețeala dulce-acrișoară revine, iar el nu știe ce să facă pentru a se elibera.

Moare confuz și cu ochii închiși.

##

„... se pare că moartea a survenit la scurt timp după ce bărbatul, Ioan Dilță, de 32 ani, din București, a îngurgitat aproximativ 300 mililitri din băutura fatală. Firma Spirtoase Impex SRL din Prahova a fost închisă temporar, până la finalizarea cercetărilor. Medicii legiști au confirmat prezența drogului LSD în sticla de votcă pe care bărbatul a cumpărat-o de la magazinul aflat lângă blocul său.

LSD, un stupefiant halucinogen puternic, provoacă distorsionări ale felului în care o persoană percepe realitatea. Persoanele care se află sub influența acestui drog au halucinații vizuale, auditive și tactile. De asemenea, LSD poate provoca schimbări rapide de dispoziție...”

Femeia închide televizorul cu mână tremurândă și îi spune bărbatului din fața ei:

— Vlad, te rog, nu-ți mai face rău... Ionuț s-a dus, dar acum ai nevoie de toate forțele pentru a te reface după accident.

— Dacă idiotul ăla nu mă lovea pe trecerea de pietoni, aș fi ajuns la Ionuț și probabil am fi murit împreună. Dar eu sunt aici...

Vocea bărbatului devine o șoaptă și femeia nu înțelege ultimele cuvinte. Îi aranjează grijulie pledul pe lângă corp, apoi se îndreaptă către ușă. Rămâne pierdută în prag, cu sufletul răvășit și îi mai aruncă o privire iubitului său. Acesta murmură în șoaptă fără s-o bage în seamă și femeia închide ușa rezervei în spatele său.

Vineri, 23 octombrie

Mihai apucă o foarfecă de pe masa cu instrumente, retează ața cu care a cusut tăietura în V de pe pieptul lui Popescu și închide oficial autopsia. Își scoate mănușile chirurgicale și le întoarce pe dos, apoi le aruncă în coșul metalic din colț. Nu-și poate ascunde un rânjet de satisfacție la gândul că Panait i-a dat mână liberă în acest caz și chiar l-a îndemnat să se ocupe singur de această autopsie.

După patru ore de muncă asiduă, timp în care Panait s-a încuiat în birou și a scris încă o povestire scurtă, știe că Lucian Popescu a fost otrăvit, exact cum a spus șeful său. Conținutul stomacului a indicat că Popescu a mâncat o salată cu mai multe tipuri de frunze, printre care și cele de cucută.

Rememorând scenele din cimitir, Mihai își aduce aminte cum Cazan a venit să le spună ce se întâmplă cu Popescu, Panait s-a dus către Dumitrache și Popescu, iar Cazan a sunat la 112. Nu i s-a părut nimic ciudat până în acel moment, poate doar locul în care s-a întâmplat. Cât timp a așteptat ambulanța, n-a crezut nicio clipă că bărbatul are altceva decât o criză biliară sau una gastro-intestinală. Nu și-a imaginat că atunci când se va întoarce cu asistenții de pe ambulanță, Lucian Popescu va fi mort.

Ridică prosopul de pe organele genitale ale bărbatului, trage de cearșaful strâns lângă tălpile lui și-l întinde până peste cap. Îl simte pe Panait în spatele său și îi spune că a terminat.

— Băiete, meriți felicitări pentru prima autopsie realizată cap-coadă de unul singur! îl bate doctorul pe umăr, arborând un zâmbet.

— Vă mulțumesc! pleacă ochii Mihai. Când am început,

eram foarte încordat. Primele douăzeci-treizeci de minute am stat într-o tensiune constantă. Dar mi-am amintit ce m-ați învățat de-a lungul timpului și m-am relaxat. Inclusiv cuvintele pe care le-ați spus la aproape toate autopsiile la care am asistat.

— „Nu presupun nimic, iau în considerare totul!” declamă amândoi într-un glas și încheie citatul cu un râs.

— Chiar dacă știai deja ce să cauți, acest lucru nu te-a oprit să faci o autopsie ca la carte. Sunt mândru de tine, Mihai!

Tânărul se uită fâstâcit la Panait. Ochii i se umezesc de emoție, fiind prima oară când primește complimente din partea șefului său. Se gândește că ar fi total deplasat să-l îmbrățișeze acum și-și îndeasă mâinile în buzunarele halatului. Panait sesizează momentul și arată cu capul în spate.

— Pizza e pe birou, sub două halate, spune doctorul. Sper să mai fie caldă. Tot acolo vei vedea și niște hârtii scrise de mână, să-ți țină de urât cât mănânci.

— Noua povestire, legată de otrăvirea lui Popescu? îi sclipesc ochii de entuziasm lui Mihai.

— Da, cea de-a patra povestire din viitoarea carte, trage Panait aer în piept. Sunt din ce în ce mai hotărât să scriu zece povestiri și să găsesc o editură dispusă să-mi publice cartea.

— Să v-ajute Dumnezeu! Până atunci, eu mă bucur de fiecare scriere, exact cum se bucură un copil de darurile primite de Crăciun.

Tânărul își scoate halatul gros din cauciuc, apărătoarea pentru ochi și masca pentru gură.

— L-ați anunțat pe domnul comisar Dumitrache că am terminat sau îl sun eu? aruncă întrebarea peste umăr, în timp ce calcă apăsat către chiuvetă.

— Trebuie să ajungă, răspunde Panait. L-am sunat acum vreo jumătate de oră și i-am spus că ești aproape gata.

— OK! Atunci mă duc să mănânc. Și să citesc, rânjește el. Dacă aveți nevoie de mine, să mă strigați.

— Desigur. Să ai poftă!

Panait alege o pereche de mănuși chirurgicale din cutia de pe masă și mută cu grijă targa până la unul dintre frigidere. Pe ușă este lipită o etichetă uzată, pe care stă scris cu cariocă neagră numărul unu. Deschide ușa metalică și aerul înghețat îi aburește ochelarii. Se uită pe deasupra lentilelor și împinge corpul lui Popescu în interior, trântind ușa.

De parcă acesta ar fi fost semnalul pe care îl aștepta pentru a-și face apariția, Dumitrache intră în cameră, salutând cu mâna. În spatele lui, Panait îl vede pe Cazan, cu căciula în mână.

— Ați ajuns exact când trebuia, acum am terminat!

— Avem un talent special, spune Dumitrache. Dai o cafea? Că nu m-aș dezbrăca atunci…

— Alex, pui tu cafeaua până mă spăl pe mâini? îl întreabă doctorul pe Cazan, arătând cu capul către cafetieră.

— Da, domnule doctor.

— Ai găsit ceva deosebit la autopsie? întreabă Dumitrache.

— Păi, deosebit a fost faptul că n-am făcut-o eu, ci Mihai.

— Serios? se miră Dumitrache. Când mi-ai spus la telefon că Mihai e aproape gata, am crezut că te referi la raport. Sau la cusut.

— Nu la asta mă refeream, surâde Panait. Astăzi l-am lăsat să lucreze singur. A durat mai mult, cum era și firesc, dar a făcut o treabă excelentă. Sunt mândru de el!

— Uneori e important să-ți lași subalternii să preia sarcini și să le dai frâu liber în anumite chestiuni, se aude vocea lui Cazan dintr-o laterală a încăperii.

— Vrei să ajungi undeva cu această remarcă sarcastică? întreabă Dumitrache.

— Aș vrea, dar nu mă lăsați, apare Cazan lângă ei, cu două căni într-o mână și cu una în cealaltă. Ieșim pe balcon?

— Da, spune Panait în timp ce-și aruncă o haină groasă pe umeri.

Dumitrache se apleacă și evită grinda de sus. Acoperișurile pline de zăpadă veghează în liniște strada încă pustie. Are senzația unui *deja-vu*. Cu trei zile în urmă era tot aici, așteptând de la Panait concluziile unei alte autopsii, iar afară tot cu fulgi mari ningea. Tabloul e același, însă diferit.

— Ce n-am apucat să-ți spun... Matei Boghievici a lăsat o scrisoare de adio pe calculator, spune Dumitrache în timp ce-și caută pachetul de țigări. Ne-a adus-o senatorul la cimitir, chiar cu câteva minute înainte ca Lucian Popescu să moară, continuă el.

Doctorul umple cu zăpadă paharul din plastic de pe pervaz, aflat acolo pe post de scrumieră.

— Ar fi fost destul de surprinzător să nu lase nimic scris, spune el, aprinzând o țigară. Dar nu imposibil.

— Scrisoarea a fost...

Dumitrache face o pauză de câteva secunde, pentru a găsi cuvântul potrivit.

— ... revelatoare! Aveam un lapsus, se scuză el.

— În ce sens?

— Din ea am aflat că domnul Popescu a fost doar un prieten-paravan, aduce comisarul lămuriri. Și nu de-o zi-două, ci chiar de la-nceput. Domnișoara Dincă și domnul Matei Boghievici aveau o relație pe care au început-o la puțin timp după ce ea s-a angajat la senator.

— Ei, cum așa? tușește Panait și fumul de țigară îi iese în valuri din gură și din nas.

— Senatorul nu i-a permis fratelui său să aibă relații cu angajații, așa că cei doi și-au ascuns relația în tot acest timp. După ce s-a despărțit de domnul Popescu, domnișoara Dincă n-a reușit să mai găsească un alt *paravan*, așa că cei doi s-au împăcat de curând, la inițiativa ei.

Dumitrache se oprește din vorbit și soarbe din cafeaua fierbinte. Cazan își scoate mănușile din geanta de pe umăr, iar Panait rumegă informațiile primite.

— Bun, și cum se leagă toate astea? întreabă doctorul,

mișcând mâinile în aer. Cine a dat cu mașina peste Carmen Dincă? Și cine l-a omorât astăzi pe Lucian Popescu?

— Să fiu al naibii dacă știu! zice comisarul. Am senzația că mi-am propus să prind un țânțar cu lumina stinsă, din spatele unui glob de sticlă. Ceva mic și enervant îmi bâzâie în urechi, iar eu nu știu cum să pun mâna pe el.

— Dar totul trebuie să se lege cumva, nuuu? lungește Panait ultima vocală.

— Așa ar trebui, mijește Dumitrache ochii, sâcâit de o imagine pe care n-o poate aduce în prim-plan. Uciderea domnișoarei Dincă și sinuciderea sunt înlănțuite, acum știm.

— Aha, trage Panait fumul în piept.

— Cel mai probabil, fără să am mai mult decât o bănuială, continuă Dumitrache relatarea, lichidul seminal pe care l-ai găsit tu îi aparține lui Matei Boghievici. Cazan o să trimită o mostră de ADN la București, pentru comparație.

— Măi să fie! exclamă doctorul în timp ce-și aranjează ochelarii pe nas. Parcă-mi povestești un thriller, cu Pacino în rolul principal!

— Totul pare incredibil, nu-i așa? aproape șoptește Dumitrache și clatină din cap. Sunt convins că și cele două crime sunt legate cumva, poate au chiar același autor.

— Atunci ar fi un autor total inconsecvent, spune Panait. Deja are două *modus operandi.*

— Lucian Popescu a fost otrăvit cu frunze de cucută, așa cum ai presupus tu? întreabă comisarul fără să se uite la doctor. Își trece mâna prin păr și se chinuie să-și amintească ceva ce-a auzit sau a văzut.

— Da, spune Panait. Mihai a găsit în stomac frunze de spanac, valeriană și pătrunjel. Pe lângă cele de cucută. Mai mult ca sigur, pătrunjelul a fost adăugat pentru a masca frunzele de cucută, cu care se aseamănă. Raportul final va fi disponibil mâine dimineață, dar nu va conține alte noutăți.

— Deci a fost otrăvit cu sânge rece, murmură Cazan cu dinții pe cana de cafea.

— N-am niciun dubiu, confirmă Panait și se uită în ochii tânărului. Mă îndoiesc că omul s-a trezit dimineață, și-a băut cafeaua, apoi pe la ora zece a luat accidental o gustare ce conţinea cucută.

Panait aruncă mucul de ţigară în scrumiera improvizată și ridică din umeri. Se uită la Cazan cum se uită un profesor la un elev mai puţin perspicace:

— În plus, e iarnă, unde să găsească el frunze de cucută acum? Nu e ca și cum ar pune cineva la congelator! Dacă și el ar fi vrut să se sinucidă, putea să mănânce otravă pentru șobolani sau să bea insecticid.

Declicul mental așteptat de Dumitrache se produce. Face doi pași către Panait și-l strânge de brațe cu mâinile la orizontală, ca într-o menghină umană.

— Ești genial, prietene, ge-ni-al! strigă el entuziasmat și albastrul ochilor devine mai intens. Alerg de câteva ore după niște gânduri care se încăpățânează să fugă de mine. Datorită ție, acum știu cine e criminalul!

— Serios?! Am făcut eu asta? aruncă Panait ochii pe deasupra lentilelor.

— Cum v-ați dat seama? îl întreabă Cazan pe Dumitrache.

— N-avem timp de pierdut! răspunde comisarul, aruncând o privire nerăbdătoare către ceas.

Dumitrache întoarce cu arătătorul întins către adjunctul său ignorându-i întrebarea și continuă:

— Te duci direct la Raluca Neagu și îi ceri mandat de arestare pentru două crime, Carmen Dincă și Lucian Popescu. După aceea veniți împreună la secție și ne întâlnim acolo. Eu mă duc după criminal!

Fără să mai pună alte întrebări, Cazan dă scurt din cap către doctor, lasă cana cu cafea pe pervazul ferestrei și intră. Dumitrache îl urmărește câteva secunde, apoi își mută privirea în ochii căprui ai doctorului.

— Nu-mi vine să cred cât de ingenios a lucrat! suflă comisarul sacadat.

— Nu-mi spune, te rog, cine este! îl bate Panait pe umăr. Arestează-l mai întâi și-apoi îmi faci cinste cu o ciorbă de fasole și-o friptură!

— Așa am să fac! răspunde comisarul și zâmbește larg.

— Succes, prietene!

Dumitrache sare pragul și închide ușa după el, fără să audă ultimele cuvinte ale lui Panait. Doctorul își aprinde o altă țigară, expirând fumul cu capul lăsat pe spate. Reflexia zăpezii îi întunecă culoarea ochilor și irișii devin două boabe de piper.

— Acum am terminat! ițește Mihai capul și flutură hârtiile din mână. L-am văzut pe domnul comisar plecând.

— Intempestiv chiar, surâde Panait.

— Cum așa? ridică tânărul ambele sprâncene în timp ce-și îndeasă căciula de camuflaj pe urechi.

— Vorbeam despre cazurile noastre, despre modurile de operare… flutură doctorul mâna cu țigara și scrumul aterizează pe bocancii lui Mihai, fără ca vreunul dintre ei să observe.

— Așa…

— Dumitrache a zis că accidentul de mașină și otrăvirea sunt legate, trebuie doar să afle cine a avut motivația de a-i omorî pe amândoi, continuă Panait relatarea. Apoi eu am făcut o glumă legată de cucută și el a sărit ca ars că acum știe cine e criminalul.

— Era și timpul! exclamă Mihai, gesticulând cu hârtiile în mână. Să-l aresteze și să-l bage multă vreme la pușcărie! Asta merită. Pff, două crime și o sinucidere la noi în oraș!

— Apropo de asta, bate Panait cu un deget în colile pe care scrisese povestirea. Cum ți s-a părut ideea?

— Amuzantă idee! LSD în vodcă, mustăcește Mihai. Nu m-aș fi gândit vreodată!

— A fost un caz acum câțiva ani și mi-am adus aminte de el.

— Dar de ce n-ați scris despre cazul nostru de astăzi?

— Să înțeleg că ideea cu LSD-ul nu ți se pare bună? întreabă doctorul.

— Nuuu, e o idee excelentă! îl asigură Mihai. Eram doar curios de ce povestirile sunt altele. Adică de ce n-ați scris chiar despre cazurile noastre. Ați păstrat accidentul de mașină, dar povestea e cu doi tineri care se cunosc pe internet. Apoi sinuciderea unei tinere ce suferea de cancer, în loc de sinuciderea lui Matei Boghievici.

Mihai se uită la șeful său întrebător, având senzația că acesta vrea să spună ceva, dar Panait continuă să tragă din țigară. Tânărul ia această nepăsare ca pe o invitație de a continua:

— Ok, povestea cu polițista care omoară intrusul din casă n-are legătură cu niciun caz actual, a fost pură imaginație. Dar aceasta, cea de-a patra... otrăvirea cu LSD, în loc de cucută mascată de pătrunjel, are din nou inspirație în viața reală. Însă, de asemenea, e cu totul altceva.

— Nu știu, măi băiete! pufăie Panait fumul pe nas. Cred că mi se pare jignitor să scriu despre evenimente la care participăm și despre oameni pe care, într-un fel sau altul, i-am cunoscut.

Ia o gură de cafea rece deja și se uită în ochii lui Mihai, ca pentru a îl convinge că spusele sale au valoare.

— De fapt, eu nu m-am inspirat deloc din viața reală! Doar mi-am dat o temă de lucru, plecând de la un anumit caz de care ne ocupăm. Am avut un accident de mașină, am scris despre un alt accident de mașină. Poate petrecut într-o altă viață, poate nu, surâde misterios Panait.

— N-am spus că întâmplările inspirate din viața reală au o valoare mai mare! spune Mihai înfocat, aplecându-se în față. Sau mai multă credibilitate.

— Văd cu ochii minții cartea mea, spune doctorul plecând privirea. Și văd cum fiecare poveste e înlănțuită invizibil de următoarea. Ca... niște surori.

— Ca păpușile Matrioșka? întreabă Mihai cu ochi strălucitori. Știți, alea rusești... scoți una și dai de următoarea...

— Da, știu păpușile alea, aprobă Panait din cap.

— La fel și cu poveștile dumneavoastră, continuă Mihai. Cea mare poate fi realitatea și apoi fiecare poveste izvorăște din ea. Sunt legate între ele, dar totuși independente. Ar putea fi chiar titlul cărții, gândește tânărul cu voce tare.

— N-am ajuns atât de departe, spune doctorul cu jumătate de gură. Încă n-am un titlu. Întâi s-o termin, să vedem cum va ieși, apoi mă voi gândi și la un nume. Mai întâi, nu sunt atât de sigur c-o voi termina, apoi că va fi suficient de interesantă pentru o editură care să se implice în procesul publicării.

— E firesc să aveți dubii. Cred că toți scriitorii au îndoieli în privința cărții pe care o scriu. *Dacă va fi bună? Dacă va fi interesantă?* Dar n-aveți cum să știți aceste lucruri decât dacă mergeți mai departe, nu-i așa?

Panait se uită la Mihai cu îndoială. Sclipirea din ochii lui are darul de a-l motiva, mai mult decât cuvintele spuse.

— Așa e, trebuie să merg mai departe și să scriu! Oricât de proastă ar fi prima carte, tot va fi excelentă, pentru că mi-am învins tracul creativ și-am terminat-o!

Vocea răsună puternic deasupra acoperișurilor albe și Mihai tresare.

— Eu cred cu tărie că aveți un stil distinct, care va plăcea cititorilor, îl încurajează tânărul. De exemplu, descrierea efectelor psihotrope ale LSD-ului a fost realizată cu măiestrie. Oricine este în domeniu știe că scena din casă e veridică.

Panait simte cum îndoiala îi intră din nou în suflet:

— Dar câți din domeniu îmi vor citi cartea, băiete? Câți?

Câteva fire din mustață îi gâdilă buza superioară. Ridică mâna cu țigara și le dă la o parte cu inelarul. Fumul cenușiu îi înțeapă ochii, lacrimile îi împăienjenesc privirea și o tuse din piept pune stăpânire pe el.

— Celorlalți li se va părea atât de intensă scena, continuă Mihai pe un ton firesc, încât chiar dacă nu știu cum se manifestă un drog de tipul ăsta, vor fi convinși că e reală.

Tusea lui Panait devine convulsivă și Mihai n-o mai poate ignora.

— Să vă aduc un pahar cu apă? întreabă tânărul, fără nicio urmă de îngrijorare în glas.

Îl auzise de multe ori tușind și de fiecare dată îi spusese să se lase de fumat. Refuzul constant al doctorului i-a tăiat elanul. N-a mai insistat. *Am doar două plăceri în viața asta! Cafeaua bună și țigara. Nu voi renunța nici în ruptul capului la ele, așa că nu mă mai bate la cap, băiete!* Cuvintele lui Panait îi răsună și acum în urechi, ca niște torțe ce afumă tavanul unei încăperi, lăsând urme negre pe toată suprafața.

— N-nu, îngaimă Panait în mijlocul unui acces de tuse. Am înghițit fumul, spune el în timp ce încearcă să se calmeze.

Aruncă mucul de țigară în paharul cu zăpadă. Își scoate ochelarii și-și șterge cu dosul palmei lacrimile ce-i curg pe obraji. Mihai îl privește cu ochi cenușii, plini de resemnare.

— Hai să intrăm! hotărăște doctorul după ce ochelarii sunt la locul lor, pe nas. Strângem pe-aici și-apoi plecăm acasă.

— Excelent, că deja mi se făcuse frig!

— Deci ți-a plăcut povestea? întreabă Panait, în timp ce sare pragul.

— Foarte mult, doar v-am spus că aveți talent! zâmbește tânărul.

##

Femeia deschide clapeta telefonului cu o singură mână. Vocea interlocutorului nu răzbate până la el, dar Dumitrache vede că ascultă interesată, cu ambele sprâncene adunate deasupra ochilor. Raluca Neagu prinde mobilul cu umărul și scoate un carnet de matematică din geantă, de care este prins un pix roșu. Lipește carnetul de geamul care dă înspre camera de interogatorii, scrie numele unui bărbat, un număr de telefon și subliniază *ora 19* cu mai multe linii.

Dumitrache o admiră pe Raluca Neagu de pe vremea

când aceasta era procuror-adjunct și se bătea cu avocați de prestigiu din oraș. Cu trei ani în urmă, în ziua arestării procurorului-șef de la acea vreme, Raluca a avut norocul să se afle într-o poziție neutră din punct de vedere politic și astfel a primit postul pe care îl deține și acum.

Un zâmbet profesional îi flutură pe buze înainte să închidă apelul. Raluca nu este neapărat o femeie atractivă, constată comisarul, dar inteligența din ochii ei e captivantă. Astăzi are părul prins într-un coc *de avocat*, un machiaj discret, probabil reîmprospătat în pauza de masă, și poartă un taior în culoarea anului. Cristina, fata lui cea mare, e înnebunită după această culoare. *Știai, tată, că marsala este un vin renumit ce se produce în orașul Marsala din Sicilia? Și că așa se numește culoarea anului?* Nu știa acest lucru, își spune Dumitrache în gând. Pentru el tot vișiniu este!

Ușa din camera de interogatorii se deschide, dar zgomotul nu ajunge până la ei. Comisarul apasă butonul interfonului ce face legătura cu cealaltă cameră și amândoi aud vocea lui Cazan. Raluca se îmbujorează, iar Dumitrache se întreabă (*oare pentru a câta oară?*) de ce Raluca și Cazan nu fac publică relația lor.

— Imediat va ajunge și el, spune Cazan din pragul ușii. Nu știu cât va dura, îmi pare rău, răspunde la o întrebare pusă din afara camerei.

— Se grăbește?! întreabă Raluca Neagu.

— Vă rog să luați loc! spune Cazan pe un ton ferm și intră în încăpere pentru a-i face loc persoanei cu care discută. Mă duc să-l chem pe comisarul-șef Ion Dumitrache.

O femeie tânără trece pe lângă Cazan, fără să îl privească. Haina îi atârnă neglijent pe mâna dreaptă, cizmele lăcuite strălucesc în lumina slabă din tavan, iar pantalonii strâmți îi definesc coapsele. Femeia se uită la masa din metal și la cele două scaune cu spătar, așezate față în față. O cană de cafea pusă pe masă în dreptul unuia dintre scaune o determină să îl aleagă pe celălalt, aflat în fața geamului-oglindă.

Comisarul și procurorul îi pot vedea acum chipul, oprindu-se întâi la ochii încadrați de gene lungi, rimelate cu negru albăstrui. Părul îi cade în valuri buclate pe umeri, iar gura mică și buzele subțiri completează imaginea unei tinere ca oricare alta.

— Sunt foarte curioasă cum ați tras concluzia că ea este ucigașa! exclamă Raluca Neagu. Are o fetișoară așa drăguță... Nici nu-mi vine să cred că a ucis doi oameni cu sânge rece!

— Miruna Diaconu, criminala cu gene de mătase, rostește Dumitrache, uitându-se la tânăra aflată de cealaltă parte a geamului.

— Angajata restaurantului unde a avut loc petrecerea, nu-i așa? întreabă Raluca.

— Da. Am cunoscut-o marți dimineață, la primele interogatorii.

— Oricum, vă felicit! spune Raluca zâmbind. Încrucișează brațele pe piept și se întoarce cu fața la Dumitrache, rezemându-se de geam. O arestați după doar cinci zile de la descoperirea cadavrului! Ați lucrat ceva la caz...

— Am avut noroc să o descoperim așa de repede, zâmbește Dumitrache, plecând ochii. Este un criminal aflat la început, chiar dacă a omorât doi oameni. Cu siguranță ne-ar fi dat mai mult de furcă, dacă ar fi avut la activ mai multe crime.

— Mergem? apare capul lui Cazan în ușă.

— Da, băiete! Să-i dăm drumul!

— Raluca, stai să vezi interogatoriul? întreabă Cazan roșu ca un rac.

— Da, vă aștept aici, spune femeia evitându-i privirea. Trage un scaun de lângă perete și-l aduce mai aproape de geam.

În camera de alături, Dumitrache aruncă din încheietură dosarul pe care-l ține în mână și se așază în fața Mirunei Diaconu. Scaunul incomod îi provoacă o grimasă.

— Bună seara, o fixează comisarul cu privirea, simțind că nu va fi ușor să-i obțină mărturisirea. Vă mulțumesc pentru că ați venit până aici!

— Am avut de ales? întreabă femeia, susținându-i privirea.

— Ați făcut cunoștință cu comisarul Alexandru Cazan? îl arată Dumitrache cu mâna pe adjunctul său, care rămăsese în picioare, lipit de perete.

— Puțin mai devreme.

— Sunteți pregătită?

— Pentru ce anume?

— V-am adus la secție pentru a lămuri evenimentele din ultimele zile, spune Dumitrache.

— V-am spus tot ce știam.

— Atunci o să vă spun eu o poveste. Evident, dacă sunteți de acord, aruncă Dumitrache cuvintele.

— Ce fel de poveste?

— Ați fost adusă cu mandat de arestare, mandat semnat de procurorul-șef Raluca Neagu.

— Sună oficial.

— *Este oficial*, spune comisarul.

O cu totul altă Miruna stă în fața lor astăzi. Dreaptă, mândră, cu răspunsuri rapide și la obiect. Dumitrache se gândește că strategia pe care și-a construit-o pentru a obține confesiunea femeii ar putea fi greșită. Dintr-o dată, mărturisirea crimelor nu mai pare așa de simplu de obținut.

— Este posibil ca interogatoriul să dureze. Doriți o apă, o cafea? întreabă Cazan, continuând să se sprijine de zid.

— Nu, mulțumesc, spune Miruna, încordată ca un arc.

— Duminica trecută, pe 18 octombrie, o femeie a fost accidentată mortal, începe Dumitrache interogatoriul.

Miruna tace, cu ochii pe dosarul din carton de pe masă.

— Cadavrul ei a fost găsit de un băiat pe nume Victor, în dimineața zilei de luni, 19 octombrie. Medicul legist a stabilit că femeia a mâncat o salată raw vegan cu nuci braziliene.

Singurul restaurant din oraș care servește așa ceva este *Chez Lucille,* cel la care lucrați dumneavoastră. Am fost destul de clar până aici? întreabă comisarul. Timbrul vocii lui și masa par făcute din același metal. Rece, cu muchii ascuțite.

Femeia ridică din umeri și flutură genele mătăsoase pentru prima oară.

— Discuția ar decurge mai ușor dacă ați folosi cuvinte, intervine Cazan în discuție. Maxilarul îi pulsează încordat și degetele bat darabana în aer.

— Nu înțeleg ce legătură au toate astea cu mine, își drege Miruna vocea. Mâinile îi aterizează în poală, pe puloverul gri-șobolan. Când ați venit la noi, la restaurant, v-am oferit toate informațiile pe care le știam.

— Nici eu n-am înțeles până acum o oră, spune Dumitrache, frunzărind dosarul.

Una dintre foi alunecă și cade pe lângă piciorul său. Zâmbește în colțul gurii către Miruna, apoi se apleacă să culeagă coala de pe podea.

— O să vă rog să aveți răbdare cu mine, continuă comisarul, să trecem în revistă toate aspectele care m-au condus la concluzia nefericită pe care am tras-o.

— Ce concluzie?

— Că sunteți o criminală în serie.

Un râs ca un clinchet de clopoței răzbate din pieptul ei. O șuviță de păr îi cade pe față și se încurcă în genele lungi.

— Domnule comisar, de obicei primesc complimente. Criminală în serie, însă? râde tânăra din nou.

— Și mie mi s-a părut de necrezut, să știți! Până când am pus cap la cap toate elementele. Încă de la începutul săptămânii, am adunat indiciu cu indiciu, pentru a descoperi autorul crimei. Dovezile duceau către toți actorii principali, dar totodată către niciunul.

— Nu înțeleg, ridică tânăra din umeri.

— Am descoperit un fir care ducea către Cristian Boghievici, sărbătoritul de duminică. Tânăra ucisă lucra pentru el de mai bine de doi ani. Apoi firul... s-a rupt, să folosesc o expresie din jargonul judiciar. Un altul ducea către Lucian Popescu, iubitul victimei și...

— Lăsați-mă să ghicesc! Și acesta s-a rupt! îl întrerupe Miruna și-și răsucește torsul în semn de întrebare.

— Ați ghicit! ignoră Dumitrache ironia. Și nu numai acela. Soția sărbătoritului a fost, de asemenea, suspectă, fratele acestuia la fel. Ei foloseau mașina cu care criminalul a luat viața domnișoarei Dincă și aveau acces atât la cheia originală a mașinii, cât și la dublură.

— Dacă totul se învârte în jurul lor, de ce credeți că *eu am de-a face cu crima?* întreabă femeia.

— Ajungem și acolo, spune Dumitrache mișcând din cap. N-am terminat de povestit.

Femeia dă ochii peste cap și pufnește pe nas. Dumitrache reia firul poveștii:

— În timpul anchetei legate de accidentul mortal, indicii solide ne-au condus către Matei Boghievici, acesta devenind suspectul numărul unu în acel moment. Din nefericire pentru toată lumea, domnul Boghievici s-a sinucis chiar aici, în Sibiu, după ce vizitase locul în care fusese ucisă Carmen Dincă.

— Ce ușurare că s-a sinucis, altfel mi-ați fi pus și moartea lui în spinare! chicotește tânăra.

— Ne-a trecut și acest lucru prin cap, intervine Cazan pe un ton neutru, fără să-și ia ochii de la ea. Sigur nu vreți apă?

— Bine, fie! Puteți să-mi aduceți un pahar. Am crezut că voi pleca repede, dar se pare că domnul comisar are de gând să mă scoată vinovată cu orice preț.

— Domnule comisar? se întoarce Cazan către șeful său. Doriți apă?

Dumitrache refuză cu un gest și întreabă retoric dacă tânăra vrea să audă continuarea. Miruna deschide cu două degete ceasul care-i atârnă la gât și oftează.

— Mai durează mult?

— Pe senator l-am exclus chiar de la început, continuă Dumitrache, trecându-și mâna prin păr. Pe soție însă, nu. Cuvintele pe care i le-ați atribuit în ziua petrecerii ne-au dat de furcă, de aceea ne-am menținut suspiciunile care planau asupra ei.

— Nu știu la ce anume vă referiți, răspunde Miruna, jucându-se cu lanțul ceasului.

— Sunt convins că știți! ridică Dumitrache vocea. Ați declarat că Bianca Boghievici i-ar fi spus unei prietene la toaletă că - *citez* - s-a săturat s-o vadă pe-aia cum îi face ochi dulci lui Cristi - închei citatul.

— A, da! flutură Miruna repede din gene.

— Una dintre discuțiile cu doamna Boghievici a avut loc după sinuciderea cumnatului ei, adică ieri dimineață. La final, comisarul Cazan a avut inspirația s-o întrebe dacă a observat ceva ciudat în seara petrecerii.

Dumitrache face o pauză mai lungă, prefăcându-se că răspunsul Biancăi Boghievici se găsește în hârtiile din fața sa. Femeia îi privește curioasă mâinile, încercând să citească invers.

— Și? își pierde ea răbdarea.

— Da, aici era! minte comisarul cu nonșalanță, ridicând o foaie din dosar.

Lasă capul în jos și se preface că citește.

— Matei Boghievici conducea mașina cu care a fost omorâtă Carmen Dincă. Era șoferul cumnatei sale. Duminică seară, după petrecere, cei doi cumnați au vrut să se suie în mașină, pentru a se întoarce în București. La interogatoriul de ieri, soția senatorului a declarat primul lucru ciudat din această anchetă: Matei Boghievici nu a reușit să intre în mașină, deoarece scaunul șoferului era tras la maxim în față și nu încăpea la volan.

— Hmm... îngaimă femeia. Vrea să se sprijine de masă, dar se răzgândește și alege spătarul.

Dumitrache clatină din cap. *Prima lovitură drept la țintă!*

— Aşa, şi? întreabă ea. O senzaţie temătoare îi voalează cuvintele, accentuându-i şuierul din respiraţie.

— Ca şi cum cineva foarte mic de statură, să spunem cam la un metru cincizeci, un metru cincizeci şi cinci, ar fi condus maşina şi ar fi uitat să împingă scaunul la loc. Adică cineva ca dumneavoastră, subliniază Dumitrache.

— De parcă aş fi singura persoană mignonă din Sibiu! răbufneşte ea, punând mâinile în şolduri.

Cazan apare de pe holul din dreapta, cu o tavă în mână şi un dosar între dinţi. Intră şi trânteşte uşa cu piciorul. Pune tava pe masă, îi dă dosarul lui Dumitrache şi zâmbeşte către Miruna. Apoi o întreabă:

— De ce sunteţi supărată?

— Nu sunt, spune ea în timp ce-şi şterge buza superioară de transpiraţie, atentă să nu întindă rujul.

— Unde aţi rămas cu povestea? îl întreabă Cazan pe Dumitrache.

— La discuţia cu Bianca Boghievici de ieri dimineaţă, când ne-a spus despre scaunul Land Rover-ului.

— Deci a mai rămas doar ziua de astăzi, se întoarce Cazan să sprijine peretele. Scoate un şerveţel sintetic din buzunarul pantalonilor şi începe să-şi şteargă lentilele ochelarilor.

— Da, a mai rămas doar ziua de astăzi, spune Dumitrache, ridicându-se de pe scaun. Domnule comisar Cazan, vreţi să continuaţi povestea?

— Lucian Popescu a fost prietenul domnişoarei ucise, preia Cazan interogatoriul, punându-şi ochelarii pe nas. Ne-a minţit, ne-a ascuns lucruri, dar nimic nu s-a legat mai departe. El chiar a iubit-o pe Carmen Dincă.

O fracţiune de secundă a stăruit ura pe chipul delicat al Mirunei Diaconu, suficient cât să le întărească comisarilor certitudinea că au prins persoana potrivită.

— Domnul Popescu a ajuns în dimineaţa aceasta în Sibiu, fiind invitat la înmormântarea fratelui senatorului, continuă Cazan recapitularea evenimentelor, făcând schimb de locuri cu Dumitrache.

Dumitrache se apleacă deasupra mesei, scoate o hârtie din dosar și-o pune în dreptul lui Cazan.

— Împreună cu domnul comisar-șef Dumitrache am reconstituit filmul zilei de astăzi, spune Cazan, punând mâna pe coala întinsă de șeful său. A fost dificil, pentru că acțiunea s-a desfășurat pe mai multe planuri.

— Eu tot nu înțeleg cum ați ajuns la concluzia că eu i-am omorât pe cei doi! gesticulează Miruna. Până acum n-am auzit decât că un scaun era mai în față decât ar fi trebuit!

— Vă grăbiți undeva? bate Cazan din picior.

— De ce sunteți supărat? îi întoarce femeia întrebarea, zâmbind larg.

Telefonul lui Dumitrache vibrează în buzunarul interior al hainei. Vede numele lui Panait pe ecran și apasă butonul *respingere apel*. Zece secunde mai târziu și telefonul lui Cazan vibrează.

— Cine e, Augustin? întreabă Dumitrache.

— Da, răspunde Cazan.

— M-a sunat și pe mine. Închide-i, că-l sun eu mai târziu!

##

— Îmi povesteați filmul zilei de astăzi... lungește Miruna cuvintele, uitându-se cu o căutătură fixă la Cazan. Întotdeauna am urât oamenii care povestesc filme!

Râde forțat și își aruncă o șuviță de păr pe spate.

— Am darul de a-i enerva pe oameni, îi ține isonul Cazan.

— Vin imediat! iese Dumitrache din cameră fără să închidă ușa.

Miruna Diaconu privește lung după comisar, până când acesta se întoarce cu un scaun din lemn. Îl așază cu spătarul invers și îl încalecă, rezemându-se cu ambele brațe de marginea acestuia.

— După interogatoriul domnului Popescu, continuă Dumitrache ca și cum nu ar fi lipsit, v-am sunat din fața restaurantului să vă spun că vreau să ne vedem, deoarece mai am câteva întrebări. Dumneavoastră erați încă pe drum, iar eu întârziasem la înmormântarea domnului Boghievici, așa că v-am propus să ne întâlnim în fața cimitirului.

— Iar eu am acceptat fiindcă cimitirul era chiar în drumul meu, spune Miruna, jucându-se cu ceasul de la gât.

Cazan se ridică în picioare și se sprijină în palme pe colțul mesei.

— Înainte să vă întâlniți cu domnul comisar în fața cimitirului, eu am luat parte la o scenă delicată *în cimitir*, spune Cazan, aplecându-se către femeie. Mă îndreptam către domnul Popescu pentru a-l întreba când pleacă din Sibiu. Acesta nu era singur, ci în compania unei femei tinere, mică de statură.

— Aha, aprobă Dumitrache, aruncând priviri pătrunzătoare către Miruna Diaconu.

— Nu i-am văzut fața tinerei, continuă Cazan, dar am văzut că avea o căciula de blană deschisă la culoare și un fular lung până aproape de pământ.

Miruna Diaconu ridică din umeri, iar Cazan povestește mai departe:

— Ea și cu domnul Popescu au avut o discuție aprinsă, terminată din senin cu o palmă aplicată domnului Popescu.

Cazan bate zgomotos din palme și un curent electric străbate trupul femeii. Își plimbă limba pe buzele uscate și ia o gură de apă din paharul de plastic de pe masă. Genele s-au oprit din agitația permanentă, iar pupilele i s-au mărit considerabil.

— Ați făcut mai multe greșeli, domnișoară Diaconu, o dojenește Dumitrache ca pe un copil neastâmpărat ce tocmai a spart fereastra vecinului. Apariția la înmormântare fiind una dintre ele. Nu v-ați gândit nicio clipă că vom participa și noi, de aceea ați fost atât de încrezătoare.

Cazan se retrage lângă perete și își încrucișează mâinile pe piept, de parcă cuvintele șefului său ar fi fost semnalul de ieșire în culise.

— Planul secund a avut loc la poarta cimitirului, continuă Dumitrache. Mă așteptam să vă faceți apariția din stânga, adică din partea opusă restaurantului, dar dumneavoastră ați ieșit din cimitir. Pentru a masca această greșeală, mi-ați spus că ați aprins o lumânare pentru bunicul dumneavoastră.

— Da, tușește Miruna, dacă tot eram în zonă...

— Geanta unei femei conține multe lucruri inutile, asta o știu toți bărbații, spune comisarul malițios, dar cu siguranță nu aveați o lumânare în ea. Femeia care vinde lumânări nu a lucrat astăzi, iar lumânărarele erau închise, ridică vocea Dumitrache.

Fiecare silabă în parte spintecă aerul, rostogolindu-se când atinge podeaua. Fără să o lase să se replieze, comisarul continuă cu glas răstit:

— Apoi, în timpul conversației noastre din fața cimitirului, ați făcut o altă greșeală de începător! Revenind la vorbele acelea cu ochii dulci, atribuite Biancăi Boghievici, mi-ați spus că este cuvântul dumneavoastră împotriva cuvântului unei soții de senator.

Comisarul ridică o sprânceană, așteptând confirmarea Mirunei. Aceasta nu întârzie să apară:

— Da, așa am spus! Și rămâne valabil. Știu eu cum se întâmplă în țara asta! atacă ea. Cei mici și neînsemnați plătesc întotdeauna. Nu sunt crezuți și răul triumfă, pentru că cei bogați aruncă cu banii în stânga și-n dreapta.

— Ar fi o singură problemă. Eu nu v-am spus niciodată că sărbătoritul e senator! spune Dumitrache și se lasă pe spătarul scaunului.

Femeia își mușcă buza de jos și coboară ochii, căutând încordată o explicație plauzibilă. Mâinile îi joacă în poală, iar gândurile îi zboară către deznodământ.

— Probabil am auzit că e senator în ziua petrecerii, găsește ea o scăpare în ultimul moment.

Cazan rememorează momentul în care Dumitrache i-a spus, pe scurt, raționamentul arestării Mirunei Diaconu și recunoaște că e infailibil. Femeia este o criminală în serie, prima de care se lovește de când activează în poliție. Înainte să înceapă să vorbească, Cazan se uită către geamul în spatele căruia știe că se află Raluca Neagu. Perspectiva de a fi privit în acțiune de către iubita sa, în timp ce ajută la demascarea unui criminal, îl face să intre în discuție cu emfază.

— Când domnul comisar a intrat în cimitir, eu stăteam de vorbă cu Lucian Popescu. De la un anume moment, discuția a devenit monolog, pentru că el nu mai putea să-mi răspundă. Avea febră, probabil dureri foarte mari și frisoane. A vomitat, iar la puțin timp după aceea și-a pierdut cunoștința, urinând involuntar.

Femeia întredeschide buzele. O umbră dureroasă îi străbate chipul și vrea să spună ceva, dar se oprește. Tăcerea ei îl surprinde și Cazan lovește cu pumnul în masă:

— Vă dați seama cât de degradant este să mori așa? strigă Cazan, împroșcând stropi de salivă. Cu haina plină de vomă ce are miros de urină de șobolan și cu pantalonii plini de propria urină? Vă puteți imagina sau chiar nu vă pasă? lovește din nou masa metalică.

Miruna își mușcă buza inferioară, suferind la auzul descrierilor făcute de comisar. Ochii ei mari se lipesc de un punct de pe cămașa lui Dumitrache, evitându-le privirile ambilor bărbați. Cazan se uită la ea și îi spune:

— Dacă v-ați fi rezumat doar la moartea domnișoarei Dincă, poate aveați șanse să fiți autoarea unei crime perfecte. În schimb, moartea lui Lucian Popescu ne-a îndemnat să căutăm o persoană care avea ceva de împărțit cu amândoi.

— Nu-i cunoșteam pe niciunul dintre ei, spune Miruna.

Glasul îi este mai puțin ferm acum și mâna cu care își dă părul după urechi îi tremură.

— Sunteți sigură?

— Mă rog, pe ea o știam de la petrecere, ridică tânăra din umeri. Dar n-aveam niciun motiv s-o omor! Nu știam cine este.

— Comisarul-șef Dumitrache a bănuit încă de la început că fratele senatorului a avut o legătură amoroasă cu Carmen Dincă. Relația a fost confirmată de biletul de adio pe care l-a lăsat acesta.

Dumitrache aprobă din cap spusele lui Cazan și îi face semn să continue. Acesta se așază pe scaun și dezvăluie informațiile primite de la doctorul Panait.

— Medicul legist a stabilit că Lucian Popescu a băut o cafea la micul dejun, apoi la *brunch* a servit o salată. Frunzele de cucută au fost mascate cu cele de pătrunjel, deci numai un cunoscător ar fi știut asemănarea. La mijlocul lui octombrie, cucuta proaspătă nu se găsește pe marginea drumului. Cineva care se învârte în lumea raw vegan ar fi știut de unde să facă rost de această plantă medicinală, dar extrem de otrăvitoare.

— Și astfel să-i curme viața domnului Popescu, spune Dumitrache, dând din cap. Știați că a murit în brațele mele?

— Nu știam, spune Miruna, mișcându-se pe scaun de câteva ori.

— Ultima piesă din filmul macabru pe care l-ați regizat este aceasta, ridică Dumitrache o coală din dosar. Comisarul Cazan mi-a adus-o mai devreme, când a intrat cu paharele de apă.

Femeia scutură din cap și părul îi dansează pe umeri. Dumitrache coboară ochii și citește.

— La percheziția *ex abrupto* efectuată la domiciliul dumneavoastră, au fost descoperite următoarele: un fular lung de aproximativ doi metri optzeci - pe care comisarul Cazan l-a recunoscut ca fiind al tinerei care l-a lovit pe Lucian Popescu, în cimitir, în dimineața aceasta - o pungă cu frunze de cucută aflată în congelator și-o corespondență electronică cu domnul Lucian Popescu, ce cuprinde peste 50 de e-mail-uri. Probabil ați crezut că nimeni nu-și va da seama că dumneavoastră sunteți criminala, de aceea nu ați șters nicio urmă.

Umerii Mirunei se lasă grei, iar genele i se umplu de lacrimi.

— Înfrângerea are gust amar, nu-i așa? o întreabă Cazan.

Femeia nu răspunde, doar strânge din buze.

— Noi bănuim care a fost motivația crimelor, dar vrem să auzim explicațiile dumneavoastră, spune Dumitrache. Sunteți pregătită să faceți o mărturisire completă?

— Confesiunea unui criminal în serie? se aude din nou clinchetul de clopoței. Parcă era și un film...

— Oricum s-a terminat totul și nu mai aveți niciun motiv să tăceți, flutură Dumitrache palma.

— Da, bănuiesc că nu mai am pe nimeni, deci nu mai contează, șoptește Miruna.

Dumitrache îi aruncă o privire lui Cazan, iar acesta scoate un reportofon din buzunarul hainei. Apasă pe butonul de înregistrare și-l pune pe masă, între ei. Miruna trage aer în piept și începe să vorbească.

— După cum știți, în Sibiu are loc Festivalul Medieval, an de an, la sfârșitul lunii august. Anul acesta, la concertul din ultima zi, am cunoscut un bărbat interesant, care m-a cucerit pe loc. Era Lucian Popescu. Venise special pentru acel concert din Brașov, unde participa la un workshop. Era singur. Sau cel puțin așa mi-a spus atunci.

Se oprește din vorbit, oftând încet. Privirea umedă îi fuge prin dreapta lui Cazan, căutând în memorie acea noapte.

— A fost dragoste la prima vedere? o ajută Cazan.

— Da, l-am iubit din prima secundă în care l-am văzut, zâmbește femeia. Nu m-aș fi culcat cu el dacă acesta n-ar fi fost adevărul. Am petrecut o noapte incredibilă, de ținut minte pentru toată viața.

— Relația a continuat? întreabă Dumitrache mai mult pentru a o îndemna să continue mărturisirile.

— După duminica aceea, el s-a întors în Brașov, apoi acasă, la București. Am ținut legătura pe Skype și la telefon. A mai venit în Sibiu o dată. Eu m-am dus de mai multe ori în capitală...

— Sperați că va fi ceva mai mult între voi, chiar dacă pe moment aveați o relație la distanță? vrea să afle Dumitrache.

— Am sperat până în momentul în care mi-am dat seama că s-a întors la *ea*, spune cu năduf Miruna. Probabil am știut tot timpul că Lucian încă o iubește și de aceea n-a vrut mai mult de la relația noastră.

Dumitrache o aprobă tacit și răsfoiește dosarul pentru a evita să se uite la ea.

— Când ați plănuit s-o ucideți pe domnișoara Dincă?

— Vă vine să credeți că *domnișoara* apare ca o floricică la petrecere, tocmai în restaurantul în care lucrez eu și stă toată seara călare pe fratele senatorului? ridică Miruna vocea. Și colac peste pupăză, când mă duc să schimb hârtia la baie, îi găsesc făcând sex în toaletă?

Polițiștii se privesc și Dumitrache schițează un surâs în colțul buzelor. Chipul femeii se întunecă la amintirea imaginilor și tumultul interior iese la suprafață. Când vorbește, venele de la gât i se încordează și pulsează ritmic.

— Asta în timp ce era iubita lui Lucian?! țipă Miruna și lacrimi fierbinți îi curg pe obraji. Lucian nu mă iubea pe mine fiindcă o iubea pe ea, iar ea îi mințea pe toți! Cât de josnic trebuie să fii să înșeli un om atât de bun ca Lucian?

Își prinde capul între palme și părul îi cade în laterale, atingându-i brațele. Plânge în șoaptă, cu sughițuri repetate. Dumitrache se apleacă peste masă și se uită în direcția ei.

— Asta nu e un motiv să omorâți pe cineva! spune el cu ochii pe creștetul femeii.

— Nesimțita aia a primit ce-a meritat! ridică Miruna capul fulgerător, cu ochii în flăcări. Dac-aș fi putut, aș fi ucis-o pe loc!

— În schimb, ați premeditat accidentul, împinge Cazan bărbia înspre femeie.

— I-am lăsat în toaletă și m-am întors la masă, se strâmbă Miruna, împingând colțurile buzelor în jos. Am văzut cheia pe masă, am luat-o și m-am suit la volan. Am așteptat-o să plece de la petrecere, am urmărit-o, am dat cu mașina peste ea și apoi am târât-o în parc. Fiind frig afară, am sperat că nu va fi găsită prea repede.

Face o pauză scurtă și continuă:

— M-am înșelat, ridică femeia din umeri, umezindu-și buzele cu limba.

— Iar cu domnul Popescu ce-ați avut? sparge Dumitrache tăcerea.

— L-am iubit pe omul ăla mai mult decât viața mea, spune ea cu glas scăzut. După ce târfa de Carmen a dispărut din peisaj, el trebuia să fie cu mine, dar n-a vrut. El chiar n-a înțeles că tot ce am făcut, am făcut pentru el!

— L-ați scăpat de o femeie care îl mințea și-l înșela, iar el nu v-a mulțumit, nu-i așa? se abține Dumitrache să nu zâmbească.

— *Sunt distrus că am pierdut-o,* se maimuțărește ea și părul i se mișcă haotic. Acum pot fi împreună, în ceruri, ha-ha!

— Miruna Diaconu, doamna procuror-șef Raluca Neagu a emis un mandat de arestare pe numele dumneavoastră, o informează Cazan. Pentru că ați cooperat cu noi și ați mărturisit ambele crime, doamna Neagu va ține cont înainte de a formula capetele de acuzare complete.

— Mda, mă rog. Să facă ce vrea, v-am spus că nu mai contează.

Comisarul Dumitrache o privește atent, încercând să înțeleagă cum o femeie atât de delicată s-a transformat peste noapte într-o ucigașă în serie, fără să aibă nicio remușcare pentru faptele sale.

— Raluca, te așteptăm! întoarce Dumitrache capul către geamul-oglindă din spatele său. Se ridică în picioare și o privește de sus pe Miruna Diaconu. Nu-i poate vedea ochii, doar chipul frumos, brăzdat de urme sărate și schimonosit de durere. O ultimă fluturare a genelor de mătase și Dumitrache iese din încăpere.

Sâmbătă, 24 octombrie

Mihai stă în mijlocul camerei, incapabil să facă vreun pas. Panait este așezat în același loc în care îl lăsase cu treizeci de minute în urmă, pe scaunul de la birou. Tânărul a știut că Panait a murit din clipa în care privirea i-a alunecat pe chipul său. A înregistrat mecanic detaliile scenei: capul care-i împunge nefiresc pieptul, bărbia acoperită de gușa proeminentă, mâinile fără viață împreunate în poală și ochelarii ce-i atârnă pe vârful nasului.

Inima lui Mihai bate atât de repede, de parcă vrea să-i evadeze din piept. Un val de căldură îi izbește corpul, ca și cum cineva a deschis un radiator în fața lui. Nu înțelege de ce i-e teamă. Doar este obișnuit cu corpuri fără suflare! Dar frica paralizantă i-a înfundat urechile și i-a amorțit degetele. Stă cu mâinile atârnând pe lângă corp și se uită la șeful său, gândindu-se că e neschimbat la față. Ridică mâna către gâtul lui Panait, îi împinge fața în partea opusă și îi apasă carotida cu două degete, știind deja verdictul. Pielea doctorului e rece și un fior îl străbate din cap până în picioare.

Și, până la urmă, de ce îi este frică? Habar n-are! Ce va face de-acum încolo? Nici asta nu știe! În minte îi vin acum doar întrebări retorice, care i se înfig în suflet ca niște săgeți înroșite.

Se gândește să sune la 112 și să cheme o ambulanță, însă e conștient că nu-l mai poate salva pe Augustin Panait. Doctorul a murit și nimeni nu-l mai poate aduce înapoi.

Mihai se uită buimac în jur, ca pentru a înregistra un film mental cu lucrurile din cameră. Pe birou, câteva coli albe, prinse cu o agrafă metalică, sunt pregătite pentru scris.

Un stilou grena cu peniță de aur este așezat în dreapta foilor, pe o sugativă. Alături, o cană plină pe jumătate cu cafea, un pachet de țigări cu o brichetă verde deasupra și cheile de la mașină.

— Ah, cartea lui! suspină Mihai cu voce tare. Cine o s-o mai termine acum?

Ia loc pe cel de-al doilea scaun din birou și-l privește pe Panait.

— Ce vise frumoase aveați cu acele povestiri! spune Mihai. Și cât de fericit erați, de fiecare dată când îmi vorbeați despre asta!

Face o pauză, așteptând un comentariu din partea șefului său. Camera e rece și pustie, vocea fiindu-i dublată de un ecou slab.

— Am înnebunit, zău așa, vorbesc singur! Dar nu înțeleg! Acum jumătate de oră mi-ați spus să pregătesc raportul autopsiei lui Lucian Popescu, după aceea să plec acasă. Vin să-mi iau *la revedere* și vă găsesc așa. De fapt, pot spune că nu vă mai găsesc.

Se oprește din vorbit, pentru a stăvili avalanșa de gânduri și sentimente care i-au făcut mintea prizonieră în ultimele zece minute.

— Iar acum vorbesc cu un cadavru! hârâie Mihai, pentru a masca frica ce pune din nou stăpânire pe el.

Lipește spatele de spătarul scaunului, într-o încercare inutilă de a se așeza confortabil.

— Corpul este o carcasă care sună a gol, pe care o poți diseca și analiza până în cele mai mici detalii. Dar sufletul unde zboară? Unde se duce? Cum arată? Ce formă ia?

Pune întrebările rapid, vorbind pentru sine. Spătarul are un cui pe jumătate scos, care îl înțeapă în omoplatul stâng. Mută coatele pe genunchi și-și prinde fruntea în palme. O transpirație fierbinte îi inundă palmele, lăsând în urmă senzații neplăcute. Fulgerat de gânduri dureroase, Mihai sare în picioare și se duce lângă doctor.

— Nu înțeleg de ce a trebuit să muriți acum! Nu înțeleg deloc! repetă el, mângâindu-i brațul lui Panait. Mai aveați atâtea să-mi spuneți, să mă învățați. Eu ce fac acum? Unde mă duc?

Șocul inițial dispare și în locul lui se instalează durerea. Lacrimi iuți îi alunecă din ochii roșii, i se preling pe obraji și ard totul în calea lor. Mingea de foc izvorâtă sub pleoape coboară în piept și Mihai începe să respire ca un alergător ajuns la finalul maratonului. Văpaia nu se oprește, ci continuă către picioare. Se prăbușește pe podea, cuprins de o moleșeală necunoscută. Strânge picioarele tremurânde la piept și le prinde cu mâinile de genunchi. Unul din brațele doctorului alunecă de pe burtă și se oprește pe fața lui Mihai. Tânărul începe să plângă isteric, izbindu-se cu capul de ciment.

##

Un sunet enervant îi agresează timpanele. Vecinul de la doi bate în țeavă și nu înțelege de ce, fiindcă toată lumea e plecată la muncă. Pocnetul sacadat e înlocuit de un huruit ce cutremură clădirea din temelie. Salteaua este tare și simte acut fiecare vibrație.

— A porniiit, mă, centrala? aude Mihai întrebarea ca prin vis.

— Da, mă! Merge, las-o-așa!

— Mai dau în țeavă? întreabă primul bărbat.

— Nuu, urlă al doilea.

Dacă e un vis, atunci este unul foarte gălăgios, gândește Mihai. Deschide ochii și vede laterala biroului vechi al doctorului. Nu știe ce caută aici sau cum a ajuns cu fața lipită de podeaua murdară. Apoi își amintește totul. Moartea lui Panait, monologul său filosofic, întrebările, lacrimile, durerea.

Mai ales durerea.

Se uită la ceas fără să se miște din loc, dar nu e capabil să facă două calcule simple. E amețit și habar n-are cât timp a stat întins lângă trupul doctorului. Probabil a ațipit doar zece-cincisprezece minute, însă are mintea atât de tulbure, încât are senzația că a dormit câteva ore.

Simte degetele lui Panait în părul de pe ceafă. Tot corpul îi e amorțit și mușchii îl dor. Întinde picioarele, fără să simtă când lovește scaunul pe care a stat mai devreme. Durerea se propagă invers, curentându-i fiecare nerv, din tălpi până în vârfurile firelor de păr.

Așteaptă ca înțepăturile chinuitoare să dispară, pentru a se ridica în picioare. Are o mulțime de lucruri de făcut și niciunul nu mai poate aștepta. Panait a murit, iar el trebuie să anunțe pe toată lumea. Până va afla dacă doctorul a lăsat instrucțiuni referitoare la moartea sa, va trebui să contacteze o firmă de pompe funebre, pentru a ridica trupul doctorului și a pregăti înmormântarea.

Lacrimile vărsate mai devreme s-au uscat, iar obrajii îl strâng. Se prinde de marginea biroului și pune un genunchi în pământ. Se ridică anevoios în picioare, ferindu-se să atingă corpul lui Panait. Se apleacă peste birou pentru a lua telefonul mobil al doctorului. O coală albă i se lipește de mâna transpirată și în același timp ochii întâlnesc mapa cu povestirile lui Panait. Se uită de parcă ar fi văzut o fantomă. Știa că Panait o păstrează acasă, ca pe o avuție de preț, nu la birou.

Atinge coperta din plastic și plimbă degetele pe suprafața dură. Emoțiile îl copleșesc și frica îi cuprinde sufletul ca într-o menghină. Nu a furat poveștile din interior, dar are o impresie bizară, de parcă ar fi pus mâna pe un lucru care nu-i aparține, fără permisiunea șefului său.

Cântărește stiloul în palmă și-l rostogolește de câteva ori. Îi amintește de cel pe care l-a avut în școala generală și pe care l-a dat la schimb pentru unul chinezesc, foarte colorat. Capacul alb avea forma capului unui urs panda, iar la gât purta o eșarfă aurie. Mama lui n-a înțeles cum de a putut să renunțe la stiloul elegant, pe care îl primise cadou în prima zi de școală, pentru unul ridicol, care zgâria foile.

Zâmbește amintirii și scoate capacul stiloului. Mirosul de cerneală îi este familiar. Întoarce capul către Panait, pentru a-i cere permisiunea să-l încerce. Realizează că acesta nu va mai spune niciodată nimic și oftează adânc.

Trage celălalt scaun lângă birou și începe să scrie câteva litere. Penița alunecă ușor pe hârtie, ajutându-l să redescopere scrisul de mână. Încercările îl trimit din nou în copilărie, uitând că se află lângă trupul neînsuflețit al doctorului Panait.

Literele se transformă în cuvinte, cuvintele în fraze și Mihai așterne paragraf după paragraf pe colile albe. Cuprins de o agitație creativă necunoscută lui, scrie fără să se oprească, construind o poveste al cărei sfârșit ar fi cu siguranță apreciat de către doctor. Un sfârșit demn de un om ca Panait.

Două ore mai târziu, Mihai soarbe ceai dintr-o cană fără toartă. Foile acoperite cu scris mărunt sunt așezate cu venerație pe birou, iar el zâmbește larg. Îi aruncă o ultimă privire lui Panait, dar nu-i vede decât chelia din creștetul capului. Apucă foaia numerotată cu unu și începe să citească.

6
A șasea păpușă Matrioșka
– Contractul –

Se uită la fotografia de pe scaunul din dreapta, ridică privirea și compară femeia din imagine cu cea care pune în portbagaj cumpărăturile din supermarket. Într-una dintre fotografii, o persoană drăguță zâmbește direct spre cameră. Ochelarii cu rame groase îi imprimă un aer intelectual și îi ascund oboseala. Acum nu-i poate vedea fața, datorită distanței dintre ei. Observă însă că femeia are mai multe kilograme în plus față de fotografiile primite, pe care și le maschează cu un cardigan crem și o fustă până la glezne. Părul negru, lung până la mijloc, îi flutură pe spate și e prins cu o bentiță lată, franțuzească.

Fără îndoială, e aceeași persoană, gândește el în timp ce deschide torpedoul. Ia din interior o pereche de mănuși din piele maro închis, împinge tacticos fiecare deget, fără să o scape din ochi pe femeie. Crește volumul la radio, fredonând încet *Molina*. Creedence Clear Water Revival îi aduce aminte de adolescență, pe când era un băiat slab și deșirat, cu ochelari și coșuri pe nas. Dacă se încumeta să invite o fată la dans, tremura din toate încheieturile de teama unui refuz.

Acum are aproape 45 ani, lentile de contact de un albastru ireal și un corp bine clădit cu ajutorul a două ore de alergare zilnic. Câteva riduri fine îi dansează în colțul ochilor, iar când zâmbește, dezvelește o dantură perfectă, de un alb imaculat. Corpul atletic și încrederea pe care o emană întoarce capete pe stradă, iar la semafor atrage priviri admirative. Uneori și numere de telefon scrise în grabă pe pachete de țigări sau cărți de vizită aruncate prin geamul mașinii. După dezastrul din tinerețe, și-a promis că nu va mai exista petrecere de la care să plece singur, ci numai însoțit de câte-o domnișoară brunetă sau roșcată. Preferatele sale.

De fiecare dată când este întrebat cu ce se ocupă sau unde locuiește, se eschivează ca un adevărat maestru. *E cam greu să-i explici unei femei cu care vrei să faci sex în următoarele două ore că ești asasin profesionist, nu director de marketing!* râde el înfundat. *Sau că locuiești la hotel, pentru că astăzi poți fi aici, mâine poți fi la zece mii de kilometri distanță.*

Ținta de astăzi, franțuzoaica plinuță și ștearsă, aproape a terminat de mutat plasele din coș în portbagajul mașinii. Bărbatul pornește motorul mașinii de teren, *rechiziționată* cu două ore în urmă dintr-o parcare supraterană. Proprietarul nu-i va observa lipsa mai devreme de luni dimineață, când va vrea să plece la birou. Atunci deja va fi prea târziu. Mașina va fi implicată într-un teribil accident auto al cărui autor a fugit de la fața locului, iar el va fi deja în Londra, savurând un ceai verde și o plăcintă cu rubarbă. Vede cu ochii minții traseul pe care l-a creat pentru a-și pierde urma în mulțime: va trece prin stânga librăriei Vendredi, va înainta pe bulevardul Rochechouart spre Sacré Coeur și apoi va ajunge în Montmartre, unde va abandona mașina furată. Va urma o călătorie de o oră și jumătate cu TGV-ul, ce pleacă din Gare du Nord cu puțin înainte de miezul zilei, apoi un taxi de la St. Pancras până la hotelul Park Plaza Westminster Bridge.

Ambalează motorul și reia încă o dată planul sugerat de cel care l-a angajat cu două luni în urmă, într-o dimineață însorită de aprilie. Savura un ristretto într-o cafenea din Livorno, un mic orășel italian de lângă Pisa, când a primit telefonul cu propunerea de angajare. Bărbatul aflat la o mie de kilometri distanță i-a spus că până la începutul lunii iulie trebuie să scape de o anumită femeie, a cărei prezență a devenit incomodă.

Planul bărbatului a fost simplu și prezentarea eficientă. Trebuie s-o aștepte pe femeie în fața supermarket-ului unde își face cumpărăturile săptămânale. Apoi, când se duce să lase coșul la locul lui (*întotdeauna face acest lucru!* spusese dezgustat bărbatul), el va demara în trombă de lângă librărie și va intra cu mașina în ea, strivind-o între coarnele SUV-ului și coșurile metalice. *Curat, rapid, fără multă bătaie de cap*, se exprimase vocea. Un plan mult prea simplu pentru suma exorbitantă pe care trebuia să o primească. *Trei milioane de euro, jumătate acum, jumătate după ce-ți faci treaba*, fusese ultima frază spusă de interlocutorul său. I-a aruncat un ok printre dinți și i-a spus că așteaptă toate informațiile legate de caz într-un plic maro, cu eticheta unei agenții de voiaj italiene, la recepția hotelului San Ranieri.

După ce-a primit fotografiile și datele despre țintă, un sentiment neobișnuit a pus stăpânire pe el. În trecut a fost plătit și cu cinci sute de mii de dolari pentru a curma viața unui traficant mexican de droguri. Treabă pe care a făcut-o chiar cu plăcere. Dar pentru o femeie casnică, normală și aparent inofensivă… trei milioane de euro?

La dracu', a cumpărat o pătură cu floricele! De ce-ai vrea să omori o femeie ca asta?

Pentru a-și păstra sănătatea mintală și a putea continua să omoare la comandă, nu întreabă niciodată *de ce*. Dacă i s-a oferit un motiv, a fost din întâmplare, fără ca el să-l ceară. Recunoaște că munca ce are în spate o motivație, oricare ar fi aceasta, este mai ușoară. Dar dacă angajatorul păstrează tăcerea cu privire la motivul asasinatului, el nu întreabă și nici nu face presiuni să afle.

Acum însă ceva nu se leagă. Din verificările mele, bruneta nu e nici traficantă de droguri și nici n-a descoperit vreun medicament-minune pentru SIDA. Nu e nici măcar o prostituată care-a văzut ceva ce nu trebuia să vadă!

Își aduce aminte de contractul din 2011, când a trebuit să împuște o prostituată, la comanda unui senator din Parlamentul European. Femeia aflase la sfârșitul partidei de sex că bărbatul este bisexual și că, pe lângă prostituate, senatorul preferă compania băieților de 10-12 ani. Nu c-ar fi avut vreo importanță pentru ea, fiindcă văzuse altele mai rele pe stradă! Dar ar fi putut ca informația să transpire în presă și lumea să-l pună la zid, așa cum au făcut cu laburistul acela englez. Ca atare, *Rosalie* pe numele ei de scenă, a trebuit să tragă cortina.

Dar pe tine de ce vrea să te elimine? ține bărbatul ritmul pe volan. *Ce-ai făcut tu și n-am reușit să descopăr?*

Probabil nu va afla niciodată răspunsul la întrebările care-l macină în momentul de față, cum probabil nu va afla niciodată cine e bărbatul care l-a angajat. De obicei, *contractele* îi sunt aranjate de către anonimi fără chip. Uneori și fără voce, doar indicații scrise pe diverse reviste sau ziare. De senator a aflat pentru că însuși senatorul l-a contactat, fiindu-i teamă să-și folosească rețeaua personală de paznici și *curățători*. În cei 25 de ani de *carieră,* bărbatul a aflat doar trei nume asociate cu chipurile persoanelor respective. Din peste o mie de oameni omorâți până acum. N-a făcut niciodată eforturi să afle cine este autorul moral al crimei și nici nu i-a păsat vreodată să afle motivul.

Acum însă ceva nu se leagă... repetă el șoptit.

Se uită spre femeia din fața sa și ambalează din nou motorul, cu o mișcare nervoasă. Dă mai tare sonorul la radio, își trosnește gâtul dintr-o parte într-alta, pune mâinile pe volan și mută maneta în punctul drive. Ia piciorul de pe frână și mașina începe să se deplaseze lent, fără zgomot. Nici femeia nu se grăbește. O vede cum împinge cu o singură mână căruciorul spre zona de unde își poate recupera moneda de un euro. Este liniștit că totul decurge conform planului.

Apasă cu violență pedala de accelerație și îndreaptă volanul spre locul unde s-a oprit femeia. Aceasta încearcă să introducă coșul de cumpărături în șir, pentru a își recupera moneda, însă nu reușește să-l împingă.

Acul vitezometrului urcă vertiginos, iar la radio cântă acum The Cranberries. Motorul nu mai e silențios, iar atenția femeii e captată de zgomotul mașinii. Întoarce capul spre mașina ei și ridică mâna în semn de salut. Bărbatului i se pare ciudat acest gest, pe care-l înregistrează mecanic, dar când ajunge în dreptul mașinii femeii, se uită instinctiv pe geam. Timpul se oprește în loc, iar bărbatul înțelege ce înseamnă să privești o scenă cu încetinitorul. Cămașa îi e inundată de o transpirație înghețată, iar sângele i se scurge din obraji.

Apasă pedala dublă de frână și mașina răspunde excelent la comenzi. Sistemele de control intră în funcțiune și reușește să nu derapeze, oprindu-se la mică distanță de ținta sa. Un val de căldură sufocantă îl lovește în piept și pentru câteva secunde lungi rămâne fără aer. Mâinile îi tremură pentru prima dată în viață, corpul este încordat ca un arc și mușchii îi explodează sub piele. Se uită la femeia împietrită, rămasă cu gura deschisă. Scoate cheia din contact, scutură capul și iese amețit din mașină. O apucă de mijloc și o smulge de la pământ cu o forță de care nu credea că e capabil.

— Nuu, dă-mi drumul! strigă femeia în franceză, zbătându-se în brațele bărbatului.

— Taci din gură, șuieră bărbatul, prinzând-o cu brațul ca într-o menghină.

— Alex, Aleeex! urlă ea, întinzând mâinile către propria mașină.

Bărbatul îi pune mâna la gură, se întoarce la mașina lui, deschide portiera din spate și o aruncă pe banchetă. Închide rapid ușa și încuie mașina. Femeia bate cu pumnii în geam și urlă la el. Bărbatul se îndreaptă cu pași apăsați spre cealaltă mașină de teren, deschide ușa din spatele șoferului, desface centura și scoate de acolo un copil brunet, cu părul scurt, îmbrăcat într-o salopetă de blugi albastră. Băiețelul se uită cu ochi mari la bărbatul care-l ridică ca un fulg din scaunul de mașină și începe să plângă cu sughițuri, strângând la piept camionul de pompieri cu care se juca.

Conștient că n-are mult timp la dispoziție, bărbatul îl ignoră și aleargă cu el spre mașina pe care o furase. Apasă din nou pe butonul de alarmă, deschide una dintre portierele din spate și îl pune grijuliu pe copil pe bancheta din piele, lângă mama lui. Femeia trage copilul la pieptul său, îl mângâie pe cap și îi spune cuvinte liniștitoare la ureche. Băiatul se oprește din plâns și îi arată jucăria mamei sale. Răpitorul se uită în jur pentru a vedea câte persoane au asistat la scena de mai devreme, apoi aruncă o privire în interiorul mașinii. Vede că băiatul s-a calmat și respiră ușurat. Înainte să închidă ușa, întâlnește ochii plânși ai femeii, plini de întrebări mute. Se urcă la volan și se-ntoarce către cei doi. Le spune în franceză că nu vrea să le facă niciun rău.

— Ține-l pe cel mic în brațe și prinde-ți centura! spune el pe un ton care nu lasă loc de comentarii. Voi conduce cu viteză și nu vreau să pățiți nimic. Îți voi explica totul în curând, dar acum trebuie să plecăm de aici. OK?

Femeia nu răspunde, fixând un punct invizibil.

— OK??? ridică el vocea și se întoarce către ea.

— Ok, da-da, se bâlbâie femeia, întorcând capul către geam.

Frica primitivă i-a paralizat simțurile, iar mintea ei nu reușește să-nțeleagă ce se întâmplă. Și mai ales de ce. Lacrimi mari i se preling pe obrajii palizi, în timp ce mângâie spatele fiului ei.

Bărbatul pornește motorul, dă cu spatele și pleacă către bulevardul Rochechouart, urmând ruta de scăpare pe care a creat-o atunci când plănuia lovitura. Nu se mai poate pierde în mulțime. Nu cu o femeie și un băiețel. Cel puțin trei persoane văzuseră cum un necunoscut a răpit o mamă și un copil în miezul zilei. Cu siguranță, mașina în care erau fusese dată deja în urmărire. În curând, atât vehiculul, cât și ei, vor fi căutați de tot efectivul jandarmeriei pariziene.

— Vom lua TGV-ul și voi trebuie să mergeți cu mine, spune bărbatul cu voce răgușită din pricina efortului mintal la care fusese supus în ultimele zece minute.

— Bine, facem tot ce spui tu! Dar te rog, nu ne omorî! Alex n-are nici doi ani. Te implor, nu ne ucide! spune femeia printre suspine.

— Nu vă omor, vă salvez, îi răspunde bărbatul. De fapt, te salvez pe tine, cu băiatul n-are nimeni nimic. Pe tine te vrea cineva moartă.

— Cum adică? Cine vrea să mă ucidă? pune ea mâna la gură. Și de ce tocmai pe mine?

— Nici eu nu știu, rostește bărbatul. Dar intenționez să aflu.

— De unde ne cunoști? Cine ești?

Femeia continuă fără să aștepte un răspuns.

— Nu știu cine ești și de ce ne-ai răpit! Nu înțeleg nimic din ce-mi spui. Cine să-mi vrea mie moartea?!

— Îți voi povesti totul în tren, dă bărbatul din cap. Știu că e dificil, însă îți cer să ai încredere în mine până acolo.

— Și după aceea ce facem?

— Tu decizi ce faceți mai departe, ridică bărbatul din umeri. Dacă mă urmați în Anglia sau nu. Cu mine ai o șansă să rămâi în viață și să-l găsim pe cel care a ordonat uciderea ta.

Umerii femeii tresar și lacrimile îi inundă din nou fața albă.

— Nu-ți fie frică, interpretează bărbatul greșit gestul, n-o să vă fac niciun rău. Nici ție, nici băiatului, ai cuvântul meu!

#

Cinci zile mai târziu, într-o parcare subterană, un bărbat se îndreaptă către locul unde și-a lăsat mașina, trăgând picioarele după el pe dalele de ciment. Are de gând să ajungă acasă, să facă un duș și să se arunce pe canapea, în fața televizorului.

Din direcția opusă, un alt bărbat, îmbrăcat în negru din cap până în picioare, pare că se îndreaptă către el.

Nu-i acordă nicio atenție celuilalt, ci continuă să meargă către mașină, cu gândul la un Martini sec. Scoate telecomanda din buzunarul pantalonilor, apasă un buton și două sunete stridente sparg liniștea din parcare. Întinde mâna să deschidă portiera, pentru a se sui la volan, dar vede în geam reflexia bărbatului în negru, aflat chiar în spatele său. Se întoarce înspăimântat, cu gura deschisă într-un strigăt mut. Gaura unui amortizor de pistol este la câțiva centimetri de ochiul său drept și un firicel de salivă i se prelinge pe barbă. Bărbatul în negru apasă trăgaciul și glonțul pleacă cu un șuierat slab.

— Pentru Marie și fiul tău, nenorocitul naibii! strigă asasinul, ca pentru a compensa arma silențioasă pe care o folosise.

Se uită plin de ură la cadavru și îi trage câteva șuturi în rinichi. Pune pistolul în buzunarul interior al hainei, mai aruncă o ultimă privire în urmă și pleacă fluierând.

~ SFÂRȘIT ~

Pentru cititor

Și, ți-a plăcut romanul meu? Ți-ai dat seama cine este criminalul, înainte ca acesta să fie prins de comisarul Dumitrache? Sper că nu!

Acum, că misterul a fost elucidat și ți-am dezvăluit pe rând cele șase păpuși, aș vrea să-ți spun că am muncit foarte mult pentru a vedea acest roman publicat. Am scris și am citit enorm, am făcut cercetare extinsă în mai multe domenii, am plâns, am râs și am primit ajutorul unor oameni minunați.

Această carte a fost scrisă cu gândul la tatăl meu, Eugen Buzori, care a fost alături de mine și încă este, acolo sus. Un om extraordinar, de la care am învățat să iubesc muzica și cărțile. Mi-aș fi dorit să-i prezint, triumfătoare, primul exemplar ieșit din tipografie. În mintea mea am făcut-o de multe ori. Nu este același lucru. Sunt sigură că s-ar fi lăudat tuturor prietenilor, cunoscuților și necunoscuților că fata lui este scriitoare și ar fi pus cartea la loc de cinste în bibliotecă.

Până la apariția următorului meu roman, mă găsești pe blog-ul site-ului meu, www.silviabuzori.com, unde scriu despre autori mai vechi sau mai noi, despre lansări de carte sau despre evenimente și întâmplări actuale demne de atenție. Sau pe facebook, instagram, twitter.

În încheiere, vreau să-ți mulțumesc încă o dată pentru că ai avut încredere în mine!

Să ne revedem curând!

Silvia Buzori

Șase păpuși Matrioșka */ Silvia Buzori*
Timişoara: Stylished 2019
ISBN: 978-606-9017-05-0

Editura STYLISHED
Timişoara, Județul Timiş
Calea Martirilor 1989, nr. 51/27
Tel.: (+40)727.07.49.48
www.stylishedbooks.ro
www.noicecitim.ro

Ilustrație: Corina Icală

Servicii editoriale: EDITURA VIRTUALĂ
www.edituravirtuala.ro